QUERVERLAG

NADINE LANGE

EIN EIS MIT JO

ROMAN

Alle Charaktere und Handlungen in diesem Roman sind frei erfunden. Ähnlichkeiten mit lebenden und toten Personen mögen daher vorkommen, sind aber unbeabsichtigt.

© Querverlag GmbH, Berlin 2022

Erste Auflage: März 2022

Alle Rechte vorbehalten. Kein Teil des Werkes darf in irgendeiner Form (durch Fotokopie, Mikrofilm oder ein anderes Verfahren) ohne schriftliche Genehmigung des Verlages reproduziert oder unter Verwendung elektronischer Systeme verarbeitet, vervielfältigt oder verbreitet werden.

Umschlag und grafische Realisierung von Sergio Vitale unter Verwendung einer Fotografie von IMAGO / Panthermedia

Druck und Weiterverarbeitung: Finidr
ISBN 978-3-89656-311-8
Printed in the Czech Republic

Bitte fordern Sie unser Gesamtverzeichnis an:
Querverlag GmbH
Akazienstraße 25, 10823 Berlin
www.querverlag.de

1

„Auuuaaaahhhh, Mama!" Der Schrei riss den kleinen Strand aus der Nachmittagsträgheit. Einige Badegäste schauten schläfrig von ihren Handtüchern auf oder spähten kurz über den Rand ihrer Bücher. Eine kleine, dünne Gestalt in blau-weiß gestreifter Badehose bewegte sich halb humpelnd, halb rennend vom Wasser in Richtung der Liegeplätze im Schatten. Wimmernd legte der Junge die Strecke zurück, wobei er weder auf sonnenbadende Menschen achtete noch auf die verwaisten Handtücher und Luftmatratzen. Er rannte einfach darüber hinweg. Unterbrochen wurde sein Lauf nur durch einen kleinen Stolperer direkt neben Jovanas Bastmatte. Durch eine schnelle Bewegung der Arme konnte der Junge einen Sturz vermeiden, wobei ihm jedoch die Taucherbrille entglitt, die er in der rechten Hand gehalten hatte. Sie landete auf dem Politikteil der *Jutarnji list*, den Jovana gerade aufgeschlagen hatte. Sie blickte hoch, sah den Jungen, griff nach der Taucherbrille, um sie ihm zurückzugeben, doch er war schon zwei Schritte weiter.

Jovana schaute ihm hinterher und sah, dass er auf eine groß gewachsene, braunhaarige Frau zusteuerte, die sich von einem der Schattenplätze erhoben hatte und ihm einige Schritte entgegengegangen war. Sie schloss ihn in die Arme und streichelte ihm ein paarmal über die kurzen blonden Haare. Gemeinsam gingen sie zurück zu ihrem Platz, wo ein etwa elfjähriges Mädchen sich bemühte, nicht von seiner Lektüre aufzuschauen. Der Junge gestikulierte derweil herum und beschrieb offenbar den Vorfall, der zu seinem Auftritt geführt hatte. Immer wieder zeigte er dabei auf eine Stelle am linken Schienbein. Die Frau hörte ihm zu, während sie eine Wasserflasche aus einem Beutel zog. Als der Junge fertig war, sagte sie etwas zu ihm. Er setzte sich, und sie schüttete ein wenig Wasser über die Stelle. Ein kurzes Aufjaulen, ein genervter Blick des Mädchens – das Drama schien seinen letzten Akt erreicht zu haben. Die Strandgesellschaft hatte es ohnehin nicht weiterverfolgt und war schon längst in ihre somnambule Stimmung zurückgefallen.

Nur Jovana wartete geduldig, dass der Junge – sie schätzte ihn auf acht oder neun Jahre – sich endgültig beruhigt hatte. Als er in ein Handtuch gehüllt mit einem Strohhalmgetränkekarton dicht neben der Frau saß, schien es Jovana so weit zu sein. Ihr Mobiltelefon in der einen, die Taucherbrille in der anderen Hand, ging sie die knapp dreißig Meter hinüber zu den großen weißen Felsbrocken zu Füßen der Pinien, in denen wie immer die Grillen herumlärmten. Unterwegs überlegte Jovana, in welcher Sprache sie den Jungen und die Frau, die wohl seine Mutter war, ansprechen sollte. Seinen Schrei hatte sie nicht zuordnen können, sein Aussehen und das der Frau ließen sie Kroatisch ausschließen. Wie genau sie zu diesem Urteil kam, hätte sie wohl auf Nachfrage gar nicht zu sagen vermocht, Erfahrung vielleicht. Jedenfalls hatte sie sich für Englisch entschieden, als sie bei den dreien ankam.

„I think you lost this", sagte sie lächelnd zu dem Jungen und hielt die Taucherbrille schräg vor sich. Er hört auf zu trinken, riss die Augen auf und schaute von Jovana zu seiner Mutter und zurück. Die Frau – sie trug einen grünen Bikini mit einem unauffälligen weißen Linienmuster – stand auf. Sie war fast einen Kopf größer als Jovana und wirkte mit ihrer hellen Haut tatsächlich wie eine Engländerin. Oder Holländerin?

„Oh, thank you so much! Tim must have dropped it on the way", sagte sie und nahm die Taucherbrille entgegen.

Deutsche. Jovana erkannte den Akzent sofort, auch wenn er nur leicht war. Sie blieb trotzdem bei Englisch und sagte freundlich: *„You're welcome."*

Die Mutter hatte den Kleinen derweil mit dem Fuß angestoßen und ihm zugezischt: „Was sagt man da?"

Tim schaute hoch und presste ein „Danke, äh, *sänk ju*" heraus.

„It's alright. Have a nice day!"

„You, too. And thanks again."

Jovana klopft mit ihrem Mobiltelefon zweimal leicht in die linke Handfläche und wendete sich zum Gehen.

„Bye!"

„Ciao", antwortete die Deutsche. Das hinter ihr liegende Mädchen hatte auf seine Ellenbogen gestützt die ganze Zeit aufmerksam zugesehen. Sie sagte nichts, und auch ihr Bruder blieb stumm.

Anja schaute der Frau mit den langen schwarzen Haaren hinterher. Sie war ihr dankbar. Genau wie Tim war ihr gar nicht aufgefallen, dass er die Taucherbrille verloren hatte. Doch sobald er sie vermisst hätte, wäre sicher ein kleiner Aufstand fällig gewesen. Für solche Nummern fehlten Anja derzeit alledings mehr denn je die Nerven. Gleichzeitig war ihr natürlich klar, dass ihre Trennung von Phillipp eine emotionale Belastung für die Kinder war. Paulina hatte sich in eine Welt aus Buchstaben und Comics zurückgezogen. Es war schwer für Anja auszumachen, was ihre Tochter überhaupt von der neuen Situation hielt. Tim hingegen reagierte derzeit extrem empfindlich und war weinerlicher als noch vor einem halben Jahr. Deshalb hatte sich Anja gefreut, dass er sie enthusiastisch zum Kauf einer blauen Taucherbrille aufgefordert hatte, als sie an einem der vielen Stände für Strandsachen vorbeigekommen waren. Er konnte bereits gut schwimmen, hatte das Seepferdchen locker bestanden. Dass er nun wie einige andere Kinder in der Bucht ein bisschen tauchend herumdümpeln wollte, hielt sie für ein gutes Zeichen.

Noch am selben Abend, an dem sie die Brille gekauft hatte, hatte sie ihm im Badezimmer gezeigt, wie man sie so überzog, dass kein Wasser eindringen konnte. Die nächste Stunde war Tim mit dem Teil auf der Nase herumgerannt, hatte so getan, als wäre er unter Wasser und seine Schwester ein seltsamer Fisch. Paulina hatte nach ihm geschlagen, was ihn nur noch mehr anfeuerte. Als er jedoch zu ihrer Schwanzflosse geschwommen war und sie ihm damit einen kräftigen

Tritt verpasst hatte, war es schlagartig vorbei gewesen mit der Tauchstunde im Hotelzimmer.

Am Meer hatte er sich schnell mit der Brille zurechtgefunden und war noch lange im Wasser geblieben, als Anja und Paulina schon zu ihren Handtüchern zurückgehrt waren. Was ihm genau widerfahren war, bevor er heulend angerannt kam, konnte sie seinem wirren Bericht nicht recht entnehmen. Wahrscheinlich hatte er nicht bemerkt, dass er zu nah an einen der scharfkantigen Felsen herangetaucht war, und hatte sich beim Umdrehen am Schienbein aufgeratscht. Jedenfalls hatte er dort nun eine etwa zehn Zentimeter lange rote Schramme, deren obere Hälfte sogar ein wenig blutig war. Nichts Schlimmes, aber genug für einen mächtigen Schreck.

Anja hoffte, dass Tim den Vorfall genauso schnell vergessen würde, wie die kleine Wunde verheilen würde. Es hatte ihm viel Spaß gemacht, unter Wasser plötzlich klar sehen zu können. Lachend und prustend hatte er ihr von seinen Sichtungen erzählt und ihr zwei besonders schöne Steinchen geschenkt, die er auf dem Grund gefunden hatte. Es war eine Weile her gewesen, dass Anja ihn derart ausgelassen gesehen hatte. Und während sie noch darüber nachsann, ob und wie lange Tim wohl wegen der Schramme nicht ins Wasser konnte, schaute sie, wohin die Taucherbrillen-Finderin gerade lief. Sie hatte einen lässigen, selbstsicheren Gang und tiefbraune Haut, als verbrächte sie den ganzen Sommer draußen. Ihr orangefarbener Bikini schien dadurch besonders hell zu leuchten, die Tattoos, die einen großen Teil ihrer Arme und des Rückens zierten, waren hingegen nur schwer zu erkennen. Blöd eigentlich, dachte Anja, im Winter, wenn ihre Haut heller ist, kommen die Bilder und Muster am besten zur Geltung, sind aber durch langärmlige Kleidung verborgen. Nur wer mit ihr ins Fitnessstudio oder ins Bett geht, kann sie richtig bewundern.

„Mama, ich will auch einen Saft!", rief Paulina und riss Anja aus ihren Gedanken, die ihr sogleich völlig unpassend erschienen.

„Du weißt doch, wo der ist", sagte sie, kramte aber dennoch ein Apfelsaftpäcken aus dem Rucksack und reichte es ihrer Tochter.

„Danke", sagte Paulina leise, während sie den kleinen Strohhalm von der Seite des Kartons abriss und mit dessen spitzem Ende in den kleinen Silberkreis stach.

Noch einmal schaute Anja zu der Frau hinüber, die inzwischen an ihrer Matte angekommen war. Sie stopfte ihr Telefon in eine kleine dunkelblaue Sporttasche, genauso die Zeitung, von der Anja aus der Ferne zu erkennen glaubte, dass es eine kroatische war. Anschließend legte sie ihr Handtuch über die Tasche, warf ihre Sonnenbrille auf die Matte und ging Richtung Wasser, wobei sie die linke Seite der kleinen Bucht ansteuerte – im sicheren Abstand von der bereits seit einer halben Stunde am Ufer herumlärmenden Teenagergruppe. Das ewige Gekichere, Geschubse und Gekreische der Pubertät, hier in einer istrischen Strandversion vorgetragen, wollte sie wohl lieber umgehen. Sie streifte die Flip-Flops von den Füßen und suchte vorsichtigen Schrittes einen Weg über den felsigen Untergrund. Bald hatte sie es in weniger spitze Gefilde geschafft, mit einem kleinen Satz warf sie sich der Kühle der Adria entgegen und genoss sichtlich die ersten drei Züge unter Wasser.

Anja hatte derweil begonnen, ihre und die Sachen der Kinder zusammenzusammeln. Es war bald sechs, bis sie beim Hotel ankommen würden, wäre es genau Abendessenszeit. Tim und Paulina machten ausnahmsweise kein Theater, sondern zogen sich freiwillig ihre Turnschuhe an. Fünf Minuten später waren sie auf dem Rückweg.

2

Das Haus war leer, als Jovana zurückkam. Sie duschte und machte sich einen Salat, den sie vor dem Fernseher aß. Die Nachrichten nervten sie genauso wie die Zeitung, die sie nur halb gelesen hatte. Jedes Mal dasselbe pathetische nationalistische Gerede Anfang August. Es war gar nicht mal so sehr die Erinnerung an das Schicksal ihrer eigenen Angehörigen und befreundeter Familien in diesen heißen Tagen vor zwanzig Jahren, die in ihr eine Mischung aus Traurigkeit und Abscheu auslöste, sondern eher die Fixierung auf die Vergangenheit. Warum wurden all diese fragwürdigen Heldengeschichten immer wieder hervorgekramt?

Natürlich hatte es auch wieder *„Za dom spremini"*-Rufe bei der Militärparade und beim Auftritt dieses widerwärtigen Fascho-Rockers Thompson gegeben. „Für die Heimat bereit" – so ein Quatsch. Was Jovana besonders deprimierte, waren die vielen jungen Leute, die Fahnen schwenkten und T-Shirts mit nationalistischen Aufdrucken trugen. Hatten sie wirklich nichts anderes, was sie feiern konnten, als dieses kleine Fleckchen Erde und das rot-weiße Karomuster? Natürlich lag das größtenteils an den Eltern, hinzu kamen vielerorts nationalistische Pfarrer, und was in der Schule heutzutage so unterrichtet wurde, wollte Jovana sich gar nicht erst vorstellen. Sie war froh, dass sie in der Nähe von Stuttgart Abitur gemacht hatte, wo man damals „ihren" Krieg schon wieder gut vergessen hatte, bestenfalls der Kosovo-Konflikt und die NATO-Bombardierung Serbiens waren noch vage ein Begriff.

Als in New York die World-Trade-Center-Türme fielen, hatte auch für Jovana eine neue Zeitrechnung begonnen. Sie machte Abitur, und mit dem Schulabschluss endete ihre Aufenthaltserlaubnis in Deutschland. Sie hätte versuchen können, mit einer Bescheinigung über einen Studienplatz eine Verlängerung zu bekommen. Wobei sie ihre Chancen als nicht sonderlich hoch einschätzte. Aber sie hatte ohnehin überhaupt keine Lust gehabt, sich irgendwo einzuschreiben

oder zu bewerben. Unmöglich. Alles in ihr hatte sich dagegen gesträubt, noch mehr als gegen all die Ratschläge und
Aufforderungen, die sie von ihrer Familie bekommen hatte. Die Eltern hatten sie angefleht, mit ihnen nach Šibenik
zu kommen, wo sie in das Apartment eines alten Freundes
ziehen konnten. Er war nach Australien gegangen und seine Mutter, die dort gewohnt hatte, kürzlich gestorben. Die
Wohnung war etwas heruntergekommen, aber immerhin in
der Altstadt. Mit dem Ersparten aus Deutschland würden sie
eine Weile über die Runden kommen und mit ein bisschen
Glück bald Arbeit finden.

Jovana hatte diesen Plan für sehr naiv gehalten. Wer wollte in Šibenik schon etwas von zwei Anfang Fünfzigjährigen
wissen, die damals nach Deutschland abgehauen waren, sie
auch noch Serbin ... Die Jobs, die es gab, waren verteilt. Beziehungen hatten die beiden auch nicht wirklich. Trotzdem
verstand Jovana ihre Eltern. Sie hatten in Deutschland zwar
beide Arbeit und auch Anschluss gefunden, doch die Unsicherheit, die nach Kriegsende mit ihrem Duldungsstatus
einherging, hatte sie zermürbt. Vor allem die Besuche bei der
Ausländerbehörde, bei denen Lidija und sie als Übersetze-
rinnen zugegen waren, hatten die beiden als unwürdig und
quälend empfunden.

Kein Wunder, dass ihre Eltern die alte Heimat zunehmend
verklärten. Sie wollten dahin zurück, wo sie jung und glücklich gewesen waren. Dass weder das Land noch das Haus, in
dem sie gelebt hatten, noch existierte, konnte dieser Sehnsucht nichts anhaben. Etwas zog sie dorthin, genauso wie es
Jovana in die andere Himmelsrichtung zog.

Berlin war seit einer Klassenfahrt in der zehnten Klasse ihre
Traumstadt gewesen. Aufregend, frei und bunt hatte die Me-
tropole auf sie gewirkt. In einem Café hatte sie ein Exemplar
des schwul-lesbischen Stadtmagazins *Siegessäule* eingesteckt
und es unbeobachtet von den anderen durchgeblättert. Wow,
wow, hatte sie die ganze Zeit gedacht. Am liebsten wäre sie

eine ganze Woche in Berlin geblieben, um bei den vielen Partys und Treffs vorbeizuschauen. Zwar hatte auch Stuttgart eine kleine Szene, doch dort hätte sie sich nie hingetraut. Zu groß war ihre Angst gewesen, jemandem zu begegnen, den oder die sie kannte. Dann wäre überall herumerzählt worden, dass sie eine Lesbe ist. Und dessen war sie sich selbst ja noch gar nicht so sicher. Alles, was sie wusste, war: Ihre kurze Beziehung mit Jan aus der Parallelklasse hatte ihr zwar mitunter Spaß gemacht, vor allem seine charmante Art und ihre Knutschereien in der Raucherecke. Doch irgendwie war sie nicht mit dem ganzen Herzen bei der Sache gewesen. Sie musste sich auch eingestehen, dass sie sich etwas zu sehr für seine zwei Jahre ältere Schwester Tina interessiert hatte. Mit ihren kurzen zurückgegelten Haaren und ihren sportlichen Klamotten – sie spielte Hockey in Stuttgart – hatte sie schon eine Weile irre anziehend auf Jovana gewirkt. Immer wenn sie Jan besucht hatte, hatte sie gehofft, dass Tina auch da wäre. Die Zimmer der Geschwister lagen nebeneinander. Beim Rummachen auf Jans Bett hatte sich Jovana manchmal vorgestellt, Tina schaue ihnen zu.

Jan war wie sie siebzehn – er war einmal sitzen geblieben, sie hatte nach ihrer Ankunft in Deutschland ein Schuljahr verloren. Weil sie schon ein paar Monate miteinander gingen, stand „es" nun langsam an. Jovana wusste aus sicherer Quelle, dass er schon Erfahrung hatte, das Ganze würde also eventuell halbwegs unpeinlich ablaufen. Womit sie recht behalten sollte an dem warmen Nachmittag, als er sie wieder zu sich eingeladen, ein *Massive Attack*-Album aufgelegt und sich übertrieben lässig neben sie aufs Bett geworfen hatte. Als mittendrin überraschend Tina türenknallend nach Hause kam – eigentlich war sie beim Training, wie Jan versichert hatte –, bekam die zunächst doch etwas schmerzhafte Angelegenheit für Jovana eine andere Dimension. Sie stellte sich vor, dass Tina es wäre, die sich über und in ihr bewegte. Leise stöhnend drückte sie ihren Rücken durch, Jan gefiel das so gut, dass er umgehend kam. Sie nicht, aber sie griff sich einfach Jans Hand und führte sie zwischen ihre Beine. Er verstand, was er zu tun hatte, während Jovana an Tina dachte, bis sie Sternchen sah. Erschöpft schmiegte sie sich an Jan, beide schliefen ein.

Als sie eine knappe Stunde später erwachten, lächelten sie sich an – nicht wie Geliebte, sondern mehr wie Geschäftspartner, die einen komplizierten Deal eingefädelt hatten und deren Wege sich nun trennen würden. So war es dann zwei Wochen später tatsächlich gekommen. Bei einer Zigarette in der großen Pause hatten sie sich ganz ruhig über das Ende ihrer Gefühle füreinander ausgetauscht und waren nach dem Gongschlag in ihre jeweiligen Klassenzimmer gegangen. Von da ab sahen sie sich nur einmal in der Woche im Kunstkurs.

Tina tauchte nun hingegen regelmäßig in Jovanas Fantasien auf. Wenn sie der Älteren auf dem Schulhof begegnete, wurde sie sofort rot. Wahrscheinlich hielt Tina das für eine Folge der Trennung von ihrem Bruder. Oder sie bemerkte es gar nicht – schließlich war sie im Abi-Jahrgang und Jovana nur unterklassiges Gemüse.

Auf der Klassenfahrt hatte sich Jovana vorgenommen, am Freitag- oder am Samstagabend irgendwie abzuhauen und eine Frauenparty zu besuchen. In der *Siegessäule* waren einige aufgelistet gewesen. Doch am Freitag zerrte ihre Lehrerin die Klasse in eine Artistik-Show, und am Samstag wollten Ebru und Clara unbedingt mit ihr in einen Club in Mitte, von dem ihnen zwei Typen aus der Oberstufe erzählt hatten. Jovana konnte schlecht zu ihnen sagen: Ne, ich will nach Kreuzberg zu so einer Lesbensause, um rauszufinden, ob ich wirklich auf Frauen stehe. Ebru und Clara waren so was wie ihre Gang; auf der Fahrt hingen sie ständig zusammen ab. Also ging sie mit. Zwar mussten sie ziemlich lange nach dem Eingang im zweiten Hinterhof suchen, waren dann aber ohne Probleme reingekommen, für ihr Alter schien sich hier eh niemand zu interessieren. Der Laden war mehr ein Keller als ein Club – mit improvisierter Bar, schrottigem Soundsystem und einer Minitanzfläche, auf der sich eine schwitzende Menge zu Techno bewegte. Es gab kaum Licht, aber Jovana konnte erkennen, dass die Leute wenig anhatten und begannen, kollektiv in eine Art Trance hinüberzugleiten. Der DJ drehte regelmäßig die Bässe raus, und wenn er sie wieder zurückbrachte, jubelten die Tanzenden, zwei hatten Trillerpfeifen dabei, in die sie vor Freude bliesen.

Ebru und Clara hatten sich einen Gin Tonic bestellt, Jovana ein Bier. Ihre Freundinnen waren aufgekratzt und kicherten ständig. Sie hatten einen Jungen mit dunklen Locken in den Blick genommen, der sich am Rand der Tanzfläche bewegte. Endlich fassten sie sich ein Herz und gingen auch auf die Tanzfläche. Beiläufig schoben sie sich neben ihn und begannen zu tanzen. Jovana blieb an ihrem Platz an der Theke zurück. Der Track, der gerade lief, war schnell und steuerte gerade auf einen vom Stroboskop-Flackern befeuerten Höhepunkt zu. Jovana schloss für einen Moment die Augen, als sie sie wieder öffnete, sah sie, wie sich zwei schlanke Männer an der gegenüberliegenden Seite der Bar leidenschaftlich küssten. Ihre Körper waren eng aneinandergeschmiegt und bewegten sich in ihrem eigenen vom DJ unbeeinflussten Rhythmus. Es kam Jovana vor wie ein Bild aus einem Traum, so frei, selbstverständlich und schön. Sie lächelte, ohne dass es ihr bewusst war. Genau in diesem Moment hatte die genau zwischen Jovana und dem Paar stehende Barfrau zu ihr rübergeschaut. Sie trug ein schwarzes Tanktop und die Haare an den Seiten ausrasiert. Auch sie lächelte, amüsiert über diese verzückte junge Person an ihrer Bar.

„Noch eins?", fragte sie und zeigte auf die leere Flasche neben Jovana. Es war, als hätte sie sie geweckt.

„Ja, gern", antwortete sie und lächelte noch breiter. Was für eine coole Frau, was für ein cooler Club, was für eine Hammer-Stadt. Eines Tages würde sie hier wohnen.

3

Das Brummen des Mobiltelefons auf dem Nachttischchen hatte Anja geweckt. Mit halb geöffneten Augen griff sie danach und schob sich zum Lesen in eine halb aufrechte Position. Dabei schaute sie erst zu Tims Bett an der gegenüberliegenden Wand – er schlief auf dem Bauch liegend – und dann nach links neben sich zu Paulina, die schon las. Sie lächelte ihre Tochter an und schaute dann auf das Display: eine Textnachricht von Bernd. „Morgen! Schau doch bitte mal auf die Seite, irgendwas stimmt nicht mit dem Kontaktformular, und wenn man von der Projekte-Unterseite auf den Home-Button klickt, kommt man auf ‚Über uns'. Wäre super, wenn Du das bald fixen könntest. Danke! Bernd." Uhh, was hatte sie denn da gemacht? Sie tippte: „Sorry, das ist ja blöd. Korrigiere ich sofort. Gruß A."

Es war halb neun, schon relativ spät für die Kinder. Sie schienen also langsam in einen Urlaubsrhythmus zu kommen. Tim zumindest. Wie lange Paulina schon las, wusste sie ja nicht.

„Morgen, mein Engel. Wie geht's?"

„Gut", kam es gelangweilt zurück.

Anja wuschelte ihr durchs Haar und ging ins Bad. Anschließend setzte sie sich an ihren Laptop. Die Website von Langenhagen, Meyer & Hofreiter hatte sie kurz vor ihrer Abreise fertig gemacht; offenbar war sie mit ihren Gedanken schon woanders gewesen. Die Architekten hatten eine schlichte, übersichtliche Seite bei ihr in Auftrag gegeben, die vorherige war nur eine Startseite mit Adresse und Telefonnummer gewesen. So was ging natürlich im Jahr 2015 gar nicht mehr.

Sie hatte Standard-Templates benutzt, aber offenbar an zwei Stellen falsche Befehle eingesetzt. Flüchtigkeitsfehler. In fünf Minuten hatte sie sie berichtigt und die Seite neu hochgeladen. An Bernd schickte sie eine weitere SMS: „Done! Sorry noch mal." Es war ihr wichtig, dass er zufrieden war, deshalb hatte sie gesagt, dass er sich auch in ihrem Urlaub jederzeit bei ihr melden konnte. Sie hoffte auf weitere Aufträge. Ein paarmal hatte sie erwähnt, dass ein neues Logo oder zumindest neue Briefköpfe seiner Firma gut anstehen würden. Er hatte abgewiegelt und gesagt, dass sie jetzt erst mal mit der Webpräsenz anfangen wollten und dann weitersehen.

Anja wollte nicht nur von Phillipps Unterhaltszahlungen leben. Erstens würde das knapp werden, und zweitens hatte sie bis auf kurze Unterbrechungen ja immer gearbeitet, konnte also an etwas anknüpfen. Obwohl Phillipp schon bald nach seinem Einstieg im Büro seines Vaters gut verdient hatte, hatte sie für Paulina einen Krippenplatz gesucht und für sich die ersten Aufträge. Sie wollte nicht völlig umsonst studiert haben. Vor allem aber machte ihr die Arbeit Spaß – nachdem sie endlich einen leistungsstarken Mac, einen großen Monitor und die neuesten Versionen der wichtigsten Grafikprogramme angeschafft hatte. Ohne zu murren, hatte Phillipp das alles bezahlt und ihre beruflichen Ambitionen immer unterstützt. Er hatte immer betont, dass er das attraktiver fand als eine „Nur-Mutter-und-Ehefrau", die in ihrer schicken Wohnung auf ihn wartet. Vielleicht hatte er auch einfach ein schlechtes Gewissen gehabt, dass es für ihn als Mann nach dem Studium ganz selbstverständlich mit der Karriere losging, Anja hingegen diejenige war, die sich zum größten Teil um ihr gemeinsames Kind kümmerte.

Tim war aufgewacht und zu ihr an den Schreibtisch gekommen. „Was machst du?", fragte er.

„Ein bisschen arbeiten. Aber jetzt bin ich fertig. Wie geht's deinem Bein?"

Er streckte es vor, und Anja inspizierte die Schramme, deren untere Hälfte mit einem dünnen Schorf bedeckt war, ansonsten war die Haut nur gerötet und leicht angekratzt.

„Hmm, das sieht schon ganz gut aus, aber heute setzen wir mit dem Baden mal aus. Das muss noch besser verheilen."

„Och, menno!" Tim stampfte mit dem verletzten Bein auf.

„Einen Tag! Es würde dir auch wehtun, wenn Salzwasser in die Wunde kommt", erklärte Anja. „Wollen wir runtergehen, frühstücken?", schob sie hinterher, um ihn abzulenken.

„Ja!"

„Okay, dann geh du mal Zähne putzen, und wir Ladys ziehen uns schon mal an."

Tim rannte los, doch Paulina machte keine Anstalten, sich von ihrem Buch zu lösen. Anja ging zu ihr rüber, legte sich neben sie ins Bett. „Na, ist es spannend?", fragte sie und bekam nur einen leisen Seufzer als Antwort. Sie blieb kurz neben ihrer Tochter liegen und überlegte, was sie anziehen würde und was sie mit den beiden heute machen wollte.

Als sie gerade grübelte, wo im Ort wohl eine Drogerie sei – sie brauchte Taschentücher und eine Bodylotion –, hörte sie, wie Paulina ihr Buch zuklappte. „Gerade ist es noch nicht richtig spannend", sagte sie. „Aber ich glaube, das ändert sich bald." Schon warf sie das Buch neben das Bett, schlug die Decke beiseite und rannte ins Bad.

Beim Frühstück schmierte sich Paulina mit großer Andacht ein Nutella-Brötchen und aß es langsam. Bei ihnen Hause gab es kein Nutella, weil Anja den Zuckerkonsum der beiden zu kontrollieren versuchte, aber jetzt war Urlaub, und sie hatte keine Lust, am Buffet Verbote auszusprechen.

Tim hatte sich befremdlicherweise den ganzen Teller voller Rührei geladen. Normalerweise war er kaum dazu zu bewegen, sein Müsli aufzuessen, und hier schaufelte er plötzlich jeden Morgen eine beachtliche Portion in sich hinein. Vielleicht die Seeluft, vielleicht eine Wachstumsphase.

Vom Nebentisch zwinkerte eine lockige Frau Anja aufmunternd zu. Sie saß zusammen mit einem gelangweilten Mann und einem Jungen etwa in Tims Alter, der ebenfalls Rührei-Fan zu sein schien.

„Die jungen Männer wollen groß und stark werden. Nicht wahr, Konstantin?", sagte sie halb an Anja, halb an ihren Sohn gerichtet. Konstantin aß ungerührt weiter.

Anja lächelte kurz und sagte: „Ja, sieht so aus." Wie sehr sie es hasste, wenn ihre Kinder mit „junger Mann" und „junge Frau" angeredet wurden. Dass die Tischnachbarin auch gleich noch ein Geschlechterklischee mit in den Satz gepackt hatte, ließ sie eine geistige „Kontakt-Vermeiden"-Notiz machen.

Kellner Stipe kam mit dem Kaffee und fragte in seinem charmanten Deutsch, ob sie gut geschlafen habe. Anja bejahte, und Stipe versicherte wie schon am Vortag, dass sie es nur zu sagen brauchte, wenn sie noch irgendetwas wünschte oder etwas nicht zu ihrer Zufriedenheit – seine Zunge stolperte ein bisschen in der Mitte des Wortes – sei.

Stipe hatte im Vorjahr Anjas Mutter so liebevoll umsorgt und wohl auch ein kleines bisschen mit der agilen alleinstehenden Dame geflirtet, dass er in ihren Urlaubsschilderungen fast mehr Raum eingenommen hatte als ihre Eindrücke von der Stadt oder vom Essen. Wenn Anja es sich genau überlegte, war Stipe der Grund, warum sie selbst nun in diesem Frühstücksraum mit Meerblick saß. Ihre Mutter hatte ihr diesen Urlaub quasi befohlen – und ihn auch bezahlt.

„Du musst mal hier raus, das Meer wird dir guttun, es macht den Kopf frei. Und außerdem sind sie im Hotel äußerst zuvorkommend. Mein Kellner Stipe zum Beispiel war die Höflichkeit in Person, und er weiß viel über die Geschichte Istriens."

Bevor sie ein weiteres Mal zitieren konnte, was sie von Stipe über den römischen Einfluss auf die Halbinsel gelernt hatte, hatte Anja eingewilligt. Und heute, am vierten Tag, waren auch ihre Skrupel, in so einem Luxusschuppen voller reicher Leute aus Deutschland, England und Holland zu wohnen, allmählich verflogen. Sie war froh, Hamburg und den Gedanken an Phillipp entkommen zu sein.

4

Jovana war am Abend bald in ihr Zimmer gegangen, um ein bisschen zu lesen. Eigentlich war es gar nicht ihr Zimmer, sondern das ihrer Cousine. Doch seit Tamara mit ihrem Mann zusammengezogen war, stand es leer. Zwei Boygroup-Poster hingen noch an der Wand, und ein paar alte Bücher, Hefte und CDs lagen im Regal. Jovana hätte *Plavi Orkestar* eigentlich gerne abgehängt, aber nach zwei, drei Wochen übersah sie die grinsenden Kerle. Sie hatte die Nacht-tischlampe auf ihr Buch gerichtet und das dünne Laken nur bis zum Bauchnabel über ihren Körper gezogen. Es war noch immer warm, was Jo aber nichts ausmachte.

Als sie gerade umblättern wollte, brummte ihr Mobiltele-fon neben ihr. Sie las die Seite zu Ende und schaute dann, wer geschrieben hatte. Jannis! Er war am Tag zuvor mit dem Bus von Rovinj nach Rijeka gefahren und schüttete seine Be-geisterung in sein Telefon.

„Tolle, tolle Stadt! Wunderschöne Uferpromenade, dann so eine Art Catwalk vom Hafen ins Meer. Und so eine krasse Geschichte. Nichts gegen Rovinj, aber was hier los war … Hatte ich alles gar nicht auf dem Schirm, vor allem, dass mal faschistische Spinner die Stadt besetzt hatten. Hölle! Und auch noch ein Schriftsteller an der Spitze! Ich muss mal was von dem lesen. Wie läuft es bei Dir?"

Jovana schrieb kurz zurück und riet Jannis davon ab, Ga-briele D'Annunzio zu lesen. „Reine Zeitverschwendung. Lies lieber mal was Aktuelles. Ivana Sajko zum Beispiel ;)"

„Ja, ja, kommt noch", schrieb er zurück. *„Laku noć!"* Jo-anna wünschte ihm ebenfalls eine gute Nacht und schickte noch hinterher: „Ich vermisse Dich schon …" Ein Haufen Kuss- und Herz-Emojis waren seine Antwort.

Jannis war mit Jovana aus Berlin gekommen. Der erste Ur-laub seit seiner Brust-OP zu Beginn des Jahres. Er war über-glücklich, nun endlich befreit und mit flachem Oberkörper ins Wasser gehen zu können. Dass ein paar Badegäste auf seine Narben starrten, konnte seine Freude nicht trüben. Jovana hatte sein strahlendes Gesicht noch vor Augen, als er zurück zum Liegeplatz kam, um sich abzutrocknen. Sie war froh, dass ihr Freund die lange Zeit der Angst, der Anträge und der Arztbesuche nun hinter sich hatte und sein Leben unbeschwerter leben konnte.

In Rovinj hatte Jannis für eine Woche ein kleines Apartment gemietet, sich die Stadt angeschaut und viel am Strand gelegen. Abends war er meist mit Jovana zusammen gewesen; auch ihre Freunde Maja und Damir hatte er kennengelernt. Sie mochten ihn sofort, machten ihm Komplimente für sein Kroatisch, das eigentlich mehr Serbisch war, doch bei einem Ausländer nahm man es nicht so genau. Immer wieder brachte er sie zum Lachen mit seiner überbordenden Begeisterung für jugoslawische Literatur und Rockmusik.

„Oh, Mann, das hört höchstens noch meine Tante", hatte Damir zu Jannis' Achtziger-Schwärmereien gesagt.

„Deine Tante kennt sich eben aus. Das war das schließlich das beste Pop-Jahrzehnt überhaupt. Ich kann das sagen, denn ich war dabei", gab Jannis zurück, der etwas älter war als die anderen.

Aufgewachsen in Berlin-Marzahn, hatte er seine Schulzeit in der DDR absolviert und in den Neunzigern in besetzten Häusern in Mitte gewohnt, bevor er im Friedrichshain eine queere WG mitgegründet hatte, in der er immer noch lebte – mit Mietvertrag mittlerweile.

Jetzt war er auf einer Reise, die ihn über Rijeka nach Bosnien führen sollte. Er wollte zunächst Travnik besuchen, den Geburtsort seines Idols Ivo Andrić, dann Sarajevo und schließlich Višegrad, die Stadt, in der dessen Meisterwerk *Die Brücke über die Drina* spielte. Jannis hatte alles von Andrić gelesen. Erst auf Deutsch und, seit er die Sprache besser konnte, noch einmal im Original. Er hatte seine Masterarbeit über den einzigen jugoslawischen Literaturnobelpreisträger geschrieben, aber bisher nur das Museum in dessen einstiger Belgrader Wohnung besucht. Für den Trip zu Andrićs Wurzeln konnte er endlich seinen neuen Pass mit seinem richtigen Vornamen benutzen. Der erste Stempel darin würde ein bosnischer sein.

Jovana hätte ihn eigentlich gern begleitet. Doch es klappte zeitlich nicht. Denn jetzt war Hochsaison, und sie half ihrem Onkel Bogdan mit seinen Ausflugsschiffen. Es war der dritte Sommer, in dem sie das machte und in seinem Haus wohnte. Sie fühlte sich wohl hier, die Arbeit war okay. Dass sie zwei Monate am Meer sein konnte, war ihr fast wichtiger als das Geld, das Bogdan ihr zahlte. Viel war es ohnehin nicht, doch sie musste nichts für die Unterkunft zahlen, und Tante Marija kochte wirklich hervorragend. Der Sommer bedeutete für sie auch eine Auszeit von Deutschland, das sie bei aller Wertschätzung auch immer wieder nervte mit seiner Kleingeistigkeit und der Enge der Herzen.

Dass die Menschen in Rovinj so viel offener, wärmer und freundlicher waren, erklärte sie sich mit dessen Nähe zum Meer. Hinzu kamen aber auch die unsichtbaren Fäden, die sie mit demselben vom Globus verschwundenen Land verbanden wie Jovana. Es gab da etwas, das immer noch weiterschwang und Jo ein Gefühl von Vertrautheit vermittelte. Das alles trug dazu bei, dass sich ihre Akkus in Istrien wieder aufluden.

„Dobro jutro!" Jovana setzte sich an den Frühstückstisch. Marija schenkte ihr Kaffee in den Becher. Bogdan schaute von der Zeitung auf, wünschte ihr ebenfalls einen guten Morgen, um dann sofort einen Blick auf seine Armbanduhr zu werfen.

Jovana verstand schon: Er fand, dass sie spät dran sei. Schon ein paarmal hatten sie darüber diskutiert, ob ihnen morgens potenzielle Kunden entgingen, wenn Jovana erst gegen 10 Uhr an ihrem Stand aufkreuzte. Sie war der Meinung, dass vorher eh kaum Touristinnen und Touristen unterwegs waren. Bogdan war sich sicher, dass das sehr wohl der Fall sei. Blieben gelegentlich einige Plätze auf seinen beiden Schiffen frei, ließ er es sich nicht nehmen, noch mal auf ihre „späte" Anfangszeit hinzuweisen. Richtig böse wurde er aber nie, dafür liebte er seine Nichte viel zu sehr. Er war froh, sie im Sommer bei sich zu haben, und so beließ er es diesmal mit einem Blick zur Uhr.

Um kurz nach 10 hatte Jovana den Stand aufgebaut und sich auf den Barhocker dahinter gesetzt. Sie sortierte gerade die Faltblätter, als sie von rechts eine genervte Frauenstimme rufen hörte.

„Komm jetzt bitte, Tim!"

Es war die Frau von gestern, neben ihr das Mädchen und etwa zwanzig Meter hinter ihnen der kleine Taucher, der offenbar versuchte, eine Möwe zu hypnotisieren. Oder hatte sie ihn hypnotisiert? Die beiden standen jedenfalls regungslos, Auge in Auge, voreinander.

„Sofort!", rief die Frau in schneidendem Ton, womit sie den Bann durchbrach: Der Junge wandte sich von dem grauweißen Vogel ab und rannte los. Kurz vor Jovanas Stand erreichte er seine Mutter, deren linke Hand er ergriff, als wäre nichts gewesen. Genervt schaute sie auf ihn hinunter und ging dann normal weiter.

„Na, alles gut überstanden gestern?", sagte Jovana, als die drei auf ihrer Höhe waren.

Anja drehte den Kopf zu ihr und brauchte einen Moment, um sich zu sortieren. Sie blieb stehen.

„War ja ein ganz schöner Schreck am Strand", sagte Jovana, die bemerkt hatte, dass Anjas Kopf noch damit beschäftigt war, sie wiederzuerkennen.

Jetzt hatte sie es. „Ja, das war ein Schreck, aber es geht schon wieder. Eine Schramme halt."

Tim streckte sein Schienbein vor, Jovana beugte sich über den Stand, um es besser sehen zu können. „Hmm, ja das braucht ein paar Tage", sagte sie. „Hey, da habe ich eine Idee für euch: Macht doch einen Ausflug mit dem Schiff. Zufällig habe ich hier ein paar schicke Angebote." Bei den letzten drei Worten schaute sie Anja direkt in die Augen und zeigte ihr freundlichstes, wärmstes Lächeln, das sie bei ihrer Arbeit im Sommer weit häufiger benutzte als den Rest des Jahres in Berlin.

„Au ja, ich will Boot fahren!", rief Tim sofort und zog an Anjas Hand. Er zeigte auf eine der großen Fotografien, die auf die äußere Standwand gedruckt waren.

Anja schaute nicht zu ihm hinunter, sondern weiter in Jovanas Augen. Wie schön grün sie blitzten. Ja, sie war sicher eine gute Verkäuferin, aber Anja schaltete bei solchen Straßenrand-Anbietern grundsätzlich erst mal auf Durchzug. Sie hasste das Gefühl, etwas aufgeschwatzt zu bekommen.

Derweil hatte Jovana begonnen, Tim zu erklären, dass es sich bei der von ihm ausgewählten Tour um eine Fahrt durch den Limski-Kanal handelte. „Und auf der Rückfahrt gibt es einen Stopp an einer Piratenhöhle", sagte sie gerade und tippte mit dem Zeigefinger auf die abgebildete Flagge.

Tim hüpfte aufgeregt herum. „Toll, da müssen wir hin, bitte, Mama", rief er.

Anja schaute ihn an, dann Paulina, die die Szene halb gelangweilt von der Seite betrachtete. „Echt jetzt?", sagte sie in die Richtung ihrer Kinder.

„Ja, auf jeden Fall!" Tim zog wieder an ihrer Hand. Sie schaute zu ihrer Tochter, die mit den Schultern zuckte.

„Okay, dann machen wir einen Ausflug", hörte sich Anja sagen, wobei sie sich plötzlich fast ein bisschen euphorisch fühlte, wohl, weil sie gegen ihre Gewohnheit handelte. Aber, hey, wir fahren ja nicht auf den Mars, es ist bloß ein Kanal, beruhigte sie sich gleich wieder, während Jovana ihr die Abfahrtszeiten erläuterte und die Preise auflistete. Sie entschied sich schnell, bezahlte und sah ein freudiges Grinsen, das sich in Tims Gesicht ausbreitete.

„Prima, dann seid um zehn vor zwei wieder hier, ich bringe euch dann zum Anleger", sagte Jovana.

„Alles klar, bis dann", antwortete Anja und wendete sich zum Gehen, ihre Kinder rannten vorweg.

„Tschüs!", rief Jovana ihnen hinterher.

Das fing ja super an heute. Sie hatte einige Vorbestellungen von gestern auf der Liste, online hatte sich zudem eine zehnköpfige Gruppe angemeldet, und über die Agenturen, mit denen sie zusammenarbeiteten, war auch schon einiges reingekommen – die Kanal-Tour mit der Aneta würde sicher ausgebucht sein, und für die Panoramarundfahrt sah es ebenfalls ganz okay aus. Hochsaison, gute Sache. Und da näherten sich auch schon die nächsten Touristen, um nach den Preisen zu fragen. Lächeln und los.

5

Während sie im Supermarkt nach Pflaster für Tim suchte, gefiel Anja die Ausflugsidee immer besser. Sie freute sich auch, die Frau mit den schwarzen Haaren und dem schönen Lächeln noch mal zu treffen. Ihr fiel auf, dass sie ihren Namen gar nicht kannte. Und wieso sprach sie eigentlich fließend Deutsch? Hatten sie nicht gestern Englisch geredet? Sie hatte sie für eine Einheimische gehalten, wobei die vielen Tattoos schon ungewöhnlich waren. Bei Frauen sah man hier eigentlich kaum welche und schon gar nicht solche. Anja war eine Art Pin-up-Girl auf dem Oberarm in Erinnerung geblieben. Hatte Amy Winehouse nicht auch so eins gehabt?

Endlich fand sie die Pflaster, warf auch noch eine Packung Taschentücher in den Korb und ging dann in die Richtung, aus der die streitenden Stimmen ihrer Kinder kamen. Sie ging zwischen ihnen in die Knie, schaute zwischen ihnen hin und her und sagte streng: „Ihr benehmt euch jetzt, sonst wird das nichts mit dem Schiff."

Als hätte sie einen Zauberspruch gesagt, gingen die beiden einen Schritt voneinander weg, hörten auf zu lamentieren und nervten tatsächlich nicht mehr. Das Mittagessen verlief sogar regelrecht harmonisch.

Am Stand hatten sich bereits einige Leute versammelt, als Anja mit den Kindern dort ankam. Jovana schaute auf ihr Klemmbrett, vermerkte etwas und sagte auf Englisch, dass es jetzt losgehe und alle ihr folgen sollten.

Auf dem kurzen Weg zur Anlegestelle des Schiffs rannte Tim zu ihr. Etwas hatte ihn seit dem Morgen beschäftigt, und er wollte es dringend vor Abfahrt klären. „Du, du, ich habe eine Frage", sagte er halb neben, halb vor Jovana laufend.

„Na, dann frag doch. Ich heiße übrigens Jovana, aber du kannst gern Jo, sagen."

„Okay, Jo, sag mal, wohnen da echt Piraten in der Höhle?"

Sie lachte und antwortete: „Nein, da lebt niemand. Aber es heißt, dass es früher Piraten gab, die sich dort versteckt haben, wenn sie von einem ihrer Raubzüge durch die Adria zurückkamen."

Jovana zwinkerte Anja zu, die inzwischen mit Paulina zu den beiden aufgeschlossen hatte. Natürlich war das alles reine Erfindung, ein relativ leicht zu durchschauender PR-Trick zur Touristenunterhaltung. Bei Familien mit Kindern funktionierte er ganz gut.

Anja verstand. „Da haben wir aber Glück, dass da keine Piraten mehr sind, sonst hätten wir am Ende noch aufpassen müssen, dass die uns nicht beklauen", sagte sie.

„Oder dich klauen", sagte Jovana und packte Tim blitzschnell mit beiden Händen an den Oberarmen. Er schrie erschrocken auf, völlig überrumpelt von ihrer Bewegung. Doch als sie ihn lachend gleich wieder losließ, musste auch er lachen.

Paulina verdrehte die Augen und hielt zwei Schritte Abstand zu ihnen. Die Idee, dass ihr kleiner Bruder von Piraten gekidnappt wird, fand sie gar nicht mal so schlecht. Endlich Ruhe. Aber ne, da war ja noch ihre Mutter, die bestimmt total durchdrehen würde, dann wäre es also doch nichts mit Ruhe.

Sie hörte, wie ihre Mutter sagte: „Ich bin übrigens Anja. Und die beiden hier heißen Tim und Paulina", und sie zeigte in Richtung der Kinder.

„Freut mich, ich bin Jovana."

„Aber du kannst Jo sagen", krähte Tim dazwischen.

„Alles klar, freut mich auch."

Sie waren angekommen. Die Aneta, ein mittelgroßes Holzschiff mit einem überdachten Vordeck, war bereits gut gefüllt; es fehlte nur noch das Dutzend von Jovana.

„Please, come on board", sagte sie mit lauter Stimme und postierte sich neben die kleine Gangway, über die die Gäste zusteigen konnten. *„Have a nice trip. See you later!"* Leiser und auf Deutsch sagte sie zu Tim: „Viel Spaß und pass auf in der Höhle."

„Warum kommst du nicht mit?"

„Ich muss hier noch arbeiten. Wir sehen uns."

Inzwischen waren alle auf dem Schiff, Anja schob Paulina und Tim über die Gangway, die ein Mann in weißer Kleidung sogleich an Bord zog, der Motor knatterte lauter, vorne wurde der letzte Fender eingeholt, und los ging es. Jovana winkte Tim und Anja. Paulina schaute demonstrativ nach vorn.

Als die Aneta den Hafen verlassen hatte, ging Jovana zurück. Es war Zeit für die Mittagspause, die sie immer in dem Café neben ihrem Stand verbrachte. Der Besitzer war ein alter Freund ihres Onkels, weshalb sie den Stand auch abends dort im Lagerraum einschließen konnte. Jovana setzte sich unter einen der beigefarbenen Sonnenschirme und bestellte einen Salat und ein Mineralwasser, und als sie gerade nach ihrer Zeitung kramte, quetschte sich Tante Marija zwischen den Stühlen und Tischen zu ihr durch.

„Hallo!", rief sie in Jovanas Richtung. „Magst du ein bisschen Gesellschaft?"

„Klar, setz dich", antwortete Jovana. Sie liebte ihre Tante sehr, denn anders als bei ihrer Mutter fühlte sie sich von ihr nie bedrängt, bewertet oder überwacht. Wahrscheinlich stammte ihr warmes Gefühl für Marija aus der Zeit, als sie schon einmal in ihrem Haus gewohnt hatte.

Ohne groß zu fragen, hatten Marija und Bogdan Jovanas Familie aufgenommen, als die vier wegmussten aus ihrem Ort in der Krajina. Im Spätsommer 1991 war das gewesen. Jovana war zehn und hatte in den Wochen zuvor nicht verstanden, warum manche Leute sie auf einmal so finster anschauten, warum ein Nachbar vor ihrem Vater ausspuckte und ein Grüppchen Frauen auf der Straße über ihre Mutter tuschelte. In einer Nacht, kurz nachdem die katholische Kirche ausgebrannt war, hatten Jovanas Eltern ihren roten Yugo bis oben hin mit ihren Habseligkeiten vollgestopft, sie und ihre ältere Schwester Lidija geweckt und waren losgefahren.

Genauso hatten das zuvor schon zwei Familien vom anderen Ende des Dorfes gemacht.

Jovanas Vater hatte vor allem Nebenstraßen und Feldwege benutzt, um die Straßenblockaden der neuen, selbsternannten Machthaber zu vermeiden. Nach einer schier endlosen Zickzackfahrt, die Jovana größtenteils verschlief, erreichten sie am nächsten Tag Rovinj. Lange hatte Bogdan seinen Bruder zur Begrüßung umarmt. Jovana erinnerte sich genau an diesen Moment, denn es war das erste Mal, dass sie ihren Vater weinen sah. Vor allem hörte sie es, denn sein Gesicht war an die Brust seines älteren Bruders gedrückt. Sein Schluchzen und das erstarrte Gesicht ihrer Mutter hatten sie völlig verstört.

Als Jovana hilfesuchend zu Lidija rüberschaute, kam Marija zu ihnen, kniete sich vor sie und fragte, ob sie vielleicht Lust auf eine Cola hätten. Hatten sie. Marija führte die beiden in die Küche und gab beiden ein Glas Cockta. Die Kälte und Süße des Getränks vertrieben Jovanas Verwirrung sofort. Der Geschmack der jugoslawischen Cola, die es bei ihnen zu Hause höchstens an Geburtstagen gab, hatte seitdem eine beruhigende Wirkung auf sie.

Tamara und Marko, die Kinder von Marija und Bogdan, waren in die Küche gekommen. Außer einem kurzen „zdravo" brachten sie nicht viel über die Lippen. Skeptisch schauten sie zu ihren Cousinen hinüber, die ebenfalls nur kurz Hallo sagten. Die vier kannten sich quasi schon ihr Leben lang. Einen Teil der Sommerferien hatten die Familien stets zusammen verbracht. Da es am Meer für die Kinder aufregender war, war meist Jovanas Familie nach Rovinj gekommen. Hier hatte Jo Schwimmen gelernt, war den ganzen Tag draußen gewesen und von Tamara in ihren Freundinnenkreis eingeführt worden. Sie waren eine richtige kleine Gang gewesen, was Jovana mächtig stolz gemacht hatte – vor allem auch, weil sie ganz ohne Lidijas Hilfe klargekommen war. Jovana hatte sie – anders als zu Hause, wo sie immer „die kleine Schwester von" blieb – sozial überflügelt, denn Lidija hatte lange keine eigenen Freundschaften in Rovinj, sondern war meistens in der Nähe der Eltern geblieben.

Erst im Jahr vor ihrer Flucht hatte sich das geändert, weil einer der Jungs aus Markos Clique sich für sie interessierte und Marko gebeten hatte, sie mal mit zu ihrem Strand zu bringen. Zwar fand sie diesen Freund ihres Cousins langweilig, doch zwei andere Jungs aus der Gruppe hatten nette Freundinnen, die sich über das neue Gesicht freuten und sich gleich um sie bemühten. Lidija war so begeistert, endlich ihre eigenen Leute zu haben, dass sie bei den Abendessen in diesem Sommer gar nicht mehr aufgehört hatte, von ihren neuen Bekanntschaften zu erzählen.

Nun war alles anders, denn sie waren nicht nur zu Besuch hier. Tamara und Marko wirkten reserviert und unsicher. Ihnen war klar, dass sie nett sein sollten zu ihren Cousinen, doch es gelang ihnen nicht recht, was vor allem daran lag, dass sie nun wieder in einem Zimmer schlafen mussten.

Erst vor einem Jahr war die Familie in das neue Haus gezogen, Tamara und Marko hatten sich riesig über ihre eigenen Zimmer gefreut. Und jetzt das: zurück auf Los wegen der Kinder vom Dorf. Jovana und Lidija waren sich ihrer Rolle als Störerinnen sehr bewusst gewesen. Beide wurden in den darauffolgenden Wochen erst sehr still, dann begannen sie sich immer häufiger miteinander zu streiten, wobei ihre Mutter wenig unternahm, ihre Töchter zu beruhigen. Sie fand kaum aus ihrer anfänglichen Schockstarre heraus, wurde immer dünner und blasser. Jovana verstand das damals nicht und war sauer auf ihre Mutter. Heute schämte sie sich für ihre kindische Selbstbezogenheit und wünschte sich, dass sie ihre Mutter besser unterstützt hätte. Wie ein Zombie war sie ihr vorgekommen: gelähmt und unerreichbar. Dabei war es doch offensichtlich gewesen, warum sie in diesem Zustand war. Sie wusste nicht, ob sie ihr Haus und vor allem ihre Mutter und ihre Tante, die im Dorf geblieben waren, je wiedersehen würde. Die beiden waren verwitwet und gingen jeden Tag gemeinsam zum Friedhof, um die Gräber ihrer Männer zu besuchen.

Ihre Sorge galt zudem ihrer alten Freundin Janica, die mit ihrer kroatischen Familie schon vor ihnen weggegangen war. Obwohl sie Jovanas Mutter hundertfach versichert hatte, sich zu melden, wartete diese bis heute auf ein Lebenszeichen von Janica.

„Warum, warum, warum tun diese wild gewordenen Dummköpfe das nur?", hatte die Mutter immer wieder gesagt. Dieses „Warum?" hatte sich in Jovanas Kopf eingebrannt, denn auch auf der Fahrt nach Rovinj hatte die Mutter es ständig wiederholt. Jo war klar, dass es den serbischen Paramilitärs galt, unklar blieb für sie jedoch, ob die Mutter wirklich nicht verstand, was vor sich ging, oder es einfach so schrecklich fand, dass ihr die Worte fehlten.

In Rovinj war Jovanas Mutter dann fast ganz verstummt. Sie saß stundenlang vor dem Fernseher, verfolgte alle Nachrichten aus der Krajina und vermied es, aus dem Haus zu gehen. Zwar wurde in Istrien nicht gekämpft und die Leute hier waren traditionell offener, linker eingestellt, doch fürchtete die Mutter, auf Nationalisten zu treffen. In die Stadt kamen deutlich weniger Touristen als vor dem Krieg, gleichzeitig sah man in den schmalen Gassen der Stadt immer wieder uniformierte junge Männer, die auf Fronturlaub waren. Jovanas Mutter mochte sich gar nicht vorstellen, was sie alles getan hatten oder noch tun würden. Wie durch einen schwarzen Schleier hatte sie die Welt damals wahrgenommen, unfähig, mit ihrer Familie zu kommunizieren. Ihr Mann, der jeden Baujob annahm, den er kriegen konnte, und meistens todmüde nach Hause kam, war komplett überfordert mit der Situation.

In dieser Zeit wurde Marija zu einer Art Ersatzmutter für Jovana, die mit Fragen und Sorgen immer häufiger zu ihr kam. Ihr Ansehen bei Tamara und Marko – die ein und drei Jahre älter waren als sie – sank dadurch noch weiter. Die beiden kamen gerade in ihre Coolness-Phase, in der sie den Kontakt zu den Eltern und zueinander möglichst gering zu halten versuchten. Jovana war das egal; sie kuschelte sich sogar beim Fernsehen an Marija.

Unendlich lange her erschien Jovana das heute, als die beiden bei gemischtem Salat, Brot und Mineralwasser beieinandersaßen. Sie plauderten ein bisschen, wobei Jovana deutlich gesprächiger war als sonst. Zu ihrer eigenen Überraschung erzählte sie Marija von der Begegnung mit Anja und dass sie sie heute wiedergesehen und zu einer Tour mit der Aneta überredet hatte. Die Tante hörte lächelnd zu und war erleichtert über die gute Laune ihrer Nichte. Die morgendliche Spannung zwischen Jovana und Bogdan war offensichtlich restlos verflogen. Nach einem Kaffee machte sich Marija auf den Weg, Jovana ging zurück zu ihrem Stand.

6

Das Schiff beeindruckte Anja. Es war ganz aus Holz, nicht so eine moderne Plastikschüssel. Massive Tische und Bänke am Bug und am Heck, dazu schmalere Sitzgelegenheiten an den Seiten. Laut tuckernd bewältigte die Aneta den Weg durch den immer schmaler werdenden Kanal. Anja genoss es, einfach nur im Schatten der Kabine zu sitzen, während sie auf das dichte Grün des Ufers starrte. Paulina saß still neben ihr, Tim begann irgendwann herumzurennen, was sie nicht weiter beachtete. Sicher würde er sich mit einem anderen Kind anfreunden, das war eines seiner seltsamen Talente, das er garantiert nicht von ihr hatte: furchtlos auf Leute zugehen und sie in seine Spielwelt ziehen. So hatte er auf dem Rückweg schon einen Kumpel gefunden, mit dem er kichernd in der komplett unspektakulären „Piratenhöhle" herumrennen konnte.

„Voll die Verarschung", war Paulinas Kommentar zu der zumindest schön kühlen Höhle, die man über eine steile Treppe erreichte. Ein paar Kuna waren auch noch fällig. Anja war es egal. Sie dachte an Jovanas Gespräch mit Tim vor der Abfahrt, ihr Zwinkern und Lachen. Sie merkte, dass sie selbst ein wenig grinste bei der Erinnerung.

Es war früher Abend, als die Aneta wieder in Rovinj anlegte. Die Sonne brannte nicht mehr ganz so schneidend vom wolkenlosen Himmel herab, als Anja und die Kinder sich in der Traube der Ausflugsgäste Richtung Gangway schob. Ihr Blick scannte das Ufer, bis er an einer feingliedrigen Gestalt in weißer Arbeitskleidung und sonnengebräunter Haut hängen blieb. Anja bewunderte die wenigen sicheren Handgriffe, mit denen Jovana das vom Schiff herübergeworfene Tau zu sich zog und um einen Poller legte. Das Pin-up-Girl auf ihrem Oberarm bewegte die Beine, der Kopf war unter dem Ärmel des Polo-Shirts verborgen. Schon wieder musste Anja grinsen.

Die Kinder sprangen vor ihr an Land, Tim hatte Jovana ebenfalls erspäht und rannte zu ihr. „Jo, Jo, es waren keine Piraten da, aber Igor und ich haben zwei Räuber in der Höhle gejagt", rief er.

„Oh, was haben die denn da gemacht? War das nicht gefährlich?"

„Nein, wir hatten ja unsere Gewehre und haben sie verjagt."

„Ach so, dann ist ja gut." Jovana wuschelte durch Tims Haare und wandte sich Paulina zu: „Wie hat's dir denn gefallen?"

„Ja, okay." Der Ton war weniger genervt, als Anja es erwartet hatte.

„Wow, da bin ich aber froh", sagte Jovana und machte mit der rechten Hand eine schüttelnde „Noch mal gut gegangen"-Geste. Dabei lächelte sie zu Anja rüber, die statt einer Antwort einfach loslachte und ihren Kopf kurz in den Nacken warf.

Überrascht von so viel Freude über ihren schlappen Scherz, schaute Jovana länger auf das Profil dieser Deutschen mit der irre hellen Haut. Sie hatte ihr einen solchen emotionalen Überschwang gar nicht zugetraut, aber sie mochte dieses Lachen, das kleine Fältchen neben den Augen aufblitzen ließ. Krähenfüße, schoss es Jovana durch den Kopf. Was für ein unnetter Ausdruck für etwas so Schönes. Gab es den eigentlich auch auf Kroatisch? Eher nicht …

Es nervte sie manchmal, dass ihr Worte in ihrer Muttersprache fehlten. Deutsch hatte sich über die Jahre vorgedrängelt. Natürlich war Kroatisch – oder Serbokroatisch, wie sie lieber dazu sagte – noch da, aber es musste immer ein bisschen wachgerüttelt werden. Auch deshalb war sie froh über die Sommerwochen in Rovinj. Selbst wenn sie mit den Touristen viel Englisch und Deutsch sprach, war die Sprache doch überall präsent, in der Familie sowieso. Aber Krähenfüße? Ne, das gab es nicht auf Kroatisch, aber Falten, *bore*, das Wort fiel ihr gleich ein.

„Was ich gut fand, war, wie auf beiden Seiten das Ufer immer näher kam", sagte plötzlich Paulina. „Ich hab mir vorgestellt, dass in den Bäumen vielleicht Affen leben. Sie schwingen da herum. Irgendwie dschungelmäßig." Was war das denn für ein Redeschwall? Anja war völlig hingerissen. So viel hatte ihre Tochter schon seit Tagen nicht mehr am Stück geredet. Und als Jovana antwortete, dass sich Affen dort sicher wohlfühlen würden, wobei sie noch nie welche gesehen hatte, entgegnete Paulina sogar noch: „Ja, dann müsste man vielleicht mal welchen Bescheid geben, dass sie herziehen können. Ist ja echt gut hier."

„Super Idee, mach das mal, wenn du im Zoo bist. Hier ist es eindeutig besser." Jovana strich auch Paulina durch die Haare. Was dann wohl zu viel des Guten war, denn das Mädchen verstummte sofort und machte einen Schritt zur Seite.

Inzwischen hatten sie das Hafengelände verlassen und standen an der Straße, die zurück zum Hotel führte. Anja sagte: „Wir müssen hier lang." Sie zeigte nach rechts. „Vielen Dank für den schönen Nachmittag."

„Ja, da nicht für. Habt einen schönen Abend."

„Du auch", sagte Anja, doch weder sie noch ihre Kinder bewegten sich vom Fleck, während Jovana noch einigen anderen Gästen zum Abschied winkte. Jetzt drehte sie sich wieder zu den dreien, schaute Anja direkt an, die Lachfältchen neben ihren Augen waren verschwunden. Schade.

„Danke, ich werde mich ausruhen", hörte sie sich sagen. Wie uninteressant und überflüssig, dachte sie und schob, wie um den Satz zu übertönen, hinterher: „Habt ihr es weit?"

„Nein, wir sind gleich dort vorne im Maritimo."

Oh, wie nobel. Frau mit Geld, dachte Jovana. Und wie abgefahren, denn zwei Tage später würde sie dort aushelfen. Tamara, die an der Rezeption arbeitete, hatte sie gefragt, ob sie Zeit für einen Extra-Job an der Bar hatte. Obwohl es anstrengend sein würde, nach einer kurzen Nacht wieder den Stand zu betreuen, hatte Jovana zugesagt. Es war eine gute Abwechslung, okay bezahlt. Letztes Jahr hatte sie schon mal

Cocktails beim Disco-Abend gemixt. Der DJ war in Ordnung gewesen, und es war amüsant, den betrunkenen Touris beim Tanzen zuzuschauen.

„Dann sehen wir uns vielleicht am Freitag. Ich arbeite an der Bar bei der Hotel-Disco", sagte Jovana zu Anja, die sich erinnerte, dass sie ein ziemlich buntes Plakat mit einer Discokugel im Foyer gesehen hatte. Und Stipe hatte vielleicht auch schon irgendwas in der Richtung erwähnt. Sie hatte nicht richtig zugehört.

Hotel-Disco! Sicher eine traurige Veranstaltung für Paare, die schon ewig nicht mehr tanzen gingen, und natürlich für irgendwelche einheimischen Aufreißer-Typen. Beides wollte sie sich lieber nicht aus der Nähe anschauen. Außerdem hatte sie ja die Kinder.

„Ja, ich hab schon überlegt hinzugehen. Frage mich allerdings, was da wohl für Musik läuft", sagte Anja, was ihr zwei recht erstaunte Blicke von rechts unten einbrachte. Seit wann interessierte sich ihre Mutter für Disco-Abende? Hatte sie überhaupt eine Ahnung, wie man tanzt? Berechtigte Zweifel. Denn Anja war zuletzt in einem Club gewesen, als Tim gerade laufen konnte. Dabei hatte ihr Tanzen immer Spaß gemacht, selbst wenn sie eigentlich andere Musik mochte.

Damals hatte sie ein paar Freundinnen, die sie immer mitnahmen. Als Silke ebenfalls Mutter geworden war, schlief die Weggeh-Clique langsam ein – vielleicht hatten die übriggebliebenen Singles und Kinderlosen auch einfach keine Lust auf die Kindergespräche und Babysitterdramen der beiden Mütter. Anja war es nach einer Weile egal gewesen, sie sagte sich, dass sie jetzt halt in einer anderen Lebensphase sei. Phillipp hatte das ohnehin nicht gern gesehen, dieses Durch-die-Clubs-Streunen. Und so erfüllte es ihn mit Zufriedenheit und Stolz, dass sie nun manchmal mitging, wenn er klassische Konzerte besuchte. Das sah einfach besser aus, wenn er mit seiner Frau unterwegs war.

Dass es Phillipp nicht in erster Linie um die Musik ging, hatte Anja begriffen, wenn sie in den Pausen mit seinen

Kanzleikollegen oder Politikern herumstand. Sein Vater hatte es schließlich genauso gemacht, das Opern-Abonnement, die Spenden für den Bau der Elbphilharmonie – so etablierte man sich in Hamburgs besseren Kreisen. Phillipp hatte sich alldem lange verweigert, schließlich liebte er Rockmusik, vor allem Bruce Springsteen. Doch jetzt war er eben in einer neuen Lebensphase, da musste man „auch mal über den eigenen Tellerrand schauen", wie er es in seiner gruseligen Phrasendresch-Manier ausdrückte. So ging Anja also mit – nicht in Opern, aber zumindest in Sinfoniekonzerte. Dort schweifte sie mit den Gedanken ab, genoss einfach die Zeit ohne Arbeit und Kinder.

„Der DJ ist ganz okay, legt so Elektro- und House-Sachen auf", sagte Jovana, und Anja entgegnete schnell – auch um die Kinder abzulenken: „Das ist doch prima, Hauptsache nicht so durchgenudelte Ü40-Hits."

„Nee, keine Angst. *It's Raining Men* musst du nicht befürchten."

„Toll. Dann schau ich vielleicht mal kurz vorbei, wenn die beiden hier schlafen."

„Prima, würde mich freuen, ich mix dir auch einen Spezial-Cocktail, wenn du magst", sagte Jovana und zwinkerte kurz mit dem linken Auge. Sie wusste selbst nicht recht, was das sollte, aber diese Anja gefiel ihr halt, und bestimmt gab sie gern Trinkgeld.

7

Als Jovana den Stand zusammengepackt hatte, checkte sie ihr Telefon. Maja hatte getextet, dass ihr um neun im Drum recht sei. Jovana schickte ein paar Herzchen zurück und machte sich auf den Heimweg. Zum Glück musste sie erst morgen wieder beim Putzen der Aneta helfen, heute übernahm das Marija. So blieb ihr noch etwas Zeit zum Duschen und Abendessen, bevor sie sich auf den Weg machte, ihre beste Freundin in Rovinj zu treffen. Die beiden kannten sich vom Sehen seit der Zeit, als Jovana hier für ein Jahr auf die Schule gegangen war. Maja war zwei Jahre älter und spielte in der Pause immer mit den Jungs Basketball, wobei Jovana anfangs manchmal zugeschaut hatte. Angesprochen hätte sie die Ältere nie im Leben, auch weil Maja in ihren Jungsklamotten, mit den kurzen zerwuschelten Locken und den oft finster zusammengezogenen Augenbrauen irgendwie gefährlich wirkte.

Was natürlich größtenteils einer grundsätzlichen Abwehrhaltung geschuldet war, die Maja sich aus gutem Grund zugelegt hatte. Als junge Butch, die keine Anstalten machte, ihr Wesen zu verbergen oder zu verändern, hatte sie es nicht leicht. Seit der Pubertät musste sie immer wieder dumme Sprüche einstecken, meistens von älteren Jungs, die ihr anboten, es ihr mal heftig zu besorgen, damit sie auf die richtige Bahn käme. Die Mädchen behandelten sie normal, aber in ihre Cliquen ließen sie sie auch nicht. Nur die Basketballer akzeptierten sie umstandslos, denn Maja war eine verdammt gute Passgeberin und hatte einen feinen Sprungwurf.

Später, in Stuttgart, als Jovana sich noch unsicher war, ob sie lesbisch war, hatte sie oft an Maja gedacht. Sie war die einzige homosexuelle Person, die sie persönlich kannte oder von der sie es zumindest wusste. Ihre Stärke hatte sie beeindruckt, aber sie konnte sich nicht richtig vorstellen, auch so zu sein.

Richtig kennengelernt hatten sich die beiden dann in Jovanas erstem Rovinj-Arbeitssommer. Das war vor sieben Jahren gewesen. Maja führte den Bootsverleih ihres verstorbenen Vaters damals schon eine Weile alleine weiter. Sie hatte die aus fünf kleinen Motorbooten bestehende Flotte modernisiert, sie alle mit einer grün-gelben Spezialfarbe lackieren lassen und sich ein kleines Logo ausgedacht. Damals war ihr Liegeplatz an dem Kai, wo die Galeb 2, das andere, größere Schiff von Jovanas Onkel Bogdan, ihre Gäste an Land ließ.

Als Jovana dort an einem ihrer ersten Abende erschöpft von Bord ging, hörte sie halblaute Flüche von einem der benachbarten Boote. Es schaukelte wild, denn Maja schrubbte schwungvoll mit einem Wischmopp darin herum. Schließlich drückte sie ihn in einen Eimer, dessen Inhalt sie anschließend in hohem Bogen ins Hafenbecken schleuderte, und gab ihm noch ein *„Idi u kurac!"* mit auf den Weg. Dann drehte sie sich zur Kai-Kante, wo sie in Jovanas lachendes Gesicht schaute.

„Hat einer gekotzt?", fragte die sie. „Bei uns waren es heute sogar zwei", sagte Jovana und zeigte auf die Galeb 2.

Maja schaute nun nicht mehr so grimmig. Während sie an Land kam, sagte sie: „Ja, volle Ladung. Waren Engländer. Und ich frag noch: Seid ihr seefest? Es ist ein bisschen windiger heute. Die so: Ja, ja, alles gut. – Das haben wir gesehen!"

Als Maja schließlich vor ihr stand, erkannte Jovana sie: die Basketballerin, die Lesbe, wow! Sie hatte immer noch eine athletische Figur, war aber ein bisschen stämmiger geworden. Die Locken trug sie wie damals kurz. Jovana freute sich, auch wenn klar war, dass Maja sie nicht wiedererkannte. So blieb sie beim Fachgespräch: „Bestimmt haben sie getrunken."

„Klar, die Dosen haben sie mir auch gleich dagelassen." Sie hob die Mülltüte in ihrer linken Hand hoch und lachte.

„Komm, wir gehen was trinken", schlug Jovana vor.

Seither trafen sie sich während Jovanas Zeit in der Stadt regelmäßig, meist im Drum. Der Laden lag zwar nah am

Haupt-Hafenbecken, wo sich auch abends die Touristenmassen herumschoben, doch weil er sich nicht direkt am Wasser, sondern in einer engen Gasse befand, kamen eigentlich nur Einheimische her. Zudem lief hier ausschließlich Jazz. Besitzerin Dubravka liebte Monk, Coltrane, Sun Ra und ließ gelegentlich mal ein Album von Norah Jones oder Jamie Cullum durchlaufen. Das hielt auch den Rovinj-Nachwuchs größtenteils fern.

Maja saß an einem der mittleren Gassen-Tische, hatte sich gerade eine Zigarette angezündet und dem um ihre Waden streichenden Kater Dino den Kopf gestreichelt, als Jovana um die Ecke bog. Die beiden nahmen sich fest in die Arme.

„*Gdje si? Kako si!*", sagte Maja, während sich die beiden setzten.

„*Dobro sam*", sagte Jovana und merkte, dass es stimmte: Ihr ging es gut, richtig gut.

Die beiden bestellten Bier, und Maja erzählte ihr den neuesten Hafentratsch. Jovana hörte nur halb hin, weil sie das alles nicht so rasend interessierte und sie genau wusste, dass sie selbst auch schon Teil dieses Gequatsches gewesen war. Die tätowierte Švabica – sie war hier immer die Deutsche, auch wenn alle ihre Familie kannten –, die kam und ging. Das ließ schön viel Raum für Spekulationen.

Mit Maja waren sie hingegen schon längst durch. Sie hatte ihrem Vater Darko von Beginn an mit dem Bootsverleih geholfen, den er Mitte der Neunziger aufgebaut hatte, nachdem er seine Arbeit auf dem Fischerboot verloren hatte: politische Differenzen mit dem Besitzer. Darko sah es als Chance, sich endlich etwas Eigenes aufzubauen, wozu er sonst vielleicht nicht den Mut aufgebracht hätte. Also nahm er alles Geld, das er und seine in einer Bäckerei arbeitende Frau hatten, versetzte den Schmuck seiner Mutter und kaufte fünf halb kaputte Boote, die er selbst herrichtete. Darko war sich sicher, dass nach dem Ende der Kriege wieder mehr Touristen nach Rovinj kommen würden, die Boote mieten wollten. Das stimmte zwar, aber es dauerte eine ganze Weile, bis es lief – und außerdem nur im Sommer. Ohne das Gehalt seiner Frau hätte es nicht gut ausgesehen für die vierköpfige Familie. Maja machte damals eine Ausbildung in derselben Bäckerei wie die Mutter, doch sie hasste das frühe Aufstehen, das Mehl, eigentlich alles. Die Arbeit am Bootsverleih machte ihr viel mehr Spaß – und weil ihr Italienisch besser war als das ihres Vaters war sie ihm auch eine echte Hilfe.

Dass Maja auf Frauen stand, wussten alle am Hafen, ihre Eltern sowieso. Sie waren zunächst geschockt gewesen, dann ignorierten sie das Thema. Schließlich überwog die Sorge, dass Maja in Rovinj nicht glücklich werden würde, dass sie keine Partnerin fände und ein Leben als Außenseiterin führen müsste. Was auch erst mal so war, wobei Maja ihnen auch kaum etwas von ihren auswärtigen Affären erzählte. Umso mehr hatten sich die Eltern gefreut, als vor drei Jahren Jana aufgetaucht war: Majas große Liebe.

„Wie läuft's bei Jana?", fragte Jovana.

„Oh, gut. Sie ist gerade auf Korčula, spielt in den Cafés und am Wochenende bei einem kleinen Festival", sagte Maja. „Ich vermisse sie schon ziemlich."

Den ganzen Sommer war Jana mit ihrem Duo-Partner in den ex-jugoslawischen Republiken unterwegs und trat auf Plätzen, in Bars und bei Festivals auf. Sie spielten Coverversionen, aber auch eigene Stücke. Weil sie immer unterwegs war, wenn Jovana in Rovinj arbeitete, hatten sie sich nur zwei-, dreimal kurz getroffen. Einmal war Jana bei einem der Open-Air-Konzerte aufgetreten, die die Stadt jedes Jahr für die Touristen organisierte. Sie sang wirklich wunderschön, sah fabelhaft aus und hatte eine humorvolle Art, mit dem Publikum umzugehen. Obwohl ihr Duo nur die Vorband der großen Josipa Lisac gewesen war, hörten die meisten richtig zu. Jovana hatte mit Maja in der ersten Reihe gestanden und sich darüber amüsiert, wie Maja vor Stolz fast explodiert war – allerdings hatte sie auch ein paar böse Blicke zu den italienischen Mackern hinübergeworfen, die Jana offenbar sexy fanden.

„Wer spielt eigentlich dieses Jahr beim Open-Air-Festival?", fragte Jovana.

„Mehr Klassik und Jazz diesmal. Aber hey, Massimo Savić kommt nächste Woche", sagte Maja.

„Da muss ich natürlich hin. Bist du dabei?"

„Ich schau mal, aber ja, wahrscheinlich schon."

Jovana war in Deutschland mit Hip-Hop aufgewachsen, East Coast vor allem, darauf standen auch die anderen Ausländer, vor allem die Kinder der türkischen Gastarbeiterinnen und Gastarbeiter, mit denen sie die meiste Zeit verbrachte. So war die Verbindung zum Jugo-Pop erst einmal abgerissen, doch in Rovinj hatte sie durch das ständig laufende Küchenradio, ihre mitsingende Tante und durch die Sommerkonzerte zumindest einen kleinen Einblick.

Dubravka kam an ihren Tisch mit zwei Gläschen des leckeren Honig-Schnapses, den sie immer ihren Lieblingsgästen ausgab. Sie war in Plauderstimmung, und so kamen noch ein paar Schnäpse dazu. Um halb eins machte sich Jovana auf den Weg; sie wollte am nächsten Morgen nicht wieder Bogdans Zorn auf sich ziehen. Maja blieb noch. Sie würden sich bald sehen.

8

Langsam kam die Entspannung. Dabei half die tägliche Frühstück-Strand-Eis-Abendessen-Routine, die Paulina und Tim gut gefiel und von der sie keine Abweichungen duldeten. Anja war das recht. Sie kam endlich mal wieder zum Lesen und blieb nun auch von aufgeregten Kunden-Nachrichten auf ihrem Telefon verschont.

Am Strand hatte Paulina sie nach Jo gefragt und ob sie eigentlich zu der Disco gehen wollte. Es war unheimlich, als hätte ihre Tochter ihre Gedanken gelesen. Gerade hatte Anja ihren Roman kurz zugeklappt und ein bisschen auf die ruhige Adria geschaut. Sie dachte an Jovanas feine gebräunte Gestalt, wie sie mit der Taucherbrille zu ihnen herübergekommen war und sie Englisch miteinander gesprochen hatten. Zu gern hätte sie gewusst, woher sie so gut Deutsch konnte und was all diese Tattoos zu bedeuten hatten. Okay, das wäre wohl etwas zu intim, aber egal, sie hatte einfach Lust, noch mal mit ihr zu reden. Ob das wohl daher kam, dass sie nun schon seit fünf Tagen kein richtiges Gespräch mit einer erwachsenen Person geführt hatte, oder ob sie sich wirklich für Jovana interessierte, war ihr selbst nicht ganz klar. Jedenfalls merkte sie, dass sie sich Gedanken machte, wie sie am Freitagabend zu dem Disco-Abend gehen könnte.

„Ja, ich würde gern mal vorbeischauen", sagte sie Paulina. „Wenn ihr eingeschlafen seid."

„Okay, mach das. Wird bestimmt toll, und wir schlafen sicher ganz fest", sagte Paulina mit einem Seitenblick auf Tim, der bekräftigend nickte.

Anja wunderte sich über die Einigkeit ihrer Kinder. Doch wieso sollte sie sich über so ein ungewohntes Versprechen beklagen? Es passte zur Harmonie der letzten Tage und erfüllte sie mit einem wohligen Vorfreudegefühl.

Am Freitag waren alle Touren ausgebucht. Jovana hatte nonstop zu tun gehabt und war froh, dass sie sich vor ihrem Einsatz an der Hotelbar noch hinlegen konnte. Anschließend chattete sie kurz mit Jannis, der gerade im Bus nach Bosnien saß und von der bergigen Landschaft schwärmte, was er mit einer Reihe von Fotos dokumentierte.

„Außerdem habe ich einen neuen Freund! Als er sah, dass ich während der Fahrt *Travnička hronika* lese, hat er mich angequatscht. Er wohnt in Travnik und will mir das Geburtshaus von Andrić zeigen :)))"

„Haha, super, das hättest Du sicher auch noch selbst gefunden, aber schön, dass Du Gesellschaft hast. Umarmung aus Rovinj!"

„Ja, stimmt, aber ich freu mich über die Einladung. Er will mir auch seine Familie vorstellen. Umarmung zurück."

Beim Duschen dachte Jo kurz an Anja, hoffte, dass sie sie sehen würde, und stellte sich vor, wie sie wohl tanzte. Sicher ein bisschen gehemmt auf der Stelle. Wegen der Kinder ging sie wahrscheinlich schon lange nicht mehr aus. Während sie ihr weißes Hemd und die schwarze Hose anzog, überlegte Jovana, was für ein Typ wohl der Vater von Paulina und Tim war und ob sie schon länger ohne ihn auskam. Oder war er vielleicht nur aus beruflichen Gründen nicht mit ihnen im Urlaub und die beiden waren noch immer ein Paar? Das erschien ihr irgendwie unwahrscheinlich. Sie beendete ihre Spekulationen beim Schminken, was schnell ging, denn sie benutzte nur ein wenig Kajal und Wimperntusche.

Als Jovana im Maritimo ankam, ging sie sofort hinter den lang gestreckten Tresen des Veranstaltungssaals im Erdgeschoss. Chefbarkeeper Goran war gerade dabei, Eiswürfel auf die Kühler zu verteilen. Sie begrüßten sich kurz, und er bat sie, die Limetten und Zitronen für die Cocktails vorzubereiten.

Der Raum sah schon perfekt aus: Discokugel und bunte Scheinwerfer waren installiert, glitzernde Girlanden wellten sich über der Bar, und an der gegenüberliegenden Seite war ein halbes Dutzend Stehtische aufgereiht. Es gab nur wenige Sessel und überhaupt keine Stühle, schließlich sollten die Leute tanzen. Für den DJ war ein großes Plexiglas-Pult hereingerollt worden, auf dem die Geräte bereits verkabelt waren. Alles nach Wunsch von Mister Dangerbeats, Rovinjs bekanntestem und im Sommer ständig ausgebuchtem DJ.

Er hatte seinen Laptop dazugestöpselt und ließ schon mal einen sanften Lounge-Sound durch den Saal wabern. Jovana mochte seinen Stil und schaute zwischen zwei Limetten kurz rüber zu dem ernsthaften jungen Kerl mit dem zurückgegelten braunen Haar, der gerade etwas in sein Telefon tippte.

Goran kam zu ihr rüber und sagte: „Kannst du kurz zur Bar gehen und noch zwei Flaschen Gin holen? Wir haben zu wenig."

„Klar, mach ich gleich", antwortete Jovana, während sie die letzten Limetten zerschnitt. Anschließend wusch sie sich die Hände und ging in die Hotelbar auf der anderen Seite des Gebäudes.

Wenige Gäste saßen mit ihren Drinks auf der daneben liegenden Terrasse. Ob die wohl später in die Disco kommen würden? Sie hoffte es, denn ein leerer Saal – sie hatte das schon zweimal erlebt – war deprimierend. Während der Kollege ihr den Gin reichte, erfasste sie plötzlich ein Anfall von Übermut. Mit den Flaschen im Arm trat sie einen Schritt auf die Terrasse und sagte: *„Hey, everybody, it's party time tonight. Come and join us in the big hall later. We have nice cocktails, too."* Die meisten schauten freundlich zu ihr, ein untersetzter Typ mit einem vollen Piña-Colada-Glas prostete ihr zwinkernd zu. Nur der Barkeeper runzelte leicht genervt die Stirn, als sie auf ihrem Rückweg an ihm vorbeikam.

Drei Stockwerke höher staunte Anja derweil, dass Paulina und Tim schon ihrer ersten Aufforderung zum Zähneputzen nachgekommen waren. Zwar alberten sie im Bad herum, doch da war sie ganz andere Dramen gewohnt. Als beide schließlich im Bett waren, schärfte sie Paulina noch mal ein, dass sie sie anrufen solle, wenn irgendwas los sei – Monster unter dem Bett eingeschlossen.

„Ja, ja, wir sind doch keine Babys mehr", sagte ihre Tochter und schnappte sich ihr Buch.

Anja setzte sich zu Tim, der auf dem Bauch lag, und kraulte ihm den Rücken. Er wünschte sich „Bilder erkennen", und so malte sie Schiffe, Häuser und Sterne auf sein weißes Schlaf-Shirt.

Als er zu ihrem Wald nichts mehr sagte, stand sie langsam auf und ging ins Bad, um sich fertig zu machen. Sie ließ sich viel Zeit, probierte zwei Halskettchen aus und dachte darüber nach, was für Leute wohl zu einer Hotel-Disco gingen. Irgendwie war das doch eine peinliche Sache, zum Glück kannte sie hier niemanden richtig.

Paulina las noch immer, als sie aus dem Bad kam. Kurz hob sie ihren Blick und sagte: „Mama, du siehst toll aus." Die leichte Überraschung in ihrer Stimme verriet Anja, dass sie es tatsächlich ernst meinte. Dabei war das dunkelblaue Spaghettiträger-Minikleid mit dünnen weißen Linien nun wirklich nichts Besonderes, aber es stand ihr einfach gut. Und weil sie etwas Farbe bekommen hatte, wirkte es gleich eleganter.

„Danke, meine Süße. Und du machst dann in einer halben Stunde das Licht aus, ja?"

„Klar. Viel Spaß."

Anja lächelte, nahm ihr Täschchen und die Schlüsselkarte. „Dank dir!"

Es war gerade dunkel geworden, als Anja den Saal betrat. Die weißen Punkte der Spiegelkugel rollten langsam über die Wände; dazu blinkte die kleine Lichtorgel neben dem DJ-Pult ein wenig verloren vor sich hin. Etwa zwanzig Leute drückten sich an den Stehtischen und der Bar herum. Die Tanzfläche war leer. Anja hielt Ausschau nach Jovana und erspähte sie schließlich am hinteren Tresenende. Ein dicklicher Typ mit beigefarbenem Sakko stand vor ihr und wartete offenbar auf seinen Drink. Da auch der zweite Barkeeper gerade beschäftigt war, ging Anja langsam zu den Tischen. Einer war noch frei. Sie kramte ihr Telefon aus dem Täschen und tat so, als läse sie etwas. Immer wieder schaute sie, was der Sakko-Mann machte, doch er bewegte sich nicht vom Fleck, obwohl er nun ein beeindruckend dekoriertes Glas Piña Colada vor sich hatte.

„Ach, hallo, Frau Nachbarin", schrillte es direkt in Anjas rechtes Ohr. Sie brauchte einen Moment, bis sie die mächtig aufgedonnerte Frau von Streselang erkannte. Anjas Kontakt-Vermeiden-Vorsatz hatte sich in den letzten Tagen nicht mehr durchhalten lassen, weil Konstantin und Tim sich im Frühstücksraum miteinander angefreundet hatten. Sie gingen jetzt immer zusammen zum Buffet, schaufelten sich die Teller mit Rührei voll und saßen dann quatschend und schmatzend am Tisch der von Streselangs. Ein bisschen Small Talk mit ihnen war nicht zu umgehen, wobei der Mann – wie hieß er noch gleich? Martin, Manuel? – eigentlich ganz sympathisch war in seiner schweigsamen, fast knurrigen Art.

Heute Abend trug er einen dunkelblauen Anzug, in dem er ein bisschen wie ein Kapitän aussah. Als er Anja beim Guten-Abend-Sagen die Hand gab und ihr dabei in die Augen schaute, war es, als nähme er sie das erste Mal überhaupt richtig wahr. Wahrscheinlich gefiel ihm das Kleid.

„Und wie läuft die Party?", schnatterte seine Frau, deren Vornamen sie natürlich auch schon wieder vergessen hatte. Dummerweise hatte sie eingewilligt, dass man sich duzte, schließlich kamen sie alle aus Hamburg und waren etwa gleich alt.

„Siehst du ja. Ist noch nicht so richtig wild." Aber jetzt seid ihr ja da und es wird gleich mega abgehen, fügte sie in Gedanken hinzu.

„Ach, dann sollten wir erst mal was trinken! Du hast ja auch noch gar nichts."

„Ja, ich wollte hier kurz noch die SMS zu Ende schreiben."

„Sollen wir dir was mitbringen?"

„Ne, lass mal, ich weiß noch nicht", sagte Anja und zeichnete mit ihrem Telefon kleine Halbkreise in die Luft.

„Wie du meinst", entgegnete die von Streselang. „Matthias, ich nehm einen Gin Tonic. Und keinen Strohhalm, bitte!"

Matthias machte sich wortlos auf den Weg, während Anja nervös an ihrer Fake-SMS herumtippte. Das Geplapper neben ihr nahm Fahrt auf, doch sie hörte nicht richtig zu. Aber offenbar wollte diese nervige Person, dass sich Tim und Konstantin – „sie sind doch schon richtige Buddys!" – nach den Ferien mal in Hamburg zum Spielen treffen. Um Himmels willen, das musste ja nun wirklich nicht sein.

Anja gab nur gleichgültige „Hmmms" von sich und beendete endlich ihre Handy-Schauspielerei.

Die von Streselang schaute ihr nun direkt ins Gesicht, freundlich, offen und irgendwie etwas zu motiviert für diese Gelegenheit. Ihr opulentes Make-up, ihr zu edles weißes Kleid, die wiederholten Griffe in ihre perfekte Frisur – all das signalisierte, dass sie heute Abend unbedingt etwas erleben wollte, wovon sie dann ihren Langweiler-Freundinnen in Blankenese vorschwärmen konnte. Oder zumindest ein Selfie auf Facebook posten. Dafür brauchte sie Gesellschaft, die Anja auf gar keinen Fall sein wollte.

„Der DJ ist ja noch ziemlich jung", sagte von Streselang. „Aber er macht das ganz gut." Da hatte sie ausnahmsweise mal recht. Gerade lief ein Lana-Del-Rey-Remix, der an den Stehtischen bereits leichtes Mitwippen auslöste, Anja gefiel er auch.

„Ja, ist okay", sagte sie, als Matthias mit dem Gin Tonic und einem Bier zurückkam.

„Ah, danke, Schatz, wunderbar", trällerte seine Frau.

„Gern. Prost!", sagte er, und die beiden stießen an.

„Mensch, Anja, jetzt brauchst du aber mal was zum Anstoßen."

Anja schaute zur Bar, wo Jovanas Kollege gerade eine Reihe von Shotgläsern füllte. Der Piña-Colada-Mann stand inzwischen ein bisschen abseits. Jovana hatte nur mit Bierbestellungen zu tun. Ein guter Moment.

„Ja, ich besorg mir mal was", sagte sie und ging quer über die sich langsam füllende Tanzfläche zum Tresen, wo Jovana gerade zwei jungen Männern ihr Wechselgeld gab.

Als sie Anja erkannte, ließ sie ein warmes Lächeln in ihrem Gesicht leuchten. „Guten Abend, wie schön, dass du unsere hochklassige Veranstaltung mit deiner Anwesenheit beehrst", sagte sie.

Anja kicherte. „Ja, hallo, freut mich auch, dass ich dieses kulturelle Highlight miterleben darf."

Drei Sekunden lang standen sie einfach nur grinsend voreinander. Dann erinnerte sich Jovana an ihren Job und fragte: „Was darf ich dir bringen?"

„Du hattest doch irgendwas von Spezial-Cocktail gesagt. Den würde ich gern probieren."

„Magst du Whisky?"

„Ja, schon."

„Gut!" Jovana schnappte sich ein Glas, den Shaker, Whisky und Zuckersirup, schnell abgemessen, die Zitrone in die Presse, Eis dazu. Ihre Bewegungen waren genauso geschmeidig und beiläufig wie am Hafen, als sie das Seil um den Poller gelegt hatte. Anja schaute auf ihre Hände, die Linke zierten zwei schwarze Sternchen. Kurze Fingernägel, schwarzer Nagellack, ein schmales Lederarmband am erstaunlich zierlichen rechten Handgelenk. Als Jovana den Deckel auf den Metall-Shaker drückte und zu schütteln begann, sah Anja sie wieder an. Jovanas Lächeln war nun schmaler, hintergründiger, doch ihre grünen Augen blitzten wieder wie vor ein paar Tagen am Stand. Ihr Kopf blieb unbewegt, während sie den Drink erst mit der linken, dann mit der rechten Hand auf Schulterhöhe durchrüttelte. Sie wusste, dass das gut aussah. Dieser Move hatte ihr in Berlin einst hinter dem Tresen des Roses und auf den Frauenpartys im International viele bewundernde Blicke eingebracht. Ihr schwarzes Tanktop und die Tattoos waren ein Hingucker, doch es war dieses Mikro-Lächeln, mit dem sie die Frauen anzog.

Anfangs war es mehr eine Verlegenheitssache gewesen, doch dann hatte Jovana bemerkt, dass es eine magnetische Wirkung entfalten konnte. Wahrscheinlich weil so selten gelächelt wurde in der coolen Lesbenszene Berlins. Beim ersten Mal war sie noch sehr überrascht gewesen von diesem Effekt. Eine dunkelhaarige Frau, für die sie drei Cosmopolitans gemixt und ein bisschen mit den Augen geblitzt hatte, wartete nach einer sehr langen Schicht in der Einfahrt neben dem Roses auf sie.

„Ich wüsste zu gern einen Namen zu diesem wunderbaren Lächeln", hatte sie gesagt. Sie erfuhr in dieser Nacht noch einiges mehr über Jo, wie sie sich damals zu nennen begann, weil sie die ständigen Nachfragen und seltsamen Aussprachen ihres Namens nervten. In dieser Zeit hatte sie nicht viel ausgelassen, was ihr einen etwas zweifelhaften Ruf eingebracht hatte. Durch ihre Beziehung zu Stella war dann alles etwas ruhiger geworden. Zu ruhig irgendwann.

Erst als Jovana den Shaker auf den Tresen knallte, um den Deckel abzunehmen, wurde ihr bewusst, dass sie ein altes Stück aufführte. Es erstaunte und erschreckte sie zu gleichen Teilen, wie mühelos sie ihren Part noch immer beherrschte. Und wie gut es sich anfühlte, dieses leichte Staunen in den Augen einer schönen Frau zu sehen. Nur was sollte das jetzt? Anja war ganz klar hetero. Das ging also gar nicht. Finger weg von Heteras, hatten ihr ihre Freundinnen immer wieder eingeschärft. Sie wussten aus schmerzvollen Erfahrungen, wovon sie sprachen. Bisher hatte sich Jo dran gehalten, es hatte sie ohnehin nie wirklich gereizt, das Abenteuer einer Neugierigen zu sein. Zumal sie stets genug Auswahl im eigenen Club gehabt hatte.

Beim Einschenken des Drinks mahnte sie sich im Stillen, ihre Performance nun zu beenden. Es war Unsinn, und bestimmt hielt Anja jeden Tag am Strand Ausschau nach gut aussehenden Männern. Nicht im Traum könnte sie bei einer wie ihr landen.

„Zum Wohl!", sagte sie. Die Eiswürfel klackerten leise gegen den Rand des Glases, als sie es zu Anja hinschob. Dabei trafen sich ihre Blicke und für eine Sekunde auch ihre Hände. Es war der Moment, in dem Jovana all ihre gerade gemachten Vorsätze wieder vergaß. Ihr Magen zog sich zusammen, als wäre er mit ihren Fingerspitzen durch eine elektrische Leitung verbunden, die eben einen Hundert-Volt-Stoß transportiert hatte. Sie ging einen halben Schritt rückwärts und schaute Anja weiter an. Nur hören konnte sie sie nicht, sie hatte doch gerade ihren Mund bewegt, oder?

Jovana ging wieder nach vorn. „Sorry, was hast du gesagt?", sagte sie.

Anja lachte. „Ich hab nur gefragt, was du mir gemixt hast."

„Einen Whisky Sour."

„Danke." Sie nippte am Glas. „Superlecker. Wow, echt gut", sagte Anja und kam sich etwas zu überschwänglich dabei vor. Doch das war wirklich ein sehr guter Drink. Sie reichte Jovana einen Geldschein, und während sie auf das Wechselgeld wartete, breitete sich ein wohliges Gefühl in ihrem Magen aus. Es war der Alkohol, aber nicht nur. Weil schon der nächste Gast etwas bei Jovana bestellen wollte, ging Anja mit einem kurzen Gruß zurück zu den Stehtischen.

Sie stieß mit den von Streselangs an und versuchte wieder, Interesse an dem Gerede von Janine – endlich erinnerte sie sich an den Namen – zu heucheln. Es ging um Tennisclubs in Hamburg und wie schwer es war, ein Kind anzumelden, wenn die Familie nicht schon seit Jahrzehnten dort Mitglied war. Ein Thema, von dem Anja nicht die geringste Ahnung hatte, weshalb sie sich aufs Nicken und „Echt jetzt?"-Sagen beschränkte. Sie musste hier irgendwie weg – am besten tanzen.

Der Sound war inzwischen lebhafter und grooviger geworden. Ein Grüppchen von drei jüngeren Frauen hatte in der Nähe des DJ-Pultes begonnen, sich zaghaft zu bewegen. Das musste noch mehr werden, Anja wollte sich nicht zu sehr exponieren. Matthias hatte offenbar ihren sehnsüchtigen Blick in Richtung Dancefloor bemerkt und sagte: „Und, wollen wir ein bisschen die Beine schwingen?"

Oh, mein Gott, wie redet denn dieser Typ! „Ähm, ja, aber gerade noch nicht, ist mir noch zu leer."

„Wieso das denn?", fuhr Janine dazwischen. „Wir sind doch nicht mehr dreizehn. Los, lass uns tanzen", sagte sie zu ihrem Mann, griff seine Hand und zog ihn mit sich. Matthias lächelte gezwungen und sagte im Gehen „Na los!" zu Anja, die ihnen zuprostete.

Erleichtert, endlich ihre Ruhe zu haben, schweiften ihre Gedanken zu dem Moment eben an der Bar zurück, als sich ihre und Jos Fingerspitzen für eine halbe Sekunde berührt hatten und Jo ein wenig zurückgegangen war. Lag das etwa an dieser kleinen Berührung? Das kam ihr absolut seltsam und unglaublich vor. Sie nippte an ihrem Glas. Der Whisky Sour war wirklich ausgezeichnet, perfekt ausbalanciert. Davon würde sie sicher noch einen trinken heute.

Ihr Blick ging zur Bar, wo Jovana gerade zwei Cocktails fertigstellte und sie zu den Wartenden herüberschob. Anja sah ihr gerne zu. Und irgendwie erregte sie der Gedanke, dass sie wusste, dass unter dem strahlend weißen Hemd diese schöne braune Haut mit den vielen Bildern und Zeichen lag. Ja, sie würde sie gern mal berühren. Nicht nur zufällig, sondern langsam, lange und …

„Come, dance with us!" Zwei junge Männer hatten sich plötzlich vor ihr aufgebaut, einer griff nach ihrer Hand. Sie war so überrascht, fühlte sich ertappt bei abwegigen Gedanken, dass sie sich tatsächlich mitziehen ließ. Inzwischen war deutlich mehr los. Eine größere Gruppe war kürzlich in den Saal gekommen und hatte sofort zu tanzen begonnen. Gerade lief ein älterer Drake-Song, den sie sehr mochte, ohne zu wissen, wer dieser schmachtene Singsangsänger war.

Die beiden Männer, sie waren höchstens Anfang zwanzig, lachten Anja an, tanzten relativ minimalistisch, aber mit Gefühl neben ihr, ohne ihr unangenehm nahe zu kommen. Sie sprachen kroatisch miteinander, es war Anja egal, ob es dabei vielleicht um sie ging. Langsam fand sie in den Groove, hörte auf den Gesang, schloss die Augen. Es machte Spaß, und sie tanzte noch zwei weitere Lieder – ganz versunken und eins mit der Musik.

Als der DJ zu einem härteren Beat wechselte, verlor sie ihren Flow und schaute auf. Ihre Kurzzeitbegleiter hatten sich zwei jüngeren Frauen zugewandt, mit denen sie herumschäkerten. Gut so.

Anja schaute zur Bar, wo sie genau Jovanas Augen traf. Sie lächelten sich an. Wie leicht und wie schön sich das anfühlte. Langsam ging Anja zurück zu dem Tisch mit ihrem Drink. Das Eis war längst geschmolzen. Sie trank den Rest in einem Zug aus, während ihr Blick schon wieder Jo suchte.

Gerade war etwas weniger los an der Bar. Jovana sagte Goran, dass sie eine kurze Pause machte, nahm ihre Zigaretten und ging zu den Toiletten. Sie vermied es, zu Anja hinüberzuschauen. Es hatte ihr gefallen, wie sie eben getanzt hatte. Ohne besonders cool wirken oder irgendwen beeindrucken zu wollen, hatte sie sich in die Musik fallen lassen. Sie sah gut aus in diesem dunkelblauen Kleid. Inzwischen hatte sie auch ein bisschen Farbe bekommen. Wäre schon schön, sie einmal zu berühren. Aber das wollte sie sich ja aus dem Kopf schlagen.

Als sie aus der Toilette kam, ging Jovana zu der kleinen Terrasse links neben dem Saal, von wo gerade ein sichtlich angeschickertes junges Hetero-Paar zurückkam. Ruhe, gut. Jovana zündete sich eine Zigarette an, zog stark daran und blies den Rauch mit spitzen Lippen nach schräg oben. Es war kurz nach elf, drei Stunden würde die Sache noch gehen. Die Gästezahl war hoch genug, der Alkoholpegel auch.

Jovana bemerkte, dass hinter ihr jemand auf die Terrasse trat. Sie achtete nicht darauf, bis sie bemerkte, dass die Person sich direkt neben sie stellte.

„Es ist immer noch ganz schön warm", sagte Anja.

„Hmm, ja", antwortet Jovana und zog an ihrer Zigarette. Ohne etwas zu sagen, nahm sie gleich noch einen weiteren Zug. Zeit gewinnen, ein bisschen einen auf mysteriös machen. Es hatte ihr einen kleinen Freudenschreck eingejagt, dass Anja ihr gefolgt war. Doch was bedeutete es, dass sie hier aufkreuzte? Stand sie auf sie, war das rein freundschaftlich gemeint oder gar Zufall? Weil sie unsicher war, fragte Jovana, ob ihr die Party gefalle.

„Ja, das tut sie. Es gibt gute Cocktails, die Musik ist auch okay, hab sogar getanzt", sagte Anja.

„Habe ich gesehen, du bist eine gute Tänzerin."

„Ach nee, aber es hat Spaß gemacht."

„Ach doch. Ich mag, wie du dich bewegst."

„Oh, echt? Danke." Anja zögerte. Der Satz, der ihr in den Kopf geschossen war, erschien ihr zu gewagt. Doch dann machte Jo einen beiläufigen Schritt nach vorn, um die Kippe in einem Stehaschenbecher auszudrücken, während sie den letzten Zug in die Nacht blies, und sie vergaß ihren Vorbehalt. Diese Frau war einfach so was von heiß. „Ich mag auch, wie du dich bewegst", sagte Anja.

Jetzt war es an Jovana, etwas wie „Oh, echt? Danke!" zu stammeln. Sie drehte sich zu Anja und dachte, dass sie ihr gern noch ganz andere Bewegungen zeigen würde. Sie stellte sich vor sie und ruderte mit ausgestreckten Armen wellenartig in der Luft, während sie leicht mit dem Kopf wackelte. „Wie gefällt dir das?"

Anja lachte und sagte: „Sieht aus wie aus einem Bollywood-Musical. Jetzt musst du nur noch singen."

„Careful what you wish for."

„Da hast du wohl recht." Wenn du wüsstest, was ich mir wünsche, dachte Anja und fragte sich, ob Jo sie überhaupt attraktiv fand und ob sie überhaupt auf Frauen stand. Das konnte sie immer nur schwer einschätzen, außer die Frau sah sehr butchig aus, aber das war ja nicht bei allen so, die Frauen begehrten. Sie selbst war das beste Beispiel. Dass sie keineswegs hundert Prozent hetero war, nahmen ihr viele nicht ab, vor allem Lesben nicht.

Vom Saal her wehte ein Gemisch aus Bässen, Gesprächen und Gelächter herüber. Mit einem Mal stach eine Stimme heraus, spitz, überdreht, wütend. Jovana und Anja schauten in den schummerig beleuchteten Gang, der die Terrasse mit dem Partyraum verband.

Janine von Streselang lief zeternd in Richtung der Aufzüge, ihren weinenden Sohn an der Hand. Sie hatte für einen Augenblick nach links geschaut und Anja erblickt. Abrupt blieb sie stehen, zerrte Konstantin herum und stürmte auf sie zu. „Was fällt deinen Kindern eigentlich ein! Meinen armen Jungen so drangsalieren! Du hast keine Ahnung von Erziehung!"

Anja ging ihr entgegen. Sie fühlte sich, als hätte ihr jemand eine Ohrfeige gegeben, nachdem sie gerade noch bei einem Candlelight-Dinner gesessen hatte. „Was ist denn los?"

„Paulina und Tim haben Konstantin verletzt!"

„Wie denn, wo denn?" Dem Jungen war nichts anzusehen. Er konnte auch laufen, hörte aber nicht auf zu weinen.

„Sie haben ihn vom Bett gestoßen."

Anjas Gedanken rasten: Wieso waren die Kinder überhaupt zusammen gewesen? Sie hatte ihre beiden doch ins Bett gebracht, alles war gut gewesen. Jovana stand neben ihr, berührte sie am Arm und fragte, ob sie helfen könne.

„Danke, aber ich glaube, ich komme klar", sagte Anja. Es beruhigte sie, in Jovanas Augen zu schauen, ihre Hand auf ihrer Schulter fühlte sich warm an. Wie gern wäre sie einfach mit ihr hier hinausspaziert, stattdessen sagte sie: „Wir sehen uns. Hab noch einen guten Abend an der Bar."

„Alles klar, bis dann."

Auf dem Zimmer der von Streselangs saßen Paulina und Tim auf dem Sofa, direkt daneben Matthias – wie ein Polizeibeamter, der sie bewachte. Beide starrten auf den Boden. Tim schien auch geweint zu haben. In vorwurfsvollem Ton wiederholte Janine, was angeblich geschehen war: Anjas Kinder seien vorbeigekommen und hätten Konstantin dazu überredet, eine Kissenschlacht zu veranstalten. Dabei hätten sie ihren Sohn so hart getroffen, dass er vom Ehebett gefallen sei, auf dem sie herumgesprungen waren. Und dann hätten sie auch noch auf den am Boden liegenden Jungen eingeprügelt.

„Bis er sich befreien konnte und zu uns gekommen ist." Sie streichelte Konstantin, der mittlerweile nicht mehr weinte und neben ihr stand, über den Kopf. „Paulina und Tim müssen bestraft werden!", forderte Janine.

„Das lass mal meine Sorge sein. Auf jeden Fall entschuldigt ihr euch jetzt sofort bei Konstantin", entgegnete Anja.

Ihre Tochter rutschte langsam vom Sofa und ging zu ihm. „Es tut mir leid", sagte sie und stellte sich anschließend neben ihre Mutter. Tim folgte seiner Schwester, sehr langsam und sehr leise.

„Mir tut's auch leid", sagte Anja. „Ich werde das mit meinen Kindern besprechen. Und sorry, dass sie uns Erwachsenen den Abend versaut haben." In ihrer Stimme lag aufrichtiges Bedauern, was sogar Janines Furor zu besänftigen schien. Alle wünschten sich eine gute Nacht, und Anja ging mit ihren Kindern in ihr Zimmer.

Von Paulina ließ sie sich erzählen, wie der Abend aus ihrer Sicht abgelaufen war. Sie glaubte ihr. Es war halt ein bisschen wild geworden und Konstantin tatsächlich nach einem Kissenschlag aus dem Bett gepurzelt, aber das war keine Absicht gewesen und sie hätten nicht gemerkt, dass er sich wehgetan hatte, als sie hinter ihm hergesprungen kamen.

„Er hat losgeheult und ist zu seinen Eltern gerannt."

Dass die beiden heimlich ihre eigene Party gestartet hatten, machte Anja zu schaffen. Was, wenn tatsächlich jemand verletzt worden wäre? Sie hatte ihre Kinder nicht eingeschlossen, aber jetzt musste sie ein ernstes Wort mit ihnen reden. Eigentlich war sie dafür viel zu müde, aber es musste sein. Die beiden wussten das auch.

Tim weinte ein bisschen, Paulina hielt den Kopf gesenkt. Als sie fertig war, nahm Anja die beiden in die Arme: „Jetzt vergessen wir den ganzen Spuk, und ihr geht ins Bett."

Erleichtert rannten die beiden los. Es hätte schlimmer kommen können. Paulina hatte mit einem zweitägigen Badeverbot gerechnet oder zumindest damit, dass es erst mal kein Eis mehr gab. Aber nichts davon. Sie kuschelte sich unter die Decke und schlief schnell ein. Tim genauso.

Müde schloss Jovana ihr Fahrrad auf. Der DJ hatte am Ende nur noch sehr chillige Downtempo-Nummern gespielt, um die letzten Gäste zum Gehen zu bewegen. Das hatte auch auf die Belegschaft hinter der Bar einen verlangsamenden Effekt gehabt. Jetzt musste Jo aber aufwachen und die Steigung zum Haus ihrer Familie bewältigen. Sie wählte einen niedrigen Gang und strampelte sich geduldig Richtung Ziel. Dabei dachte sie an den Moment auf der Terrasse zurück. Es hatte ihr sehr gefallen, zum ersten Mal allein mit Anja zu sein. Und dann ihre Haut, die sie kurz berührt hatte, als sie mit diesen anderen Deutschen gestritten hatte. Wie weich sie war und wie unglaublich hell. Selbst wenn sie ein wenig Sonnenbräune abbekommen hatte, sah sie immer noch aus wie eine feine Adelige aus dem 19. Jahrhundert. Wie gerne sie mehr von dieser Haut gesehen und vor allem angefasst hätte.

Jovanas Pedaltritte wurden immer langsamer, ihr Körper immer heißer. Diese weiße Haut, ohne ein einziges Bild darauf, sie schien wie dafür geschaffen, von ihr tätowiert zu werden. Jo fühlte sie schon unter ihren Nadeln, sah die erste schwarze Linie auf Anjas Rücken, spürte die Spannung des Körpers unter ihren Händen.

Endlich war sie angekommen, schob das Rad auf die Rückseite des Hauses, duschte kurz und ging in ihr Zimmer. Nackt legte sie sich unter die leichte Decke, immer noch feucht. Sie kam schnell und heftig.

Am liebsten hätte sie jetzt eine geraucht, aber das war in den oberen Räumen nicht erlaubt. Stattdessen holte sie sich im Bad ein Glas Wasser und überlegte, wie sie es anstellen könnte, Anja bald wiederzusehen. Schon ewig hatte keine Frau sie mehr so gereizt. Seltsam, wie kam das plötzlich? War nun vielleicht endlich Zeit für ein neues Kapitel?

Seit der Trennung von Stella waren mehr als zwei Jahre vergangen. Eine kurze, intensive, aber unglückliche Affäre hatte sie seither gehabt und sich danach ganz zurückgezogen. Nicht mehr geflirtet, wenig ausgegangen, den Tinder-Account gelöscht und sich voll auf die Arbeit konzentriert. Ihr Chef begrüßte es, dass sie auch mal länger blieb und sogar auf ein, zwei Conventions mitfuhr. Es machte ihr Spaß, sich noch mal neu in ihren Beruf reinzuhängen, wieder mehr zu entwerfen, Kundinnen mit echtem Engagement zu beraten und dann auch deutlich häufiger empfohlen zu werden. Das alles machte sie ruhiger und ausgeglichener, was auch ihren Freundinnen aufgefallen war.

Jovana sah es als gutes Zeichen, dass sie sich mehr für eine Frau interessierte. Doch bevor sie einschlief, schwor sie sich noch, es nicht zu ernsthaft anzugehen mit Anja. Das Urlaubsabenteuer einer neugierigen Hetera wollte sie nicht sein.

9

Beim Frühstück ignorierten Konstantin und Tim einander. Sie achteten darauf, dass sie nicht gleichzeitig zum Buffet gingen und nicht in der Blickrichtung des anderen saßen. Paulina redete dafür ungewöhnlich viel an diesem Morgen. Sie lobte die Cornflakes und den Kakao. Anja hörte nicht recht hin, bis Paulina plötzlich verstummte, sie kurz darauf direkt ansah und fragte: „Hattest du Spaß gestern Abend?" Sie grinste ihr lieblichstes Lächeln, und Anja fühlte sich aus irgendeinem Grund ertappt. Dabei waren es ja ihre Kinder gewesen, die eine heimliche Aktion gestartet hatten.

Nach einem Schluck Kaffee antwortete sie betont ruhig: „Ja, es war schön. Ich habe ein bisschen getanzt, und Jovana hat mir einen sehr leckeren Drink gemixt."

„Ich will auch einen Drink von Jovana!"

Anja musste lachen. „Mal sehen, vielleicht kann sie dir einen ohne Alkohol machen. Oder wir gehen einfach mal zusammen ein Eis essen."

„Au ja!", sagte Paulina.

Zum ersten Mal schaute auch Tim von seinem Müsli auf und sagte: „Jaaa, ein Eis mit Jo!"

Der Gedanke gefiel Anja, sie würden später einen Schlenker zu Jovanas Stand am Hafen machen und schauen, ob sie Zeit hätte. Die Kinder waren begeistert von diesem Plan – und eine halbe Stunde später dann sehr enttäuscht, dass statt Jovana ein großer Mann an ihrem Platz stand.

„Wahrscheinlich hat sie heute Vormittag frei, weil sie gestern Abend noch so lange arbeiten musste", sagte Anja, während sie mit den Kindern kehrtmachte, um in Richtung Strand zu gehen.

„Dann probieren wir es später noch mal", sagte Paulina.

„Ja, machen wir", antwortete Anja, die bemerkte, dass sie tatsächlich geknickt war, Jovana nicht wie erwartet zu sehen.

Die Kinder waren am Strand sofort mit anderen Dingen beschäftigt, doch Anja kehrte in Gedanken immer wieder zu Jo zurück. Es war so schön gewesen am Abend vorher, kurz mit ihr auf der Terrasse zu stehen. Irgendwie war alles an Jo cool, sie wirkte so selbstsicher, so mit sich im Reinen. Und dann diese dunkle Haut mit den vielen Bildern darauf. Wie gern würde sie sich die alle mal in Ruhe anschauen, die Linien mit dem Finger nachziehen … Oje, dachte Anja. Was war bloß los mit ihr? Zu wenig Sex und zu viel Sonne in letzter Zeit? Ja, sicher. Sie sollte aufhören mit ihrer Schwärmerei und sich lieber ein paar Gedanken machen, wie sie an mehr Aufträge käme. Es lief ja gerade ganz gut, aber um in Zukunft nicht mehr auf Finanzspritzen ihrer Mutter angewiesen zu sein, musste es mit ihren Aufträgen deutlich besser werden.

Ein schreiender, nasser Tim riss sie aus ihren Grübeleien. Zum Glück hatte er sich diesmal nicht wehgetan, sondern wollte ihr nur von einem Fisch erzählen, den er beim Tauchen gesehen hatte.

„Der war so gestreift und ganz schnell, aber ich bin hinter ihm her und hab ihn verfolgt bis zu so einem engen Felsdurchgang. Da konnte ich nicht hinterher, aber ich hatte auch sowieso keine Luft mehr und musste auftauchen", platzte es aus ihm heraus.

Anja rubbelte ihn während seines Redeschwalls mit einem Handtuch ab und drückte ihn danach fest an sich. Sie liebte es, wenn er sich beim Erzählen seiner Erlebnisse fast überschlug – das komplette Gegenteil seines ruhigen, immer mit dem Wissen um seine Überlegenheit und Ausstrahlung bewussten Vaters. Ein Glück.

Paulina war noch im Wasser. Als sie wenig später zurückkam, sagte Anja zu ihr: „Ich möchte auch mal kurz rein. Ihr bleibt hier und macht keinen Unsinn, ja?"

Normalerweise ging sie nie allein schwimmen, doch sie hatten heute einen Platz ganz nah am Wasser, wo sie die beiden im Blick behalten konnte. Außerdem war sie sich nach der Aktion in der Nacht sicher, dass die Kinder sich benehmen würden. Das schlechte Gewissen wirkte noch, das wollte sie ausnutzen.

„Alles klar, viel Spaß", sagte Paulina denn auch mit einem breiten Lächeln, und Tim winkte ihr hinterher.

Wie wunderbar die Adria doch war. Bei jedem Mal im Wasser war Anja aufs Neue begeistert davon und wunderte sich, dass überhaupt noch Leute nach Italien fuhren. Hier war es doch so viel schöner. Sie tauchte ein paar Züge und schaute beim Hochkommen sofort zu den Kindern hinüber, die auf den Matten lagen und lasen. Anja kraulte ein paar Meter, wobei sie versuchte, keinen anderen Badenden in die Quere zu kommen. Mit der Bewegung kam eine wohlige Leichtigkeit, Anja konnte fühlen, wie ihre Muskeln geschmeidiger wurden, wie kleine Glückskügelchen sie von Kopf bis Fuß durchströmten. Lächelnd kehrte sie an Land zurück. Eine Frau, die gerade ins Wasser ging, lächelte ebenfalls.

„Wir waren *ganz* lieb und haben *gar* nichts gemacht", sagte Tim mit schief gelegtem Kopf, als sie sich abtrocknete.

„Das ist toll", erwiderte Anja. „Dann bleiben wir noch ein bisschen, ja?"

„Okay, und dann gehen wir zu Jo!" Tim hatte das Versprechen nicht vergessen, und Anja versicherte ihm, dass sie es auf jeden Fall noch einmal versuchen würden.

Am frühen Nachmittag machten sie sich auf den Weg. Schon von Weitem erkannte Paulina, dass nicht mehr der große Mann hinter dem roten Stand mit den aufgedruckten Fotos und der Liste der angebotenen Touren auf dem Barhocker saß. Ein paar Meter später waren sich beide Kinder sicher: Es war Jo. Sie rannten los und riefen schon, bevor sie angekommen waren: „Jo, Jo, willst du mit uns Eis essen gehen?"

Der Überfall der Kinder brachte Jovana zum Lachen. „Hallo, ihr beiden", sagte sie, während sie nach Anja Ausschau hielt, die in ihrem weißen Sommerkleid, dem Hut und der riesigen Brille wie eine von der Côte d'Azur herübergewehte Filmdiva auf sie wirkte. Jo vergaß die erwartungsvoll zu ihr aufblickenden Kinder. Erst als Tim sie an der rechten Hand zog und „Bitte, komm mit, ja?" sagte, erinnerte sie sich an die Frage der Kleinen. „Ja, gern gehe ich mit euch Eis essen."

Anja strahlte, als sie ankam und das hörte. „Hallo, Jovana. Super, das ist schön. Wann hast du Zeit? Heute noch oder morgen?"

„Ich mache hier in zwei Stunden Schluss, danach habe ich Zeit."

„Klasse, wollen wir uns dann einfach an der italienischen Eisdiele treffen? Meine Mutter hat mir davon vorgeschwärmt, und ich wollte da mal hin. Kennst du die?"

„Ja, klar. Dann vielleicht so um sechs Uhr dort?"

„Perfekt, dann bis dahin."

Paulina und Tim lachten und hüpften umher. Die Aussicht auf Eis ließ ihren Serotonin-Spiegel offenbar sofort ansteigen. „Bis später! Tschüs!", riefen sie beim Weggehen.

10

Beim Zusammenpacken der Flyer und des Barhockers grübelte Jovana, ob sie Anja angestarrt oder sich sonst wie seltsam benommen hatte. Doch schon als sie alles im Abstellraum verstaut und dem Barmann den Schlüssel zurückgegeben hatte, war ihr das völlig egal. Auf der Toilette wusch sie sich die Hände und das Gesicht, kämmte die Haare, die sie dann zu einem Pferdeschwanz zusammenband. Die Freude über das unverhofft schnelle Wiedersehen drückte alle eventuellen Peinlichkeitsgefühle an den Rand.

Ihr Telefon vibrierte in der Tasche. Jannis schickte Fotos aus Travnik. Strahlend stand er vor dem Geburtshaus von Andrić. Ein Selfie zeigte ihn mit seinem neuen Freund, der Meša hieß, wie Jannis dazugeschrieben hatte. Jovana schätzte ihn auf Anfang fünfzig und fand, dass er sehr liebenswürdig aussah mit seinem langsam ergrauenden Bart und den warmen braunen Augen. Bevor sie zurückschreiben konnte, kam ein drittes Foto, das Jannis und Meša beim Kaffeetrinken im Garten von Mešas Haus zeigte. Eine große blaue *džezva* stand auf dem Tisch vor ihnen, zwei kleine Tassen, Wassergläser und ein Teller mit Keksen. Im Hintergrund waren prachtvolle Rosenstöcke zu erkennen und ein Mädchen, das mit einem Kätzchen spielte. Es sah so vertraut aus, als käme Jannis schon seit Jahren dorthin.

Verrückt, dachte Jovana, während sie Jannis mit den Fingern heranzoomte. Dass er da sitzt, ist eigentlich meine Schuld. Kennengelernt hatte sie ihn vor Jahren hinter der Bar im Kino International bei einer Lesbenparty. Es war noch vor Jannis' trans Coming-out gewesen, er hatte gerade sein Russisch-Studium aufgegeben und sich fulltime in die Szene-Gastroarbeit gestürzt, die vorher sein Nebenjob gewesen war. An dem Abend trug er einen wasserstoffblonden Kurzhaarschnitt und ein schwarzes Hemd mit aufgekrempelten Ärmeln. Dazu eine ebenfalls schwarze Fliege, die Jovana albern gefunden hatte. Doch nach einer Weile hatte ihr diese Type mit dem tiefkehligen Lachen immer besser gefallen. Vor allem wegen der ruhigen, aber effizienten Art, mit den Gästen umzugehen.

Nach mehreren gemeinsamen Schichten hatte Jo gefragt, ob er am nächsten Wochenende zu ihrer WG-Party kommen wollte.

„Klar, gern", hatte Jannis lächelnd gesagt und war dann in einem superschicken Nadelstreifenanzug gegen Mitternacht bei ihr aufgetaucht. Ein paar Leute kannte er aus der Szene und grüßte sie beiläufig. Als er Jovana entdeckte, unterhielt sie sich gerade in ihrer Sprache mit Valentina, deren Blick ihn so elektrisierte, dass er Gänsehaut vom Nacken bis zu den Handgelenken bekam. Die beiden hatten sich noch nie gesehen, doch von der ersten Sekunde an flogen Funken zwischen ihnen hin und her. Jovana wusste an diesem Abend, dass es die Liebe auf den ersten Blick gab. Sie hatte Jannis noch kurz begrüßen können, aber danach war sie völlig abgemeldet gewesen bei ihm und auch bei Valentina. Schon einen Gin Tonic später hingen die beiden knutschend auf einem Sessel.

In den kommenden fünf Jahren waren Jannis und Valentina unzertrennlich gewesen, ein Traumpaar, nach dem sich die Lesben in der Möbel Olfe umdrehten, wenn es hereinkam. Jannis liebte alles an Valentina, die während des Nato-Bombardements von Belgrad nach Berlin gekommen und geblieben war. Weil er sie, wie er sagte, „in der Orginalversion" verstehen wollte, belegte er den einzigen VHS-Kurs für Serbokroatisch, den es in Berlin gab, fuhr zweimal in der Woche nach Steglitz und fuchste sich in die neuen Klänge ein. Seine Russischkenntnisse halfen ihm dabei, manchmal verwirrten sie ihn aber auch. Doch irgendwann war er weit genug, um einfache Unterhaltungen mit Valentina zu führen, was ihn motivierte, immer weiterzulernen.

Wenn er mit Jovana Thekendienst hatte, probierte er seine Sätze an ihr aus; sie lachten viel und verwirrten damit sicher die eine oder andere Partybesucherin. Valentina hatte Jannis ihre Lieblingsfilme und -bands gezeigt – vieles davon aus den Achtzigern. Sie hatte ihm andere Menschen aus Ex-Jugoslawien vorgestellt, einige wurden seine eigenen Freundinnen und Freunde. Er liebte ihren Humor, den er nach und nach immer besser verstand. Und er begriff, dass es zwischen ihnen überhaupt keine Rolle spielte, wer aus welchem der Nachfolge-Staaten Jugoslawiens stammte. Für sie war es weiter ein kultureller Raum, den sie teilten. Und wenn der stets gut gelaunte Wirt der Poropati-Bar in der Neuköllner Weserstraße wieder eine Party zum Dan Republike veranstaltete und Jannis tanzend in der bunt gemischten Menge versank, zählte das zu den glücklichsten Momenten seiner Beziehung mit Valentina.

Weshalb die beiden sich irgendwann trennten, hatte Jovana lange nicht verstanden. Angeblich war es einvernehmlich gewesen. Jo blieb mit beiden befreundet, was manchmal schwierig sein konnte, aber jede Mühe wert war. Und dass Jannis' Liebe zur Jugosphäre die Liebe zu Valentina überdauert hatte, rührte sie. Wie er da in Mešas Garten beim Kaffee saß – einfach wunderbar. Sie schrieb ihm kurz zurück, dass er ganz erleuchtet aussehe von Andrićs Geist und sie ihm noch viel Spaß wünsche. „Ich geh jetzt Eis essen :) Umarmung!"

In wenigen Minuten war sie bei der Eisdiele. Als sie ihr Rad abschloss, kam Tim auf sie zugerannt. Ein paar Meter hinter ihm gingen Paulina und Anja über den kleinen Platz. Jovana kniete sich hin, um Tim in die Arme zu nehmen. Was für ein Prachtkerl. Sie war sich sicher, dass er bei seinen Lehrerinnen genauso beliebt war wie bei seinen Mitschülern. Sie berührte Paulina nur kurz am Rücken, denn sie wirkte nicht so wild auf eine Umarmung. Dafür beugte sich Anja zu ihr herüber, sie legten kurz die Arme umeinander, wobei sich nur ihre Oberkörper berührten.

„Ich will Schokolade und Erdbeere", rief Tim, während er auf den Eisladen zustrebte.

„Klassiker", grinste Jo und gab seine Bestellung auf Italienisch an die Frau hinter der Theke weiter.

„Italienisch kannst du auch noch?", fragte Anja.

„Nee, nicht wirklich, mein Wortschatz ist rein kulinarisch und touristisch."

Tim und Paulina rannten sofort raus, nachdem sie ihre Eiswaffeln bekommen hatten. Die Treppe des gegenüberliegenden Italienischen Kulturvereins, der in einer schönen alten Villa residierte, wurde zu ihrem Spielplatz, und bald war er mit einem Fleckenmuster aus geschmolzenem Eis überzogen. Derweil hockten sich Anja und Jovana auf die schmale Bank vor dem Laden. Nur wenige Zentimeter lagen zwischen ihnen, aber auch eine plötzliche Stille.

Jovana wollte etwas über die Kinder sagen, hatte jedoch das Gefühl, den Moment mit Anja besser nutzen zu müssen. Sie entschied sich für einen Small-Talk-Einstieg: „Wo wohnt ihr eigentlich?"

„Hamburg. Ich bin da auch aufgewachsen. Und du?"

„Wo ich aufgewachsen bin?"

„Ja."

War das jetzt nur eine ganz normale Gegenfrage oder schon die unvermeidliche Wo-kommst-du-eigentlich-her-Inquisition? Diese übliche Annahme, dass jemand mit ihrer Haarfarbe und ihrem Namen unmöglich deutsch sein könne. War sie ja zum Glück auch nicht. Aber häufig lagen in solchen Fragen rassistische Untertöne, da war Jovana sehr hellhörig.

Zu oft hatte sie mitbekommen, dass ihre in Deutschland geborenen Freundinnen und Freunde stets als Türken, Griechen oder Jugos wahrgenommen wurden. Ihnen wurde ohne Umschweife abgesprochen, dass sie „wirklich" zu dem Land gehörten, in dem sie ihr ganzes Leben verbracht hatten. Es widerte Jovana an. Auf sie selbst hatten zwar anfangs alle herabgeschaut – sowohl die *rich kids* als auch die Gastarbeiter-Kinder –, doch Letzteren hatte sie sich trotzdem immer näher gefühlt. Und war irgendwann ja auch von ihnen akzeptiert worden.

Jovana rang sich zu der Annahme durch, dass Anja einfach nur gefragt hatte, und sagte: „Ich bin zum Teil in Kroatien und zum Teil in der Nähe von Stuttgart aufgewachsen. Inzwischen wohne ich in Berlin."

„Oh, cool, Berlin. Ich wollte da eigentlich studieren, hab mich dann aber doch nicht getraut."

„Ach komm, Hamburg ist doch auch kein Dorf."

„Ja, aber irgendwie erschien mir Berlin trotzdem eine Nummer zu groß."

„Ich finde Kinder zu kriegen viel mutiger, als nach Berlin zu ziehen."

Anja drehte ihren Kopf zu Jovana und schaute sie direkt an. So hatte sie das noch nie gesehen. „In meiner Familie wäre es wohl eher mutig gewesen, keine Kinder zu bekommen", sagte sie. „Meine ältere Schwester ist nach mir Mutter geworden und musste sich zuvor immer wieder anhören, dass Nachwuchs ja langsam mal ganz schön wäre. Dabei ist sie Junior-Professorin! Verheiratet mit einem anderen Professor. Doch das galt irgendwie alles nicht so richtig, bis sie endlich auch ein Kind vorweisen konnte."

„Heftig. Aber ich verstehe, was du meinst. Meine Schwester hat schon früh Zwillinge bekommen, deshalb ist es eigentlich entspannt bei uns."

„Und du, willst du selber keine?"

Jovana schwieg für eine Weile. Sie wollte Anja nicht mit der Aussage verschrecken, dass sie sich noch nie Kinder gewünscht hatte, es sich einfach nicht vorstellen konnte. Das schien ihr zu hart zu klingen und kaum relativierbar durch ihren fröhlichen Umgang mit Tim und Paulina. „Das ist nicht so einfach", sagte sie deshalb. „Ich bin queer, eine Lesbe sozusagen."

Dabei drehte sie ihren linken Unterarm und deutete auf ein kleines Piktogramm inmitten von einem urwaldartigen Pflanzengeranke. Es zeigte zwei lächelnde Figuren mit langen Haaren und Röcken, die sich an den Händen hielten. Als wären zwei Frauen miteinander durchgebrannt, die sonst immer angezeigt hatten, wo sich die Damentoiletten befinden.

Anja lachte, als sie das Bildchen sah, und berührte die linke Figur kurz mit dem Zeigefinger. Schnell zog sie ihn zurück und sagte, ohne aufzuschauen: „Aber es gibt doch inzwischen schon viele schwule und lesbische Eltern. Ich kenne sogar welche aus der Kindergartenzeit von Tim. Da lässt sich doch was machen."

Jovana hatte eindeutig zu kurz gedacht, aber das Bedürfnis, sich Anja gegenüber zu outen, war mit einem Mal übermächtig geworden. Wahrscheinlich lag das an der Kombination von Zucker und Nähe. Sie war froh über Anjas lockere Reaktion, vor allem über die Sekunden, als ihr Finger das Tattoo berührt hatte. Allerdings war sie nun leicht beschämt, weil sie Anja auf den falschen Pfad gelockt hatte. „Ja, schon klar, Queers sind nicht zur Kinderlosigkeit verdammt, aber ich glaube, für mich ist es eher nichts. Zumal ich auch solo bin." Puh, gerade noch mal die Kurve bekommen, dachte Jovana. Auch wenn an dieser Stelle natürlich ein kleiner Vortrag über die Hürden für schwule Paare und die bürokratischen Ungerechtigkeiten in Sachen Stiefkindadoption bei lesbischen Paaren angestanden hätte. Das wollte sie irgendwann nachholen. Jetzt aber hatte sie die Gelegenheit, wie nebenbei Anjas Beziehungsstatus in Erfahrung zu bringen. „Und du? Auch Single?", fragte sie und biss in den Rand der Waffel.

„Ja, ich auch. Bald geschieden", sagte Anja. Sie lachte kurz auf und schob ein „endlich" hinterher, was Jovana ermutigte. Sie sah, dass Tim und Paulina in ein Hüpfspiel vertieft waren und ihnen noch ein paar Minuten Zweisamkeit schenken würden. Also sagte sie: „Gute Gelegenheit."

„Wofür?"

„Mal was anderes auszuprobieren."

„Zum Beispiel?"

„Vielleicht eine Frau." Jovana grinste aus dem Augenwinkel herüber, besorgt, dass das jetzt doch etwas zu direkt gewesen sein könnte, aber sie hatte sich wieder verschätzt.

„Du glaubst also, dass ich noch nie was mit einer Frau hatte?", sagte Anja und leckte langsam über den kleinen Vanilleeishügel, der sich über der Waffel wölbte.

Das Blut schoss in Jovanas Ohren. „Na ja, so eine Partyknutscherei oder vielleicht auch eine Nacht mit einer Frau hattest du bestimmt schon", sagte sie, fast sicher, dass Anja sie nur aufziehen wollte.

„Aha, so was denkst du also von mir. Eine neugierige Hetera, die betrunken ein bisschen rummacht mit den Lesben."

Die Schamesröte hatte sich auf Jovanas ganzes Gesicht ausgebreitet, und sie wünschte sich auf den Grund des Limski-Kanals. Stammelnd brachte sie hervor: „Sorry, das sollte nicht abwertend klingen, ich hab einfach nur gedacht, dass du wahrscheinlich heterosexuell bist, aber auch offen für andere Erfahrungen. Tut mir leid, wenn ich deine Gefühle verletzt habe."

Anja lachte laut auf. Ihre Kinder drehten kurz die Köpfe in ihre Richtung und vertieften sich dann wieder in ihr Spiel. „Hey, nein, du hast mich nicht verletzt. Ich verstehe schon, dass man mich so einschätzen kann. Es ist naheliegend, aber auch ein bisschen vorschnell."

Jovana tauchte wieder aus ihrer Versenkung auf; erleichtert schnappte sie nach Luft. „Ja, das stimmt, es ist vorschnell. Entschuldige."

„Schon gut. Ich kann mir halt kein Zeichen auf meinen Arm malen, aber wenn, wäre es auf keinen Fall eins mit einem Mann und einer Frau."

„Ah, dann bist du bi oder pansexuell, wie man heute eher sagt."

„Vielleicht, ich weiß nicht. Jedenfalls hatte ich mal eine kurze Beziehung zu einer Frau, einer Kommilitonin."

„Oh, okay. Und hat es dir gefallen?" Oje, es war der Tag der idiotischen Sätze, Jovana war überfordert von dieser tollen Frau, die sie in einem fort überraschte und die jetzt schon wieder laut auflachte. Das war immerhin besser, als dass sie ihr eine knallte. Trotzdem schoss das Rot wieder auf Jovanas Wangen.

„Na, klar hat es mir gefallen", sagte Anja. „Sonst hätte ich es ja nicht gemacht. Aber leider hat sie mich verlassen – für eine andere."

„Uh, verstehe. Kenne ich."

„Das ist ewig her", sagte Anja und riss Jovana aus ihren Erinnerungen. „Ich habe die Frau einmal zufällig wiedergetroffen in einem Supermarkt, vor ein, zwei Jahren, war seltsam. Aber wir haben uns begrüßt."

Paulina und Tim kamen von der Treppe herübergerannt. Ihre Hände klebten, Tim hatte Schokoladeneis im Mundwinkel. „Hey, hey, komm mal her", sagte Anja, zog ihn zu sich heran, um ihm mit einer Papierserviette über den Mund zu wischen.

„Bähhhh!", rief der Junge.

Paulina stand ruhig daneben und sagte dann: „Können wir schwimmen gehen?" Anja schaute sie verwundert an, es war viel zu spät dafür, und das wusste ihre Tochter auch.

„Nein", sagte Anja, „das geht jetzt nicht mehr, aber wir können zum Hafen rübergehen und uns noch ein bisschen die Schiffe anschauen."

„Wollt ihr unseren zweiten Ausflugsdampfer sehen?", fragte Jovana. Die Galeb 2 war gerade von der Panoramafahrt zurück und, bis sie dort wären, sicher auch schon fertig geputzt.

Paulina blickte sie mit einer skeptischen Miene an, sagte dann aber doch „Ja, okay" und drehte den Kopf zu Anja, die von der Entwicklung der Abendgestaltung freudig überrascht schien. Lächelnd stimmte sie zu, warf die Serviette in einen Mülleimer und nahm Tim an die Hand.

Paulina sagte: „Also los", und griff nach Jovanas Hand. Es war das erste Mal, dass sie den Kontakt zu ihr suchte, und Jos Herz stolperte kurz, als sie die warme, immer noch leicht klebige Kinderhand in der ihren spürte. Eigentlich hätte sie jetzt gern eine Zigarette geraucht, aber das war besser, weil nicht so selbstverständlich wie bei ihren beiden Nichten, die ohnehin ständig an ihr hingen, wenn sie sich mal im Schwabenland blicken ließ.

Als Jovana unterwegs in die strahlenden Augen von Anja blickte, dachte sie kurz, dass sie jetzt wie eine Regenbogenfamilie aussahen, wobei das in Rovinj natürlich niemand erkannt hätte.

„*Galeb* heißt übrigens Möve", erklärte Jo, während sich das Vierergespann durch die Touristenmengen in der Altstadt drängte. „Es war auch der Name von Titos Schiff. Mein Vater hat seines ein bisschen aus Trotz auch so genannt. Deshalb die 2."

„Wer ist denn Tito?", wollte Paulina wissen, und Jo fiel erst jetzt auf, dass sie ganz vergessen hatte, dass dieser Name deutschen Kindern ja gar nichts sagte. Also erklärte sie, dass Kroatien einmal Teil eines anderen größeren Landes namens Jugoslawien gewesen sei, dessen Chef Josip Broz Tito geheißen habe. Nach dessen Tod hätten sich die verschiedenen Teile des Landes zerstritten; manche hätten schließlich Krieg gegeneinander geführt. Nun gäbe es sechs kleine Länder statt eines großen. Jo nannte Serbien und Bosnien als Beispiele und fügte an, dass die meisten Leute in den Ländern die gleiche Sprache sprächen. „Weil mein Onkel ein Fan des alten Landes ist, hat er das Schiff so genannt." Dass ihn deshalb in Rovinj einige für einen ewiggestrigen kommunistischen Idioten hielten, erzählte Jovana nicht.

Sie selbst bewunderte Bogdans Treue zu Tito, die wenig mit der geschichtsvergessenen Jugonostalgie vieler älterer Menschen zu tun hatte. Er war wirklich von „*bratsvo i jedinstvo*", der Brüderlichkeit und Einigkeit unter den jugoslawischen Nationalitäten, überzeugt gewesen. Als sein jüngerer Bruder eine Serbin geheiratet hatte und in ihr Dorf gezogen war, hatte er sich riesig gefreut. Solche Ehen waren aber sowieso keine große Sache gewesen, damals hatte in ihrem Umfeld kaum jemand auf die Religion oder Herkunft von Paaren geachtet. Dass jetzt viele im Land ihr Kroatentum derart hochhielten, ging Bogdan mächtig auf die Nerven. Er wäre niemals auf die Idee gekommen, zum Nationalfeiertag, der in diesem Jahr zugleich der 20. Jahrestag der Aktion Oluja war, eine Flagge an seinem Haus zu befestigen. Dass die serbische Bevölkerung damals bei einer riesigen Militäroperation aus der Krajina vertrieben worden war, hielt er nach wie vor für ein großes Unrecht und nicht für einen Grund zum Feiern. Natürlich leugnete er auch nicht, dass die Gründung des autonomen serbischen Krajina-Staates zuvor ebenfalls mit Gewalt und Vertreibungen einhergegangen war – deshalb war die Familie seines Bruders ja zu ihm nach Rovinj gekommen. Doch das machte die Oluja-Operation in Bogdans Augen kein bisschen besser. Er verstand auch nicht, wie zwei der federführenden kroatischen Generäle später vor dem UN-Kriegsverbrecher-Tribunal freigesprochen werden konnten. Für ihn war das ein Skandal. Doch viele seiner Landsleute sahen das anders und feierten die beiden bei ihrer Rückkehr als Helden. „Kroatien ist unschuldig!", jubelten die Zeitungen.

Bogdans Bruder war während der Oluja-Aktion mit seiner Frau und den Töchtern schon in Deutschland gewesen. Doch die Mutter seiner Schwägerin und deren Schwester mussten fliehen. Bis auf wenige Habseligkeiten hatten sie alles zurückgelassen und waren in der langen Karawane der Vertriebenen mitgezogen. Die herzkranke Mutter hätte die Flucht um ein Haar nicht überlebt. In dem Lager am Rande Belgrads, wo sie schließlich landeten, siechte sie noch eineinhalb Jahre dahin. Jovanas Eltern waren allein zur Beerdigung gefahren. Für alle wäre es zu teuer und beschwerlich gewesen. Jovana weinte still um die Alte, die ihnen immer Süßigkeiten zugesteckt hatte. Sie sah sie noch ganz genau vor sich, wie sie in ihrem schwarzen Kleid immer auf der Holzbank vor ihrem Haus gesessen hatte, rauchte und mit allen, die vorbeikamen, ein Schwätzchen hielt. Mindestens einmal in der Woche war sie ans Grab ihres Mannes gegangen. Dort hatte sie die Blumen gegossen und für ihn eine Zigarette abgebrannt, während sie auch selbst eine rauchte. Die Großmutter war die einzige gläubige Person in Jovanas Familie gewesen und hatte immer versucht, ihren Enkelkindern die orthodoxen Feiertage und Heiligen zu erklären. Mit wenig Erfolg. Nur Weihnachten kannten sie, weil das alle wussten, und den Vidovdan hatte sich Jovana ebenfalls bis heute gemerkt.

Als sie am Hafen ankamen, schlenderte ihre beste Freundin Maja gerade in ihre Richtung und übersah das Grüppchen glatt. Erst als Jo ihr zuwinkte, reagierte sie und nahm ihre Spiegelsonnenbrille ab. Die Freundinnen begrüßten sich herzlich. Jovana stellte alle einander vor und erklärte Maja auf Kroatisch, dass sie der Familie die Galeb 2 zeigen wollte. Die Freundin zog lächelnd die linke Augenbraue hoch. Ob Jovana der Deutschen vielleicht auch noch etwas anderes zeigen wolle? Die sei ja ziemlich hübsch und hoffentlich nicht zu überzeugt von ihrem Glaubensbekenntnis. Jovana lachte verlegen auf. *„Vidjet ćemo"* – wir werden sehen. Und ja, sie gefalle ihr.

Dann bemerkte sie, dass es gegenüber Anja und den Kindern unhöflich war, nicht zu übersetzen. Sie sagte: „Maja hat uns viel Spaß gewünscht und meinte, ihr sollt euch auch mal ein Boot bei ihr ausleihen."

„Au ja, au ja, au ja, ein Boot!", rief Tim und zerrte an Anjas Hand.

„Mal sehen", sagt sie und musterte Maja aus dem Augenwinkel. Irgendwie schien Jos Freundin noch etwas anderes gesagt zu haben. Doch dann wechselte Maja ins Englische und sprach von einem Open-Air-Konzert, das in zwei Tagen stattfinden würde. *„It's for free. You should come. The guy was a big star in Jugoslavia."*

Diesmal war Paulina begeistert von der Idee, vor allem, weil sie stolz war, dass sie die englischen Sätze ungefähr verstanden. „Ein Konzert, bitte ja, lass uns gehen."

„*We will see, maybe*", sagte Anja und an ihre Kinder gerichtet: „Aber jetzt schauen wir erst mal das Schiff von Jovanas Onkel an."

„Genau, auf geht's!", sagte Jo und verabschiedete sich mit zwei Wangen-Küsschen von Maja. Die Kinder und Anja winkten ihr im Gehen zu.

Bei der Galeb 2 angekommen, ratterte Jovana die technischen Daten des Schiffes herunter. Weil das klang, als wäre sie bei der Arbeit, stoppte sie ihren Vortrag abrupt und half stattdessen den Kindern an Bord. Auch Anja reichte sie die Hand, was nicht nötig gewesen wäre, doch Anja ließ sich offenbar gerne von ihr herübergeleiten und nach dem kleinen Hopser auch noch andeutungsweise abstützen.

Die Kinder rannten sofort zum Heck und schauten ins Wasser. „Ganz schön hoch", kommentierte Paulina.

„Ja, deshalb steigt ihr bitte auch nicht auf die Bänke", sagte Jovana, die mit Anja hinter den beiden herkam. „Setzen geht natürlich."

Und so setzten sie sich kurz auf eine der Bänke, vor die kleine Tische montiert waren. Das Schiff war deutlich größer als die Aneta, es war im Frühjahr neu lackiert worden und strahlte in stolzem Weiß. Die Schiffsbrücke erreichte man über eine kleine Treppe, vor die eine Metallkette gespannt war. Jovana öffnete sie und kramte beim Hochgehen den Schlüssel für die Tür aus ihrem Rucksack. Zum Glück hatte Bogdan für alle Familienmitglieder ein Schlüsselset von beiden Schiffen anfertigen lassen, wodurch es nie zu nervigen Suchereien oder Übergabeabsprachen kam.

Die Brücke war nicht sonderlich geräumig, bot aber einen tollen Blick über das Schiff und den Hafen. Tim musste sich auf die Zehenspitzen stellen, um aus einem der vier Frontfenster schauen zu können. Derweil drehte Paulina am Steuerrad herum.

„Volle Kraft voraus!", sagte Jovana. Sie erklärte den Kindern die Hebel für die verschiedenen Geschwindigkeiten, zeigte ihnen das Funkgerät und die Navigationsinstrumente.

An die Wand gelehnt, schaute Anja ihr zu. Wenn Jo hinübersah, lächelte sie aufmunternd.

„Kannst du das Schiff denn fahren?", fragte Paulina.

„Ein bisschen. Mein Onkel hat mich schon ein paarmal draußen auf See ans Steuer gelassen. Macht Spaß. Anlegen ist allerdings nur was für Profis."

Tim wollte auch einmal am Rad drehen, hatte aber schnell genug davon. „Dürfen wir wieder runter und vorne rumlaufen?"

„Klar, aber vorsichtig auf der Treppe", sagte Anja, während Paulina schon an der Tür war. In das hallende Trappeln ihrer Füße auf dem Metall sagte sie an Jovana gewandt: „Tolle Führung, danke."

„Na ja, ihr kommt aus Hamburg, da ist so ein alter Dampfer sicher keine große Attraktion."

„Doch, schon, wir sind ziemliche Landratten. Natürlich haben die Kids häufig Frachter und Segeljachten gesehen, aber in so einer Kapitänskajüte waren sie noch nie." Sie trat einen Schritt auf Jovana zu und sagte, dass es auch für sie ein echtes Highlight gewesen sei. Und während sie etwas näher kam, legte sie ganz beiläufig ihre linke Hand auf Jovanas Rechte, die lässig auf dem Steuerhebel ruhte. „Danke für den schönen Abend", sagte Anja und drückte ganz leicht ihre Finger zusammen.

Jovana durchfuhr ein leichtes Schaudern, von dem sie hoffte, dass Anja es nicht bemerkt hatte. Jetzt nicht wieder so einen Mist wie eben reden, dachte sie, brachte dann immerhin ein „Die Freude ist ganz meinerseits" heraus und flehte innerlich, dass Anjas Hand auf ihrer liegen bleiben möge. Was sie tatsächlich tat – selbst dann noch, als Jo sagte: „Aber der Abend ist jung, da kann man noch einiges erleben." Jetzt musste ihr kühnstes Verführerinnenlächeln her. Es war schon ein wenig eingerostet, aber offenbar entfaltete es bei Anja seine Wirkung.

Sie schaute kurz hinaus zu ihren Kindern, die auf dem Vordeck Fangen spielten. „An was hättest du denn da gedacht?", fragte sie auffallend langsam und wendete ihren Blick wieder Jovana zu. Die Krähenfüßchen an Anjas Augen zeigten sich; der linke Mundwinkel bewegte sich leicht nach oben.

Es reichte Jo, um jetzt auf „Volle Kraft voraus" zu schalten. Sie antwortete: „An etwas Romantisches vielleicht." Als sie sah, dass auch Anjas rechter Mundwinkel sich bewegte, nahm sie all ihren Mut zusammen und legte ihre freie linke Hand kurz über Anjas Hüfte.

„Aha, okay", sagte sie, ohne sich der Berührung zu entziehen, weshalb Jo ihre Hand langsam nach oben führte und dabei den Abstand zwischen ihren Körpern verringerte. Anja legte ihre Hand auf Jos Rücken. Ihre Lippen trafen sich, als wären sie schon lange miteinander bekannt. Genau wie ihre Zungen, die eine kürzlich unterbrochene Unterhaltung wiederaufzunehmen schienen. Sie umkreisten einander voller Freude und Mitteilsamkeit.

Jovanas Kopf explodierte, doch in einem Winkel ganz hinten war ihr auch bewusst, dass man sie von draußen sehen konnte, weshalb sie Anja sanft nach rechts schob, wo es eine vor Blicken geschützte Ecke gab. Als Anja mit dem Rücken die Wand berührte, war es Jo, als hätte sie ein ganz leichtes Seufzen gehört. Jos Lust strahlte nun in jede Faser ihres Körpers aus, ihre Hände strichen über den hellgrünen, weichen Stoff von Anjas Sommerkleid. Sie hätte es am liebsten sofort hochgestreift und es Anja hier besorgt, sie zum Zucken und Stöhnen gebracht. Doch dann drang Paulinas Stimme an ihr Ohr, Füße knallten auf die Treppe. Anja öffnete die Augen, Jo trat einen Schritt zurück. Anja wendete sich zur Tür, drückte die Klinke und rief: „Hey, hey, was ist denn los?"

11

Schon vor zehn Minuten hatte sie das Licht gelöscht. Die Kinder atmeten ruhig und friedvoll unter den weißen Laken, doch Anja grinste weiter in die Dunkelheit. Ihre Lippen waren noch immer verzückt über die kurze Begegnung am frühen Abend.

Wie lange hatte sie nicht mehr so einen schönen Kuss erlebt, so leidenschaftlich und zugleich so vertraut. Sie dachte an die Anfangszeit mit Phillipp zurück, als die beiden eine ganze Woche lang kaum aus dem Bett gekommen waren und sich danach in jeder möglichen und unmöglichen Situation geküsst hatten. Er konnte das wirklich gut. Allerdings hatten sich zwischen die tiefen, langen Küsse im Laufe der Zeit immer mehr oberflächliche geschoben, bis diese dann ganz klar die Oberhand gewonnen hatten.

Anja war das erst gar nicht groß aufgefallen. Sie hatte genug zu tun gehabt mit Paulina und drei Jahre später mit Tim, dann die Arbeit und der Haushalt. Das war eben der Lauf der Dinge. Und sie hatten ja immerhin auch noch Sex, eher am Wochenende oder an Feiertagen, wenn Phillipp etwas entspannter war. Diese Nummern langweilten Anja meistens, es war ihr außerdem zu wenig. Also masturbierte sie nun wieder ab und zu, wenn ihr Mann abends länger in der Kanzlei blieb und die Kinder schon im Bett waren.

Hatte sie sich dabei anfangs noch Erlebnisse mit Phillipp in Erinnerung gerufen, drehte sich ihre Lieblingsfantasie bald um eine dunkelhaarige Frau, mit der sie in einem Club flirtete, um es dann auf der Toilette mit ihr zu treiben. Mal war es eine junge Butch mit Lederjacke, mal eine elegante Lady im Abendkleid, von der sie sich verführen ließ. Mal war ein Strap-on im Spiel, mal eine warme, außerordentlich geschickte Hand.

Wie es wohl wäre, mit Jovana zu schlafen? Anja konnte sie sich in beiden Rollen vorstellen. Ihr wurde ganz warm, sie musste schnell an etwas anderes denken. Unmöglich, sich hier neben den Kindern zu berühren. Also erinnerte sie sich daran, wie Phillipp sie zum zweiten Mal zum Abschied auf die Stirn geküsst hatte. Das erste Mal hatte sie nur kurz irritiert, aber bei der Wiederholung war ihr ein Gruselschauer von ihrer Kopfhaut bin in die Fußspitzen geschossen. In diesem Moment begriff sie, dass etwas zwischen ihnen nicht stimmte. Er hatte sie nie auf diese Weise geküsst, es hatte etwas komplett Begehrensfreies, Väterliches, und tatsächlich küsste er ja auch Paulina und Tim manchmal so. Irgendwas war im Gange.

In den Tagen danach blieb Anja extrem wachsam, analysierte seine WhatsApp-Nachrichten, seine Körpersprache und sein Verhalten. Ihr Ergebnis: Phillipp war in einem Routinemodus, bei dem er den Kontakt zu ihr auf das absolute Minimum beschränkte. Das Verrückte war, dass Anja das alles überhaupt nicht negativ aufgefallen war. Doch nun verstand sie: Dieses Nebeneinanderher-Leben entsprach genau dem Muster ihrer Schwiegereltern, deren gelassene Zufriedenheit Anja stets beeindruckt hatte. Nie wäre sie allerdings auf die Idee gekommen, mit Phillipp einmal in einen ähnlichen Zustand zu geraten. Allerdings: War das nicht auch ganz angenehm? Sie hatte Vertrauen, Sicherheit und viel Freiraum für ihre Interessen, ihre Arbeit. Das war doch viel. Weshalb schätzte sie das nicht?

Es dauerte eine ganze Weile, bis Anja sich eingestand, dass ihr etwas fehlte, dass sie sich einsam fühlte neben Phillipp. Hatte er ihr früher ganz genau von seinen Mandantinnen und Mandanten erzählt und sie über deren Fälle auf dem Laufenden gehalten, teilte er mittlerweile kaum etwas mit ihr. Genauso war es mit ihrer Arbeit gewesen. Zunächst zeigte sie ihm die Websites und Kundenmagazine, die sie gestaltet hatte. Irgendwann gab sie ihm nur noch kleine Status-Updates über neue oder abgeschlossene Aufträge.

Die Kinder waren ihr zentrales Gesprächsthema geworden, und Anja schätzte es sehr, wie gewissenhaft sich Phillipp an ihre Absprachen hielt und nicht ein einziges Mal zu spät gekommen war, wenn es galt, die beiden irgendwohin

zu bringen oder abzuholen. Eine dumpfe Traurigkeit hatte
Anja durchflutet, als ihr aufging, dass sie und Phillipp sich
in ihren Alltagsabläufen verloren hatten, sich nicht mehr
wirklich wahrnahmen, sondern wie auf Schienen durch ihr
Leben fuhren.

War das schon die Midlife Crisis? Mit sechsunddreißig?
Kam das nicht viel zu früh? Ihre Mutter hatte sich mit vierundvierzig von ihrem Vater getrennt, das war ja eigentlich
eher so die Zeit für so was. Dabei war es eher ihr Vater gewesen, der das klassische Midlife-Crisis-Programm abgezogen
hatte. Dass er eine heimliche Geliebte gehabt hatte, war in
einer betrunkenen Nacht plötzlich aufgeflogen.

Das war bei ihr natürlich ganz anders, dachte Anja. Oder
vielleicht doch nicht? Woher sollte sie wissen, dass Phillipp
keine Affäre hatte? Ihr wurde ganz schlecht bei dem Gedanken; sie baute ihn aber von da an in ihre Analysen und Hy-
pothesen über Phillipp ein.

Es kam der Tag, an dem er sie zum Abschied wieder auf
die Stirn küsste. Sie saß gerade am Küchentisch und trank
Kaffee, er stützte sich mit einer Hand ab, während er sich zu
ihr herunterbeugte.

„Bis heute Abend", sagte er, und Anja griff nach seiner Hand,
nachdem sich seine Lippen von ihrer Stirn gelöst hatten.

Sie schaute direkt in sein perplexes Gesicht. „Hast du eine
andere?"

„Was? Nein", brachte Phillipp hervor.

„Wieso küsst du mich dann auf die Stirn und nicht auf den
Mund?"

„Hä? Du trinkst Kaffee, du sitzt."

„Na und? Hast du es jetzt am Rücken, dass du dich nicht
mehr so weit runterbeugen kannst, oder was?"

„Du hast doch 'ne Macke, ich muss los. Tschüs."

Den ganzen Tag über hatte Anja ein schlechtes Gewis-
sen, dachte, sie hätte total übertrieben. Sie hatte schon eine
Entschuldigung auf den Lippen, als Phillipp spätabends das
Wohnzimmer betrat.

Aber er kam ihr zuvor: „Lass uns reden. Ich muss dir etwas sagen."

Ihr Herz begann zu rasen, Übelkeit stieg auf. Phillipp setze sich neben sie aufs Sofa und begann von seiner Geliebten zu erzählen. Referendarin in der Kanzlei. Es ging schon eine Weile, er dachte, es sei nichts Ernstes, aber dann doch.

Angewidert drehte sich Anja im Bett um, sie konnte das Echo des Schocks, den sie in dem Moment empfunden hatte, noch immer in ihrer Oberschenkelmuskulatur spüren. Ein schmerzhaftes Ziehen breitete sich auf der Vorderseite aus. Immerhin war sie jetzt gründlich abgetörnt, allerdings auch wach.

Kurz überlegte sie, Jovana eine Nachricht zu schreiben. Sie hatten sich zum Abschied gegenseitig ihre Nummern in die Telefone getippt. „Du küsst echt gut. Schlaf schön", wollte Anja schreiben, verwarf die Idee dann aber schnell wieder, weil es sie viel zu unruhig gemacht hätte, auf eine Antwort zu warten. Trotzdem nahm sie ihr Telefon vom Bettkasten und scrollte sich unter der Bettdecke durch ihre Facebook-Timeline, was sie seit zwei Tagen nicht gemacht hatte. Offenbar hatte sich die Situation der Flüchtlinge, die über die Balkanroute nach Deutschland kamen, verschärft. Einige von Anjas Freunden hatten Texte und Spendenaufrufe dazu gepostet. Die Mutter einer Mitschülerin von Paulina hatte einen Artikel aus dem *Tagesspiegel* verlinkt, der die katastrophale Lage von Menschen vor dem zuständigen Amt in Berlin beschrieb. Bei irrer Hitze harrten sie dort massenhaft aus, um sich registrieren zu lassen, Berlinerinnen und Berliner brachten Wasser und Essen vorbei. „Schande auf diese Hauptstadt" hatte die Mutter ihren Post überschrieben.

Wie krass, dachte Anja. Ob es in Hamburg wohl ähnlich zuging? Sie musste das morgen mal recherchieren. Spenden könnte sie vielleicht auch etwas. Sie schaltete ihr Telefon aus, legte es weg und drehte sich auf die Seite. Noch einmal schweiften ihre Gedanken zu Jovana und dem Kuss, bevor sie langsam wegdämmerte.

12

Den Heimweg legte Jovana wie betäubt zurück. Die Menschen, Geräusche und Farben um sich herum nahm sie kaum wahr. Alles wirkte gedämpft und blass gegen die Glückswellen, die von innen gegen ihre Schädeldecke brandeten.

Es war ihr fast unheimlich, dass sie auf einen einzigen Kuss so intensiv reagierte. Gut, sie hatte schon lange niemanden mehr geküsst, aber es war nun wirklich keine neue Sache in ihrem Leben. Nicht zu vergleichen mit tausend wild durcheinanderschießenden Gefühlen, die ihren Körper während des ersten Kusses mit einer Frau durchzuckt hatten.

Damals hatte Sina, eine etwas ältere Kollegin aus dem Café, in dem Jo während ihres letzten Schuljahres jobbte, die Sache in die Hand genommen. Nach vielen kleinen Bemerkungen und gar nicht so zufälligen Berührungen hinter dem Tresen hatte Sina sie eines Abends nach Schichtende im Vorratsraum überrascht. Ohne ein Wort war Sine auf sie zugegangen, die Augen fest auf sie gerichtet. Sie hatte ihr den Besen aus der Hand genommen, ihre rechte Hand in ihren Nacken gelegt und sie zu sich herangezogen. Jovana spürte Sinas Hüftknochen auf ihren, während ihre Lippen versuchten, irgendwie angemessen auf Sinas Lippen zu reagieren. Ihre Zunge war forsch und fordernd gewesen. Ihre linke Hand hatte ihren Arsch fest im Griff.

Nach den ersten Schockmomenten gefiel Jovana das richtig gut; sie wurde feucht und hätte sofort mit Sina gefickt. Doch die ließ plötzlich von ihr ab, ging zwei Schritte zurück und sagte: „Wenn dir das gefällt, sehen wir uns am Freitag wieder hier." Ohne sich nach ihr umzudrehen, verließ sie den Raum.

Jovana war völlig perplex gewesen und kam zum verabredeten Zeitpunkt natürlich wieder. Dass ihr erster Sex mit einer Frau in einer Abstellkammer stattfand, störte sie nicht im Geringsten. Es war aufregend, und sie wusste nun, dass sie definitiv auf Frauen stand.

Die Affäre hatte ein paar Wochen gedauert, dann bekam Sinas Freundin Wind davon, und es wurde krampfig. Bald hatte sie ihre Arbeitszeiten so gelegt, dass sie Jovana nicht mehr begegnete, was Jo verletzt und verwirrt hatte. Einmal kam sie unangemeldet ins Café, um Sina zur Rede zu stellen. Nach einem Streit vor der Tür war es endgültig aus.

Jovana lächelte kaum merklich bei der Erinnerung an ihr erstes Lesbendrama. Fast schon klassisch das Ganze – allerdings gab es danach keine On-off-Phase und auch keine Freundschaft. Letzteres war mit Sina ohnehin kaum vorstellbar. Inzwischen war Jovana ihr dankbar, Sina hatte ihr einen ersten Einblick in eine Welt gegeben, die sie sich danach mehr und mehr erschloss. Viele ihrer Butch-Moves hatte sie sich bei Sina abgeschaut. Allerdings konnte sie sich nicht vorstellen, mit Anja auf diese Ebene zu gehen. Vielleicht war sie deshalb so durcheinander: Etwas war anders als sonst. Sie würde nicht so einfach die Führung übernehmen können; sie befand sich auf unsicherem Terrain.

Kurz bevor Jovana das Haus ihrer Verwandten erreichte, surrte ihr Mobiltelefon in ihrer Hosentasche. Als sie das Rad abgeschlossen hatte und zur Tür ging, schaut sie auf das Display und sah, dass Maja geschrieben hatte.

„Hej, zdravo! Die Deutsche ist ja echt eine heiße Lady …" Dahinter ein Flammensymbol. „Du stehst ein bisschen auf sie, oder?"

Jovana schloss die Tür auf und ging in die Küche, in der Marija herumwerkelte. Sie begrüßten sich kurz, Jo nahm sich ein Glas, goss sich aus einer großen Plastikflasche Mineralwasser ein und ging ins Wohnzimmer. Der Fernseher lief ohne Ton. Sie war allein und setzte sich aufs Sofa, las noch einmal die drei kurzen Nachrichten. Es überraschte sie, dass Maja schon alles geblickt hatte. War es so offensichtlich, dass ihr Anja gefiel? Sie schrieb: „Ja, sie ist toll. Und ich stehe sogar ziemlich auf sie. Hätte nicht gedacht, dass es so auffällt …"

„Hahaha, fällt voll auf. Aber mach Dir keine Sorgen: Heteros raffen es wahrscheinlich nicht. Apropos Hetero: Ist sie ja wohl auch, oder?"

„Du und Deine Vorurteile! Wenn sie hetero ist, hat sie es heute zumindest mal kurz vergessen :)"

„Was?!!! Erzähl mal!!!"

Jovana nahm einen Schluck Wasser und fasste kurz die Schiffsbesichtigung zusammen. Als Letztes schrieb sie, dass sie gern einmal mehr Zeit mit Anja allein hätte, aber nicht wisse, wie sie das anstellen solle. Majas Antwort ließ ein wenig auf sich warten. Dann erschien ihr Standardsatz zum Thema Heteras auf Jovanas Display: „Du weißt, dass ich nichts davon halte, hinter Heten herzujagen. Sie bringen uns nur Unglück."

Jovana verzog den Mund und bereute es, ihrer Freundin überhaupt etwas erzählt zu haben. Sie warf das Telefon auf das Sofa und legte ihren Kopf auf das Polster. Als sie ein paar Sekunden an die Decke gestarrt hatte, surrte es neben ihr. Jovana wendete den Kopf nach links, nahm das Handy und schaute auf die lange Nachricht von Maja.

„Aber manchmal müssen wir wohl auch ins Unglück laufen, weil wir uns sonst ewig fragen, ob da nicht doch ein bisschen Glück dringesteckt hätte. Ich kenne das Gefühl ja auch … Also, ich habe eine Idee: Wie wäre es, wenn Du Anja vorschlägst, dass ich mit den Kindern in einem meiner Boote rausfahre, ihnen zeige, wie man steuert und so. Ich kann Damir bitten, den Nachmittag für mich zu übernehmen. Er schuldet mir noch einen Gefallen. Soll ich ihn fragen, ob er morgen Zeit hat? Und dann kannst Du ein bisschen Zeit mit Anja verbringen."

Was für eine tolle Idee! Jovana musste kurz überlegen, ob das funktionieren könnte, doch sie fand keinen Grund, warum sie es nicht probieren sollte. Sie würde früher Schluss machen, dann wäre genug Zeit, um die Kinder zu Maja zu bringen und dann etwas mit Anja zu machen.

„Danke! Du bist großartig", schrieb sie zurück. „Ja, frag Damir. Ich hoffe, er hat Zeit! Und ich schreib gleich morgen früh Anja."

„Alles klar, dann hören wir uns. Hab einen schönen Abend!"

„Du auch <3"

13

Paulina und Tim hatten sich nach dem Zähneputzen in ein Kartenspiel vertieft. Auf dem Weg zum Frühstücksraum machten sie nur widerwillig Pause, um am Tisch dann sofort weiterzuspielen. Anja las derweil die Nachricht, die Jo ihr geschickt hatte.

„Hallo, guten Morgen, das war sehr schön gestern mit Dir. Ich würde Dich gern bald wiedersehen. Wenn Ihr heute Nachmittag noch nichts vorhabt, könnten die Kinder vielleicht mit Maja ein bisschen Boot fahren. Und wir gehen auf einen Kaffee, oder so :) Was denkst Du?"

Wow, die Frau hatte Courage, ging direkt zur Sache. Anja gefiel das, und sie versuchte, nicht zu breit zu grinsen. Das wäre ihren Kindern sofort aufgefallen, auch wenn sie noch so tief in ihrem Spiel steckten.

„Wollt ihr euch nicht mal was zu essen holen?", sagte sie zu den beiden.

„Moment noch", sagte Paulina und dann: „Uno, letzte Karte!"

Tim warf eine Karte auf den Stapel.

Also ging Anja selber los und überlegte fieberhaft, was sie antworten sollte. Fahrig fischte sie sich ein paar Käsescheiben auf ihren Teller, nahm zwei kleine Brötchen und einen Orangensaft mit an ihren Platz, wo der Kellner gerade mit dem Kaffee vorbeikam. Anja nickte ihm zu, während Paulina ihre letzte Karte spielte und Tim seine leise fluchend auf den Tisch warf. Abrupt schob er den Stuhl nach hinten, um dann zum Buffet zu trotten. Paulina sammelte alle Karten triumphierend zu einem Stapel zusammen und folgte ihrem Bruder in einigem Abstand.

Schnell trank Anja einen Schluck Kaffee, öffnete ihre Nachrichten-App und las noch mal Jovanas Vorschlag. Sie begann ihre Antwort zu tippen, hielt dann aber inne. Vielleicht wäre es besser, erst mit den Kindern zu reden, überlegte sie. Wenn sie Jo jetzt schon zusagte, die beiden aber keine Lust hatten, konnte es kompliziert werden. Sie wollte vermeiden, dass Paulina und Tim sich wunderten oder zu viel über ihre Motive nachdachten. Wenn Anja versuchen würde, sie zu etwas zu überreden, wäre das sicher verdächtig. Also wartete sie, bis die beiden wieder am Tisch waren und irgendwann gleichzeitig den Mund voll hatten.

Nach einem großen Schluck Kaffee sagte Anja: „Könnt ihr euch an die Frau gestern am Hafen erinnern? Die Freundin von Jo?"

„Du meinst die, die aussieht wie ein Mann?", fragte Tim.

„Ja, die, aber das sagt man so nicht. Sie fühlt sich wahrscheinlich wohl mit diesem Look, deshalb ist sie trotzdem eine Frau", sagte Anja und dachte sofort, dass sie natürlich gar keine Ahnung hatte, wie Maja sich definierte. Vielleicht war Maja non-binär oder trans, und sie hatte sie nun völlig falsch eingeordnet. Lass sie eine Butch sein, dachte Anja und nahm sich vor, demnächst besser auf solche Fragen zu reagieren.

„Okay, schon klar", sagte Tim.

Paulina biss in ihr Brötchen und schaute zu Anja, die fortfuhr: „Sie hatte ja gestern schon mal vorgeschlagen, dass wir ein Boot mieten sollen, und hat euch heute eingeladen, mit ihr rauszufahren. Ihr könnt das selber mal ausprobieren mit dem Steuern und so. Habt ihr Lust?"

„Ja!", rief Tim. „Ich will das Boot fahren. Ganz weit raus. Au ja!" Er sprang vom Stuhl, als wollte er sofort zum Hafen rennen.

Anja schaute zu Paulina rüber, die immer noch nichts gesagt hatte, aber immerhin ein kleines Nicken zustande brachte. „Okay?", fragte Anja.

„Okay", sagte Paulina.

„Prima, dann gehen wir jetzt an den Strand und später zum Bootfahren."

„Yeah!", rief Tim, der seine Kartenspiel-Niederlage offenbar schon vergessen hatte.

Als Anja mit den Kindern eine halbe Stunde später an ihrem Lieblingsstrand angekommen war und ihre Matten ausbreiteten, bemerkte sie ein wohliges Gefühl der Vorfreude in ihrem Bauch. Es hatte etwas Teenagerhaftes, aber es gefiel ihr. Paulina und Tim waren schon auf dem Weg ins Wasser, weshalb sie das Lächeln nicht unterdrückte, das sich beim Gedanken an Jovana auf ihrem Gesicht zeigte. Die Leute um sie herum dachten sicher, es gälte den Kindern, denen sie hinterhersah, doch es gehörte ganz allein der Frau, die sie am Tag zuvor so unglaublich zärtlich und intensiv geküsst hatte.

Anja wollte definitiv mehr davon. Die Stunden bis zum verabredeten Treffpunkt erschienen ihr allerdings endlos. Sie holte ihr Telefon aus der Tasche, um sich abzulenken. Wie am Abend zuvor blieb sie an den Nachrichten über die in Deutschland ankommenden Flüchtlinge hängen. Sie versuchte, sich vorzustellen, was sie auf ihren wochenlangen Fußmärschen durchgemacht hatten, und bekam ein schlechtes Gewissen angesichts ihres eigenen Luxus. All die Probleme, die in Hamburg auf sie warteten, erschienen wie Petitessen, verglichen mit den Entbehrungen der vielen aus Syrien und Afghanistan geflohenen Menschen.

Paulina und Tim kamen lachend aus dem Wasser zurück. Anja warf Tim ein Handtuch zu und wickelte Paulina in das zweite ein. Sie drückte sie dabei für einen Moment fest an sich, erfüllt von Dankbarkeit für ihr Glück. Paulina schaute sie verdutzt an, doch die Zärtlichkeitsattacke schien ihr nicht zu missfallen.

14

Ungefähr dreihundertmal hatte Jovana nach dem Aufwachen, nach dem Duschen und jetzt beim Frühstück auf ihr Telefon geschaut. Hatte Anja schon geschrieben? Was, wenn ihr das alles zu schnell ging? Vielleicht hatte sie Schiss bekommen, fühlte sich überrumpelt von dem Kuss. Was, wenn sie gar nicht antwortete? Das Vibrieren, das die Nachricht einer Ex-Mitbewohnerin aus Berlin ausgelöst hatte, gab Jo für eine Sekunde einen Endorphinkick – bis sie den Namen der Freundin las.

Tante Marija schaute missbilligend zu ihr herüber, sie mochte keine Telefone am Esstisch. Radio und Zeitung waren erlaubt, aber dieses Gestarre auf den kleinen Bildschirm nervte sie. Jo wusste das und stecke ihr Smartphone sofort weg. Schnell aß sie ihr Käsebrot auf, um dann in ihrem Zimmer die Sachen für den Tag zusammenzupacken. Dann summte es in ihrer Hosentasche. Endlich, Anja! Und sie sagte zu. Wie cool war das denn? Schnell tippte Jovana ihre Antwort mit den Details, um dann Maja zu informieren.

Mit einem breiten Grinsen im Gesicht ging sie die Treppe hinunter, gab Marija einen extradicken Schmatzer auf die Wange und sagte so beiläufig wie möglich zu ihrem Zeitung lesenden Onkel, dass sie heute ein kleines bisschen früher aufhören müsste.

„Ich fange dafür morgen auch früher an", sagte sie.

„Hmm, ja, schon gut", gab Bogdan zurück, der offenbar in einen besonders fesselnden Artikel vertieft war.

Das ging ja fast zu einfach, dachte Jovana. Sofort wurde sie stutzig, fühlte sich wie eine Juwelendiebin, die meinte, den perfekten Plan zu haben, aber natürlich ein entscheidendes Detail übersehen hatte. Sie schwor sich, wachsam zu sein und nicht übermütig zu werden.

Der Vormittag am Stand verging ihr viel zu langsam. Zwar kamen immer wieder Interessierte, um etwas zu fragen oder zu buchen, doch immer wenn sie auf die Uhr schaute, waren erst zehn Minuten vergangen. Sie überlegte, worüber sie mit Anja reden könnte, doch meistens schweifte sie ab und dachte nur an ihren Mund, ihre Haut. Ein Ziehen im Magen signalisierte ihr, dass ihr Begehren minütlich wuchs. Ob sie Anja endlich in Ruhe würde ansehen und berühren können?

Jovana nahm ihr Telefon und scrollte ein bisschen durch ihren Facebook-Feed, ohne recht hinzusehen, als eine WhatsApp-Nachricht von Jannis eintraf. Er war inzwischen in Sarajevo angekommen, wo gerade das jährliche Filmfestival stattfand. Er schickte ein Foto, das er vom roten Teppich geschossen hatte. Ein vollbärtiger Mann mit Turban und knallgelbem Kleid war darauf zu sehen. Jannis hatte fünf Emojis mit Herzchenaugen daruntergesetzt und geschrieben: „Kennst du Božo Vrećo?!?! Er ist sooo toll, alle hier wollen Selfies mit ihm." Jo hatte einige Videos des Sängers gesehen, der traditionelle bosnische Sevdalinka sang und wahrscheinlich die queerste Erscheinung in ganz Ex-Jugoslawien darstellte. Allerdings war diese traurige Musik nicht so ganz ihr Ding, weshalb sie sein Schaffen nicht wirklich verfolgte.

„Ja, den kenne ich, toller Typ", schrieb sie zurück. „Und das Kleid ist der Hammer!"

„Voll, ich finde das schon ziemlich mutig. Bestimmt wird er, wenn nicht gerade Festival ist, auch oft angepöbelt."

„Davon kannst Du ausgehen. Aber gut, dass er sich nicht einschüchtern lässt. Spielt er in einem Film mit?"

„Ja, eine kleine Rolle im Debüt von einer bosnischen Regisseurin: *Naša svakodnevna priča.*" Er hat auch einen Song darin. Hab den noch nicht gesehen, Premiere war ausverkauft, aber ich hab Karten für morgen."

„Ah, nice."

Als Nächstes kam wieder ein Foto: Jannis neben einer Ivo-Andrić-Büste. „Ihn habe ich auch schon besucht!"

Jovana freute sich, dass Jannis' Reise ihn so erfüllte. In Sarajevo wohnte er bei Edina, einer LGBT-Aktivistin, die er über Valentina kennengelernt hatte. Edinas Wohnung war zwar sehr klein, doch sie hatte Jannis sofort eingeladen, auf ihrer Gästematratze zu schlafen, wenn er in der Stadt sei. Das hatte Jannis gern angenommen, denn obwohl die Preise in Bosnien, verglichen mit Deutschland, niedrig waren, schwamm er derzeit nicht eben im Geld und war froh, die Kosten für die Unterkunft zu sparen.

Edina hatte ihn auch in das kleine Menschenrechtszentrum mitgenommen, in dem die queeren Aktivist*innen sich trafen. Man musste am kameraüberwachten Eingang klingeln, um eingelassen zu werden, was Jannis mal wieder seine Berliner Privilegiertheit ins Gedächtnis rief. Edina leitete eine Coming-out-Gruppe; es war echte Graswurzelarbeit, die er aufrichtig bewunderte. Aber sie wollte höher hinaus: „Eines Tages werden wir einen Pride in Sarajevo haben! Du wirst sehen", hatte sie zu ihm gesagt und kämpferisch hinzugefügt: „Was Belgrad und Zagreb können, bekommen wir auch hin." Jannis hatte ihr versprochen, auf jeden Fall dabei zu sein, wenn es so weit sei.

Jetzt schrieb er an Jo: „Edina und ich gehen morgen Abend auf eine Filmparty. Ich bin schon voll gespannt." Er schickte ein paar Grinse-Emojis hinterher und fragte dann: „Und bei Dir? Wie läuft's?"

„Alles gut, danke. Bin gerade bei der Arbeit und kann leider nicht mehr quatschen. Mach's gut, mein Lieber!"

Ein Kuss-Emoji kam zurück, und Jovana steckte das Telefon weg, denn eine ältere Dame mit Strohhut und Sonnenbrille war an den Stand getreten. *„When is the next boat going to the Lim canal?"*, fragte sie.

Sofort schaltete Jo ihr Geschäftslächeln ein, schaute auf ihre Armbanduhr und sagte: *„In one hour and twenty minutes. Would you like to reserve one seat or two?"*

Ruhig und freundlich machte Jovana ihren Job, bis es endlich Zeit war, zusammenzupacken und zum vereinbarten Treffpunkt am Hafen zu gehen.

Maja war schon da, Damir auch. Beide lächelten verschwörerisch. Schön, solche *partners in crime* zu haben, dachte Jovana, während sie die beiden begrüßte. Damir setzte sich auf den Klappstuhl, der im Schatten eines grün-gelben Sonnenschirms stand. Zusammen mit einer daneben aufgestellten Aufklapptafel mit den Preisen für die Boote war das das Verleih-Büro. In einer großen schwarzen Bauchtasche befanden sich das Wechselgeld, Quittungen und die Schlüssel. Damir kannte das alles schon, er half Maja nicht zum ersten Mal. Er zündete sich eine Zigarette an und schaute aufs Wasser.

„Und du meinst, du kommst klar mit den beiden? Du kennst die doch noch gar nicht", sagte Jovana zu Maja.

„Das sind Kinder, wir lernen uns kennen."

„Aber ihr sprecht nicht dieselbe Sprache."

„Das macht nichts, ich kenne das von den Kindern meiner Cousine. Die können fast kein Kroatisch, nur Schwedisch, aber wir haben immer Spaß. Mach dir keine Sorgen."

Jovanas Nervosität stieg, statt zu sinken. Doch dann dachte sie daran, dass Anja ihre Kinder sicher gut vorbereitet hatte und schon alles klappen würde.

Wie umwerfend sie aussah in ihrem gelben Strandkleid! Die Kinder an den Händen, ein leises Lächeln auf den Lippen, kam Anja von der Straße herüber. Für einen Moment war Jovana wie gelähmt von ihrem Anblick. Dann riss Tims Stimme sie zurück in die Realität.

„Ich bin der Kapitän!", rief er.

Anja und Jovana lachten.

Maja trat zu ihnen, beugte sich zu Tim hinunter und sagte: *„Yes, you are the captain. I show you the boat."* Sie streckte ihre Hand aus. Ein kurzer Blick zu Anja, dann ergriff er sie. Maja schaute zu Paulina, streckte die andere Hand aus und sagte: *„Come, come!"* Strahlend schlug auch sie ein. Auf dem Weg zum Kai stellte Maja sich noch einmal vor und ließ sich die Namen der beiden sagen.

Das klappte doch schon ganz gut. Jovanas rasendes Herz schaltete einen Gang zurück. Sie zwinkerte zu Damir hinüber und schaute dann zu Anja, die ihren Blick jedoch nur erwiderte. Sie ging ebenfalls in Richtung Wasser, Jo folgte ihr. Maja half den Kindern, in eines ihrer Boote zu klettern.

Als sie es losband, rief Tim: „Mama, wo bleibst du?"

Anja trat an die Kante und sagte: „Du, ich glaube, ich bleibe lieber an Land, mein Magen ist heute irgendwie nicht so gut."

„Och, menno!"

„Hey, dafür habt ihr doch mehr Platz", sagte sie. Das Boot war in der Tat recht klein. Unter dem Sonnensegel konnten höchstens vier Personen bequem sitzen, zwei vorn, zwei hinten.

„Ich passe auf eure Mama auf", sagt Jovana. Sie lächelte Paulina an, die ebenfalls lächelte.

„Na gut, ich erzähle dir später alles", rief Tim.

„Au ja, darauf freue ich mich", rief Anja, während Maja den Motor startete. Sie nahm das Steuer, setzte sich auf die Bank und begann mit Ausparken. Die Kinder winkten, Anja und Jovana winkten zurück.

„Du hast ihnen vorher nicht gesagt, dass du nicht mitkommst?" Entgeistert schaute Jovana in Anjas Augen.

„Nein, ich wusste nicht, wie. Aber ich hab ihnen hundertmal eingeschärft, dass sie alles machen müssen, was Maja sagt, und keinen Zirkus veranstalten dürfen."

„Krass, und du bist wirklich Deutsche, ja?"

„Hahaha, ja, schon. Aber ich bin keine Helikopter-Mutter."

Jovana lachte auf, überrascht darüber, dass Anja lockerer drauf zu sein schien, als sie erwartet hatte.

„Du weißt, was ich meine mit Helikopter-Eltern?"

Oh no, zu früh gefreut. „Ey, klar, denkst du, Lesben leben auf dem Mond? Die Dinger schwirren schließlich überall rum." Mit dem rechten Arm deutete sie eine Propellerbewegung an, womit sie das aufkommende Ärgergefühl vertrieb. Damir warf ihr vom Klappstuhl einen fragenden Blick zu, doch sie signalisierte ihm mit einem kurzen Nicken, das alles in Ordnung sei.

Anja lachte erleichtert, als sie sagte: „Oh, sorry, stimmt natürlich." Sie warf einen Blick in Richtung Meer, wo das Boot langsam kleiner wurde. Dann drehte sie den Kopf zu Jovana. „Worauf hast du Lust?"

Beinah hätte Jovana einfach „auf dich" geantwortet. Doch sie brachte dann ein unverfänglicheres „Lass uns ein bisschen spazieren gehen" heraus. Es war nicht mehr ganz so heiß wie am Vormittag, und sie könnten in Richtung Zlatni rt gehen.

„Okay, gut", sagte Anja.

Am liebsten hätte Jovana sofort ihre Hand genommen. Jede Faser ihres Körpers schien zu Anja zu streben, und sie musste sich echt beherrschen. Dabei war sie sich sicher, dass es der Frau an ihrer Seite nicht völlig anders gehen konnte. So wie sie sie geküsst hatte und so unvollendet dieser Kuss geblieben war, sehnte sie sich wahrscheinlich ebenfalls nach mehr.

Die beiden gingen in Richtung Straße, vorbei an einer Café-Terrasse, die bis auf den letzten Platz gefüllt war.

„Hattest du einen guten Tag bei der Arbeit?", fragte Anja, und Jovana erzählte ihr, dass es okay gelaufen sei und sie auch schon für den kommenden Tag viele Buchungen entgegengenommen habe. Es kam ihr wie reine Zeitverschwendung vor. Am liebsten hätte sie gesagt: Aber ich habe eigentlich nur an dich gedacht und jede Minute gezählt. Stattdessen fragte sie: „Was machst du eigentlich, wenn du wieder in Hamburg bist?"

„Ich werde ein neues Logo und Briefköpfe für eine Anwaltskanzlei entwerfen. Den Auftrag habe ich zwar noch nicht, aber ich glaube, sie engagieren mich, und dann habe ich gleich etwas vorzuweisen. Das ist leider gerade alles, ich muss Akquise machen", antwortete Anja.

„Das heißt, du bist Grafikdesignerin?"

„Ja, genau, Webdesign mache ich auch. Und du? Was machst du, wenn du wieder in Berlin bist?"

Jovana fiel auf, dass sie bisher noch gar nicht über ihre Berufe geredet hatten, Anja also gar nicht wusste, dass sie Tätowiererin war. Also erzählte sie ihr von dem Studio, in dem sie arbeitete, und von dem Kunden, dem sie gerade einen riesigen Fantasy-Wald mit Trollen, Rehen und Hexen auf den Rücken tätowierte. Schon dreimal war er mehrere Stunden bei ihr gewesen. „Die Outlines sind komplett, jetzt geht's ans Ausfüllen. Ist aber alles in Schwarz, keine Farben. Ich mag es gern klassisch." Ihre eigenen Tattoos waren ebenfalls alle in Schwarz gehalten – bis auf Lily, so hieß Jovanas Pin-up-Girl auf dem rechten Oberarm. Mit ihrem roten Rock und dem türkisfarbenen Top stach sie aus den vielen kleineren Motiven auf Jos Haut heraus.

Anja war das offenbar auch schon aufgefallen, denn sie sagte: „Aber für sie hier hast du eine Ausnahme gemacht." Sie zeigte auf Jos Arm, der sich direkt neben ihr befand. Im Gehen strich Jo, die ein ärmelloses weißes Top trug, über Lilys Körper.

„Ja, sie ist etwas Besonderes, vielleicht erzähle ich dir irgendwann mal ihre Geschichte."

„Oh, das klingt geheimnisvoll. Würde mich auf jeden Fall interessieren."

„Hast du eigentlich Tattoos?"

„Was glaubst du?"

Natürlich hatte sich Jovana darüber schon mal Gedanken gemacht. Sie war sich ziemlich sicher, dass Anja kein Tattoo hatte. Wobei sie ein Tribal über dem Steißbein nicht hundertprozentig ausschließen konnte. Das wäre natürlich der Horror. Allerdings hatte Jo selbst ein paar Motive aufzuweisen, die ihr inzwischen vollkommen blödsinnig vorkamen. Ihr Studio machte sicher zehn Prozent seines Umsatzes mit Tattoos, die die Leute später bereuten – und mit deren späteren Cover-ups.

„Ich glaube, du hast keins. Oder höchstens so eine kleine Rose hier." Sie zeigte auf eine Stelle neben ihrem linken Hüftknochen. Niemals hätte Jo sich getraut zu sagen, dass sie befürchtete, Anja habe ein Arschgeweih. Wenn es nicht stimmte, würde es ziemlich schräg rüberkommen.

„Mhmm … eine Rose, denkst du?"

„Ja, oder sonst irgendwas kleines Blumenmäßiges."

„Willst du es rausfinden?"

„Nichts lieber als das", sagte Jo völlig überrumpelt.

Sie waren auf der Straße in Richtung Park gegangen. Die führte auch an Anjas Hotel vorbei, weshalb sie mit der linken Hand dorthin zeigte. „Dann komm mit", sagte sie, und Jo konnte ihr Glück kaum fassen. Diese Frau war wirklich ein Hammer; sie unterschätzte sie die ganze Zeit.

Lachend sagte sie: „Echt jetzt? Voll gern."

„Ey, was denkst du denn? Wer so küsst wie du, von dem will ich mehr."

„Kannst du haben."

Sie schauten sich direkt in die Augen, um dann fast schon im Laufschritt die letzten Meter zum Hotel zurückzulegen. In der Lobby scharte sich gerade eine kleine Gruppe um die Rezeption, bei den Aufzügen war niemand. Anja drückte beide Knöpfe und schaute auf die rote Digitalanzeige, dann zu Jovana. Der rechte Aufzug war auf dem Weg nach unten. Als sich die Tür öffnete, kam ein Paar mit identischen Rollkoffern heraus, Jo und Anja schlüpften in die Kabine. Sofort drückte Anja auf den Türschließen-Knopf und dann auf die „3".

Grinsend stand Jo in der Ecke, Anja machte einen Schritt auf sie zu, drängte sie mit ihrem Becken sanft gegen die Wand, fasste mit ihrer rechten Hand in ihren Nacken und küsste sie. Jos Zunge erwiderte alles mit großer Begeisterung und Lust. Ihre Hände umfassten Anjas Arsch. Von ihr aus könnten sie jetzt stecken bleiben, sie würde es hier drin problemlos zwei Tage aushalten. Doch es machte Pling, die Tür öffnete sich, und Anja zog sie in den leeren Gang. Einmal um die Ecke und sie waren an ihrem Zimmer, das Anja mit der Chipkarte öffnete. Sie kickte ein auf dem Boden liegendes Comicbuch in die Ecke, warf ihre Tasche auf einen Sessel und ging geradewegs zum Bett. Mit einer langsamen ausladenden Bewegung wischte sie die Decke vom Laken, während sie Jovana anschaute und „Komm her" sagte.

Jo fühlte sich wie in einem ihrer schönsten Sexträume. Auf dem Weg durch das Zimmer streifte sie ihr Top samt BH über den Kopf, hielt kurz inne, um auch die Flip-Flops abzuschütteln und den Gürtel ihrer Hose zu öffnen. Anja saß auf der Bettkante und nahm das Angebot an, die Hose runterzuziehen. Dann beugte sie sich vor und zog mit den Zähnen am breiten Bund von Jos schwarzer Unterhose. Schon völlig feucht, umfasste Jo Anjas Rücken und ließ sich mit ihr aufs Bett fallen. Sie küsste ihren Hals, leckte ihr Ohr und fand dann wieder ihre Lippen, während ihr Oberschenkel sich zwischen Anjas Beine schob. Deren leises Stöhnen machte sie noch geiler, doch sie mahnte sich, einen Gang herunterzuschalten. Also richtete sie sich auf und sagte: „Lass uns das ausziehen."

„Ja", antwortete Anja und streifte ihr Kleid über den Kopf. Derweil befreite sich Jo von ihrer Unterhose, und Anja zog ihren Slip ebenfalls aus.

Wie wunderbar ihre weiße Haut auf dem weißen Laken aussah, reine Sahne, Jo wollte alles auflecken. Und tatsächlich: kein Tattoo. Sie begann wieder mit dem Küssen und suchte mit der linken Hand Anjas Nabel, den sie dreimal umkreiste, bis sie mit der flachen Hand über den Bauch zu ihrer Vulva glitt, die sich ihrer Hand entgegenwölbte. Nass, heiß und bereit für einen langen Fick. Den bekam sie.

15

Beim Abendessen, zu dem alle bei einem kleinen Italiener etwas abseits der Altstadt eingekehrt waren, konnte Anja sich kaum konzentrieren. Sie versuchte, Tim zuzuhören, der begeistert von der Bootstour erzählte, doch ihre Gedanken schweiften immer wieder zu Jovana, zu ihrer sonnengegerbten weichen Haut, zu ihren Berührungen und Küssen. Schon lange hatte sie sich nicht mehr so begehrt gefühlt und zugleich so frei. Und wie überirdisch es gewesen war, Jovana beim Orgasmus zu erleben. Eine Explosion der Schönheit – kein Vergleich zu diesem angestrengten Arbeiterausdruck, den Phillipp, selbst wenn er kam, auf dem Gesicht hatte. Oder gefielen ihr Frauen beim Sex vielleicht einfach besser? Darüber musste sie bei Gelegenheit länger nachdenken. Im Moment wusste sie nur eins: Sie wollte wieder mit Jo ins Bett, und es war jetzt, wo sie direkt neben ihr saß, irrsining schwer, sie nicht anzufassen.

Als Anja bemerkte, dass sie die ganze Zeit grinste, bemühte sie sich um einen neutralen Gesichtsausdruck. Was ihr aber wohl nicht ganz gelang. Denn Maja, die ihr gegenübersaß, blinzelte zu ihr herüber. Oje, die hatte das natürlich alles schon längst überrissen, dachte Anja. Wobei ihr der Gedanke auch gefiel. Allerdings wollte sie auf keinen Fall, dass Paulina und Tim etwas mitbekämen. Die beiden mussten sich schließlich noch immer mit der Situation nach der Trennung arrangieren, da wollte sie sie nicht zusätzlich verwirren.

„*You have great kids*", sagte Maja. „*They behaved very well and I think they had some fun.*"

„*Oh, thank you*", antwortete Anja.

„Genau, wir sind groß!", rief Paulina, was die Erwachsenen zum Lachen brachte.

„Ganz groß seid ihr und vor allem großartig", sagte Anja und gab Paulina einen Kuss auf die Schläfe. Ihre Tochter begann nun ebenfalls von dem Trip mit Maja zu erzählen, wie sie ganz nah an ein Segelboot herangefahren waren und den Leuten gewinkt hätten und wie sie auf der Rückfahrt das Steuer halten durfte.

„Ich habe immer gemacht, was Maja gesagt hat", verkündete sie. „Und wir haben ein kroatisches Wort gelernt: *Hajde*! Das heißt los."

„Das ist ja toll", sagte Anja, und zu Maja gewandt: *„Thank you for taking such good care of them."*

„Nema problema, no problem."

„Hajde, hajde!", rief Tim und fuchelte mit der Gabel in der Luft herum. Von dem kleinen Abenteuer des Tages war er hungrig. Allerdings ließ die Bestellung auf sich warten.

Maja lachte, während sich Paulina zu Jovana drehte und sie fragte: „Wieso kannst du eigentlich alle Sprachen, Maja aber nicht?"

„Alle kann ich auch nicht, nur diese drei und ein wenig Italienisch", antwortete Jovana. „Dass ich Deutsch kann, Maja aber nicht, liegt daran, dass ich als Kind nach Deutschland gekommen bin. Maja ist immer hier geblieben – und sie kann super Italienisch."

„Warum seid ihr weggezogen? Hier ist es doch viel besser mit dem Meer und der Sonne", fand Paulina.

„Puh, das ist ein bisschen kompliziert", entgegnete Jovana. Zu Maja gewandt erklärte sie ihr auf Kroatisch, worum es ging, damit sie sich nicht ausgeschlossen fühlte. Maja kannte die Geschichte ja. Dann sagte sie zu Paulina: „Wir wären gerne geblieben, aber wie ich euch ja schon mal erzählt habe, gab es vor vielen Jahren hier Krieg – damals, als Jugoslawien kaputtgegangen ist. Da mussten wir von zu Hause weg."

„Ah, so wie Hiba und Muhammad?", fragte Paulina.

„Ja, wahrscheinlich ein bisschen ähnlich", sagte Anja und erklärte: „Die beiden sind mit ihren Familien aus Syrien geflohen und gehen seit ein paar Monaten in Paulinas Schule."

Jovana nickte: „In etwa, ja … Allerdings sind wir nicht mit dem Boot oder zu Fuß gekommen, sondern im Auto. Auch nicht direkt nach Deutschland, weil wir erst mal innerhalb des Landes geflohen sind. Der Krieg war nicht überall, aber genau da, wo ich geboren bin. Dort haben Serben einen eigenen Staat ausgerufen, nachdem sich Kroatien für unabhängig erklärt hatte. Sie gingen dann zum Teil brutal gegen Kroaten vor. Mein Vater ist Kroate, meine Mutter Serbin. Wir sind deshalb hierher abgehauen, wo der Bruder meines Vaters mit seiner Familie wohnt. Nach einem Jahr ging es weiter nach Deutschland. Da hatten wir auch Verwandte, in der Nähe von Stuttgart."

„Und du konntest gar kein Deutsch, als du angekommen bist?", wollte Tim wissen.

„Doch, ein bisschen aus dem Fernsehen. Wir haben immer ein Kinderprogramm auf RTL geschaut. Als wir dann in Deutschland waren, hatten meine Schwester und ich direkt eine Art Privatunterricht bei einem Freund unserer Familie. Aber in der Schule war es am Anfang total schwierig für mich. Zum Glück gab es noch einen Jungen aus Bosnien in meiner Klasse. Wir haben uns nebeneinandergesetzt und uns gegenseitig geholfen."

„Das ist gut", sagte Paulina.

In diesem Moment kam der Kellner auf die Terrasse und rief die Pizzen aus, die er dabeihatte.

„Funghi, hier, hier!", rief Tim.

Jovana lachte und nahm ihren Teller entgegen, Maja ebenso.

„Guten Appetit", sagte Paulina.

Anja ging in Gedanken zurück in die Neunziger; von den Jugoslawien-Kriegen hatte sie wenig mitbekommen. Eigentlich war das Thema nur durch die Putzfrau ihrer Familie an sie herangekommen. Frau Popović, die immer in einem zitronengelben Arbeitskittel durch ihre geräumige Altbauwohnung wirbelte, stammte aus Vukovar und hatte manchmal versucht, Anja und ihrer Schwester ein bisschen von ihrem Sohn zu erzählen, der etwa in ihrem Alter war. Oft brachte sie ihr auch Süßigkeiten von ihren Reisen in die Heimat mit.

Wenn Frau Popović ihr die Bonbons oder Haselnuss-Schnitten überreicht, sagte sie mit einem stolzen Lächeln: „Aus Vukovar." Doch irgendwann hatte sie ihre gute Laune verloren, brachte nichts mehr mit, und die Ringe unter ihren Augen wurden dunkler, ihre Haare weißer. Anja hatte sie nie gefragt, was los war. Insgeheim hatte sie die neue Schweigsamkeit von Frau Popović sogar begrüßt, denn dass jemand in ihrem Zimmer herumwerkelte, hatte sie nie gemocht. Auch die Konversationsversuche hatten sie eher genervt. Dass sie jetzt wegfielen, war ihr recht. Offenbar kam zur Niedergeschlagenheit von Frau Popović auch Ungenauigkeit. So hörte Anja beim Abendessen mehrmals, wie ihre Eltern deren Arbeit kritisierten. Dass diese eines Tages beim Abspülen drei Kristallgläser zerschlug – superhässliche Dinger, die aber Familienerbstücke waren –, nahmen sie als willkommenen Anlass, ihr zu kündigen.

Viele Jahre später war Anja in einem Magazin auf einen langen Artikel über die Kämpfe um Vukovar gestoßen. Nur wegen Frau Popović hatte sie nicht weitergeblättert, sondern den Text komplett gelesen und jedes Foto genau studiert. Was für ein Horror, was für eine Zerstörung … Nach der Einnahme der Stadt durch serbische Einheiten war Vukovar ein völlig zersiebtes Trümmerfeld. Vor allem die Schilderung eines Massakers war Anja in Erinnerung geblieben. Nach ihrem Sieg hatten serbische Kämpfer ein Blutbad an Patienten eines Krankenhauses verübt. Die Menschen wurden erst auf einen Bauernhof verschleppt, gequält und dann in einem Massengrab verscharrt. Ob jemand aus der Familie oder von den Freunden von Frau Popović dabei gewesen war? Anja bereute es, sie damals nicht gefragt zu haben. Andererseits wäre Anja in ihrem Alter sicher völlig überfordert gewesen, wenn die Antwort Ja gelautet hätte. Erst bei der Lektüre war Anja aufgefallen, dass sie noch nicht einmal wusste, ob Frau Popović überhaupt kroatisch war oder vielleicht serbisch oder nichts davon.

Jovana war also beides, oder lehnte sie diese Bezeichnungen ab? Anja überlegte, ob sie fragen sollte, doch sie kam sich sofort blöd vor. Was sollte denn eine nationale Zuordnung aussagen? Und auch die Frage nach Opfern in Jos Familie schob sie ganz weit nach hinten.

„Schmeck's euch?", fragte sie ihre Kinder, die heftig nickten und weiter an ihren Pizzen herumsäbelten. Sie selbst aß ein Nudelgericht, das ihr sehr mächtig vorkam. Aber vielleicht war es auch die Erkenntnis, dass sie und Jovana aus völlig verschiedenen Welten kamen, die ihr auf den Magen schlug. Während sie eine unbeschwerte Jugend in einem schicken Viertel von Hamburg gehabt hatte, musste Jo flüchten und sich in einem fremden Land zurechtfinden – was ihr letztlich ja ganz gut gelungen zu sein schien, schließlich wohnte sie in Berlin.

Anja beschloss, ein unverfänglicheres Thema zu wählen: „Wenn du im Sommer hier arbeitest, entgehen dir da nicht viele Tattoo-Aufträge?"

„Ja, schon, weil viele Leute im Sommer auf die Idee kommen, sich etwas stechen zu lassen, wenn sie bei anderen Tattoos sehen", sagte Jo. „Allerdings ist es mir lieber, wenn meine Kundinnen und Kunden sich das gut überlegt haben und nicht nur aus Mode-Gründen in unser Studio kommen."

Tim sprang auf und rief: „Oh, super, machst du mir ein Schiff und so einen Anker, wie du ihn hast? Ich habe mir das gut überlegt!"

„Das geht leider nicht. Du bist noch zu jung. Aber wenn du achtzehn bist, können wir gern einen Termin ausmachen."

„Ach, menno", sagte Tim.

„Das sähe nach einer Weile eh nicht mehr gut aus, du wächst ja noch und deine Haut auch. Aber wir können mal nach einem Wassertattoo für dich schauen."

„Okay", sagte Tim nur mittelmäßig überzeugt von der Idee. Anja hielt sich zurück. Ihre Kinder mussten ja nicht gleich mitbekommen, dass sie selbst auch schon lange über ein Tattoo nachdachte, sich aber nie getraut hatte. Was fehlte, war zudem ein Motiv.

„Stimmt es eigentlich, dass man das Ganze auf Schweinehaut lernt?", fragte sie stattdessen.

„Kann man machen, es gibt aber auch Kunststoff-Imitate. Ich habe zum Teil an mir selber geübt, außerdem bei Freundinnen. Ging ganz gut."

„Tut das nicht doll weh?", wollte Paulina wissen.

„Es kommt auf die Stelle an. Außen am Arm zum Beispiel ist es nicht schlimm, innen tut es schon etwas mehr weh."

„Wie bist du draufgekommen, das beruflich zu machen?", fragte Anja.

„Ich habe schon immer viel gezeichnet und fand Tattoos faszinierend. Auf die Idee, dass ich selber welche machen könnte, bin ich durch eine meiner früheren Mitbewohnerinnen gekommen, die so eine Art DIY-Studio in unserer Fabriketage aufgemacht hat."

„Oh, so was geht?"

„Na ja, ganz legal war es nicht, aber sie war echt gut und hat viele Linke und Autonome tätowiert. Ist schon ewig her, macht sie auch nicht mehr, aber sie hat es mir gezeigt. Dann habe ich ein Praktikum in einem Studio gemacht, das mich anschließend übernommen hat."

Anja, Paulina und Tim löcherten Jo noch bis zum Ende des Essens: welche Motive sie am liebsten stach, was wie viel kostete, Jo kam sich vor wie bei einem Interview. Nachdem sie einen Espresso für die Erwachsenen bestellt hatte, sagte sie auf Kroatisch zu Maja: „Die sind schon sehr süß, oder?"

„Ja, sind sie. Und besonders süß war es wohl mit der Dame …"

„Schon, aber das erzähle ich dir mal in Ruhe. Danke noch mal."

„Gern zu Diensten."

Tim wollte wissen, worum es ging.

„Darum, dass du der Süßeste hier bist, natürlich", sagte Jovana.

Alle lachten und beschlossen, langsam aufzubrechen. Vor dem Restaurant verabschiedete sich Maja, die eine extrafeste Umarmung von Jo bekam.

„Ich begleite euch noch zum Hotel", sagte Jo.

Es war angenehm warm jetzt, da die Sonne sich auf dem Rückzug befand. Die Straßen waren mit Menschen in Ausgehlaune gefüllt, die sich im typischen Touri-Trödelgang bewegten. Niemand hatte es eilig, und die Kinder konnten so viel herumrennen und -schreien, wie sie wollten. Das ergab ein gemächliches Wimmelbild, durchzuckt von kleinen Wirbeln an der Peripherie. Auch Paulina und Tim trugen zu dieser Dynamik bei, indem sie vorausspurteten. Aus dem kleinen Wettrennen ging Paulina problemlos als Siegerin hervor.

„Noch mal! Jetzt bin ich schneller!", rief Tim.

„Nie im Leben", antwortete seine Schwester.

„Also los, bis zur Ecke", schrie Tim und startete sofort – ein klarer Betrugsversuch! Doch Paulina holte ihn wenig später ein, die Arme in Siegerinnenpose gereckt.

Anja und Jovana lachten, während sie langsam hinter den beiden hergingen. So nah nebeneinander, dass sie ihre Arme immer mal wieder streiften. Ihre Hände wollten einander ergreifen, aber Anja hielt sich zurück, verschränkte die Arme vor der Brust. Gleichzeitig schmerzten ihre Nervenenden vor Verlangen nach einer Berührung. Es fühlte sich an, als wäre sie eine völlig verknallte Teenagerin. Wie konnte das sein, wo kam das her? Anja hatte keine Ahnung, sie wusste nur, dass sie nicht wollte, dass dieser Tag endete, und so beschloss sie, es einfach mit Offenheit zu probieren.

„Das war ein irrer Tag heute", sagte sie. „Der schönste, den ich seit Langem erlebt habe."

Jo wendete den Kopf zu ihr, doch Anja hielt den Blick gesenkt. „Mir hat er auch richtig gut gefallen", sagte Jo. Und als hätte sie sich dasselbe gewünscht wie Anja, fügte sie hinzu: „Und zum Glück ist er ja noch nicht vorbei."

Jetzt schaute Anja zu ihr hinüber, ein freudiges Lächeln huschte über ihre Züge. Was Jovana nicht sah, denn sie richtete den Blick nach vorn, als sie sagte: „Vielleicht können wir ja noch was trinken? Die Bar in eurem Hotel ist gar nicht schlecht."

Anja konnte ihr Glück kaum fassen. „Ja, voll gerne, super Idee", stammelte sie, während ihre Gedanken rotierten: Paulina und Tim waren total aufgedreht, die würde sie jetzt nicht so schnell ins Bett bekommen. Sie waren es gewohnt, in den Ferien länger aufzubleiben. „Allerdings wird es schwierig mit den beiden", sagte sie. „Die wollen jetzt noch nicht schlafen."

„Wir nehmen sie mit", sagte Jovana. „Kriegen 'ne Cola oder so."

„Haha, sicher nichts mit Koffein!" Anja wäre nie auf die Idee gekommen, ihre Kinder mit in eine Bar zu nehmen, aber schließlich war es ein familienfreundliches Hotel – und heute sowieso ein ungewöhnlicher Tag. „Okay, wir können es ja mal probieren", sagte sie. Die Aussicht, noch mehr Zeit mit Jovana verbringen zu können, erfüllte sie mit einem warmen Gefühl.

Als sie im Maritimo ankamen, rannten die Kinder geradewegs an den Aufzügen vorbei in Richtung Terrasse. Sie wussten wahrscheinlich selber nicht, was sie dort wollten – außer zu zeigen, dass sie unmöglich schon hoch auf ihr Zimmer gehen konnten. Genau wie es sich Anja gedacht hatte. Sie schmunzelte in sich hinein, bevor sie rief: „Hey, falsche Richtung, ihr Lieben."

Paulina hielt an, Tim lief weiter.

„Wir trinken noch was in der Bar. Kommt!"

„Okay", antwortete Paulina und schaute verblüfft zu ihrer Mutter. Sie holte Tim, und so betrat das Vierergespann wenig später die schummrig beleuchtete Bar.

Bis auf einen Tisch waren alle Plätze leer. Vor dem Tresen stand ein Mann in Hoteluniform, der auf die Barkeeperin einredete. Es war Stipe, der sich kurz nach den Neuankömmlingen umdrehte und sogleich sein professionelles Lächeln aufsetzte. „Ah, guten Abend, Frau Sundermann, wie schön, dass Sie uns beehren", sagte er.

„Guten Abend, Stipe. Ich habe gehört, dass sie hier gute Drinks machen", sagte Anja und blickte zu Jo.

„Das stimmt, probieren Sie es, hier ist die Karte", sagte er.

Jovana begrüßte ihn mit einem kurzen Nicken, er erwiderte es auf dieselbe Weise. Anja nahm die Karte und ging zu dem Tisch, den Paulina und Tim ausgesucht hatten. Stipes Anwesenheit irritierte Anja. Weil er ein Liebling ihrer Mutter war, kam es ihr so vor, als wäre plötzlich eine elterliche Instanz im Raum, die fragte, was sie um diese Zeit hier mit den Kindern machte und wer diese tätowierte Frau neben ihr sei. Jovana schien auch nicht gerade begeistert von diesem Typen.

„Mama, ich will eine Cola", sagte Paulina.

„Nein, das geht nicht, sonst könnt ihr nicht schlafen später. Aber schau doch mal bei den alkoholfreien Cocktails", sagte Anja und schlug ihr die entsprechende Seite in der Getränkekarte auf. Danach sah sie Jo an, deren sanfte braune Augen sie umgehend beruhigten und vom Gedanken an ihre Mutter ablenkten. Als die Barkeeperin zu ihnen kam, verabschiedete sich Stipe mit einem Winken im Rausgehen. „Einen schönen Abend noch!"

Anja winkte zurück und bedankte sich. Sie bestellte Weißwein wie beim Essen, Jo blieb beim Bier, und Paulina hatte auch etwas entdeckt: „Ich will einen I-pa-ne-ma", buchstabierte sie aus der Karte. Anja schaute ihr schnell über die Schulter und fand, dass dieser Drink mit Ginger Ale und Maracujasaft vielversprechend klang. Nur Tim wusste noch nicht, was er wollte, weshalb die Bedienung erst mal abzog.

Die fensterlose Bar, in der kaum hörbare elektronische Musik lief, war mit dunklem Holz vertäfelt. An der Längsseite rechts neben der Theke befand sich eine durchgehende Sitzbank, vor der fünf kleine quadratische Tische mit jeweils drei Stahlrohrstühlen standen, die aussahen, als stammten sie aus den siebziger Jahren. Genauso wie die drei runden orangefarbenen Lampen über dem Tresen. Eine Frau in einem langen blauen Kleid und ein Mann im Leinenanzug saßen am hinteren Ende der langen Bank. Sie sprachen englisch, es schien um einen ihrer Freunde zu gehen, der sich verschuldet hatte. So reimte es sich Anja aus ein paar aufgeschnappten Worten zusammen. Sie saß der Frau, deren dickes dunkelblondes Haar in leichten Wellen auf ihre Schulter fiel, genau gegenüber auf der kürzeren Seite des Raumes. Von hier konnte man sowohl die Bar als auch den Rest des Raumes perfekt überblicken.

Anja fühlte sich wohl in dieser kleinen Holzkapsel, umgeben von ihren Kindern und Jo. Fast hätte sie ihre Hand ergriffen, doch dann fiel ihr wieder ein, dass das ja nicht ging. Zum Glück kam nun die Kellnerin mit den Getränken. Tim hatte sich inzwischen für eine Sprite entschieden, doch beim Anblick von Paulinas schickem Drink änderte er seine Meinung und verlangte dasselbe wie seine Schwester. Nachdem er dann endlich auch sein Getränk bekommen hatte und sie sich zugeprostet hatten, sagte Jovana: „Ihr seid also die Sundermanns."

„Haha, ja genau", antwortete Anja und fügte hinzu: „Es ist der Name von Phillipps Familie, ich weiß noch nicht, ob ich ihn behalten werde."

Paulina und Tim hörten wie auf Kommando auf, an ihren Strohhalmen zu saugen, und schauten sie entgeistert an. Anja wurde rot, sie hatte völlig verdrängt, dass sie mit den Kindern noch nicht darüber geredet hatte.

„Du willst anders heißen als wir?", fragte Paulina, während Tim nervös auf seinem Stuhl hin- und herrutschte.

„Äh, nein, doch, ach, ich weiß es noch nicht."

„Wie willst du denn dann heißen?", bohrte Tim nach.

„Wieder so wie vor der Hochzeit: Hansen."

„Aber so heißt doch schon der Erik und seine Familie", warf der Junge ein.

Anja musste lachen. „Nicht nur die, den Namen gibt es häufig, vor allem im Norden von Deutschland."

„Dann ist das doch doof, den zu nehmen", warf Paulina ein. Da hatte sie schon recht, vor allem wäre es schwierig für ihr Geschäft, wenn sie plötzlich einen anderen Namen einführen müsste. Andererseits könnte sie geschäftlich weiter Sundermann heißen und privat Hansen – komplizierte Sache. Sie bereute, dass sie überhaupt Phillipps Namen angenommen hatte. Okay, er war schöner und hatte in Hamburg in manchen Kreisen einen gewissen Klang, doch jetzt erschien ihr das sehr unfeministisch und fünfzigerjahrehaft.

„Was findest du denn besser: Sundermann oder Hansen?", fragte Tim und schaute Jo erwartungsvoll an.

„Oh, ich halte mich da raus. Für mich klingen die beide gut."

„Wie heißt du denn weiter?", wollte Tim wissen.

„Jurić."

„Das ist cool! Jo Jurić", rief Paulina.

Jovana lachte. Von Deutschen war sie keine derart enthusiastische Reaktion auf ihren Namen gewohnt. Meistens hatten sie Probleme mit Jovana, dabei war es nun wirklich nicht weit entfernt von Johanna. Allerdings machte den Deutschen die Betonung Probleme, denn sie legten sie statt auf die erste auf die zweite Silbe, was für Jovanas Ohren total falsch klang. Deshalb nannte sie sich irgendwann nur noch Jo, das konnte man nicht falsch betonen – außerdem gefiel ihr, dass es kein eindeutig weiblicher Name war. Mit „Jurić" hatte sie zum Glück kaum Probleme, das bekamen die meisten Deutschen hin. Sie erklärte: „Jurić ist ungefähr so was wie Hansen in Kroatien. Es gibt echt viele."

„Aber nicht in Deutschland."

„Na ja, schon auch ein paar. Aber du hast recht: Da sind es natürlich weniger."

Es gefiel Anja, dass sie nun Jovanas vollständigen Namen wusste. Und sie kam sich ein bisschen wild vor, dass sie mit ihr geschlafen hatte, bevor sie ihn erfahren hatte. Und jetzt wollte sie noch so viel mehr über Jo wissen. Am liebsten hätte sie kurz ihre Kinder rauf aufs Zimmer gebracht und hätte anschließend die Nacht mit ihr redend und küssend in der Bar verbracht. So würde es heute leider nicht ablaufen, aber es war trotzdem ein fantastischer Tag gewesen. Ob Jovana es ähnlich empfand? Oder machte sie das vielleicht ständig: ein bisschen Spaß mit Touristinnen haben, die sie dann nie wiedersah? Konnte bei ihrem Aussehen und ihrer umwerfend charmanten Art natürlich sein. Irgendwie mochte Anja sich das nicht recht vorstellen, doch sie versuchte, ihre Freude und ihre Erwartungshaltung von diesem Moment an etwas herunterzudimmen. Der Tag sollte für sich stehen, sie wollte ihn würdigen und ihn nicht mit der Hoffnung auf eine Fortsetzung überfrachten. Alles, was jetzt noch folgen würde, wäre ein Bonus.

16

Beim Verlassen des Maritimo-Geländes schaute Jovana auf ihr Telefon. Maja hatte geschrieben, dass sie mit Damir im Drum sei. *„Hajde, dođi!"* Das war schon vor über einer Stunde gewesen, doch die beiden säßen sicher noch dort. *„Dolazim"*, schrieb Jovana zurück und ging in Richtung Hafen.

Als sie im Drum eintraf, stellte Dubravka gerade zwei volle Biergläser auf den Tisch von Maja und Damir, die Jovana zu sich herüberwinkten. Sie begrüßte Dubravka, bestellte auch ein Bier und ließ sich auf den Stuhl neben Maja fallen. Alle Tische in der schmalen Gasse, die von einem kroatisch-italienisch-englischen Stimmengewirr erfüllt war, waren besetzt. Aus dem Innenraum der Bar wehte ein Gregory-Porter-Song herüber. Jo war froh, dass sie jetzt nicht allein war.

Breit grinsend prosteten die beiden ihr zu, und Maja fragte: „Wie war's?"

„Was jetzt genau?", tat Jovana unschuldig.

„Der Sex natürlich!"

„Und alles andere auch", fügte Damir hinzu. Dabei interessierte ihn der Sexteil wahrscheinlich am meisten. Er selber hatte immer gern ausführlich – und sehr witzig – über seine Grindr-Erlebnisse mit Touristen berichtet, bevor er vor einem Jahr seinen Partner kennengelernt hatte, mit dem er nun eine glückliche monogame Beziehung führte.

„Es war toll", sagte Jovana. „Irgendwie unerwartet gut, sie hat sich bewegt, als wären wir schon hundertmal miteinander im Bett gewesen. Ich habe es echt genossen."

„Wow, das kling klasse", sagte Damir. „Und sie ist bi oder was?"

„Wahrscheinlich, ja. Aber das ist auch völlig egal."

„Seht ihr euch wieder?"

„Denke schon, wir werden uns schreiben. Ich hab ihr auch noch mal gesagt, dass sie zum Massimo-Savić-Konzert kommen soll."

„Hey, aber pass ein bisschen auf dein Herz auf, ja?", sagte Maja. Ihr machte der verträumte Gesichtsausdruck auf Jovanas Gesicht Sorgen. Sie fühlte sich an eine ihrer Freundinnen erinnert, die in einem Café unweit von hier arbeitete und sich in einem Sommer total in einen Touristen aus der Schweiz verknallt hatte. Für ihn war es nur eine Ferien-Affäre gewesen, nicht Ernstes, doch sie schmachtete ihm noch fast ein Jahr hinterher. Erst als er ihr eine wirklich harsche Textbotschaft schickte und sie auf allen Kanälen blockierte, war ihr klar geworden, dass das nichts mehr werden würde mit diesem Typen aus Basel.

„Meinem Herz geht's gut. Es freut sich, dass es mal wieder ein bisschen schneller klopfen darf", sagte Jovana. Sie erzählte den beiden noch, wie es in der Hotelbar gewesen war, und verschwand dann kurz auf der Toilette. Dort sah sie, dass Anja geschrieben hatte

„Danke für den schönen Tag. Ich kann es kaum erwarten, Dich wiederzusehen." Und dann in einer zweiten Message: „Ich würde gern mit aufs Konzert gehen. Wann ist das noch mal?"

Jo musste lächeln und wurde von einem kleinen Glücksschauer erfasst. Beim Pinkeln überlegte sie, was sie antworten würde. Sie ließ sich Zeit, auch mit dem Händewaschen und Abtrocknen. Dann tippte sie: „Ich fand es auch voll schön mit Dir. Würde mich sehr freuen, wenn Du übermorgen mit zum Konzert kommst :)"

Lächelnd kam sie zurück an den Tisch, wo ihr Dubravka bereits ein Bier an ihren Platz gestellt hatte. „Sie kommt mit zum Konzert", verkündete Jovana.

„Klasse!", sagte Damir, und alle drei prosteten sich zu.

„Was macht Anja eigentlich beruflich?", wollte Maja wissen.

„Weiß ich gar nicht", lachte Jo. „Hatte noch keine Zeit zu fragen, war mit Küssen beschäftigt."

Damir prustete los. „Super, *first things first*, das gefällt mir."

„Ne, stimmt nicht ganz. Ich hab zwischendurch schon mal gefragt. Sie ist Grafikdesignerin."

„Ah, okay", sagte Damir sichtlich unbeeindruckt.

Maja nahm einen Schluck Bier. Auch sie schien Anjas Job nicht vom Hocker zu reißen. „Immerhin sieht sie gut aus, bisschen blass vielleicht", sagte sie.

Hier musste Jo widersprechen: „Ihre Haut ist perfekt! Ich würde sie sofort tätowieren. Ihr Rücken ist wie eine makellose Leinwand, die nur darauf wartet, dass ich sie benutze." Die drei grölten vor Lachen und schlugen ihre Gläser zusammen.

Als Jovana Stella zum ersten Mal tätowiert hatte, war das etwas Besonderes gewesen. Es hatte Jo auf eine merkwürdige Weise erregt, ihre Linien auf der Haut der Geliebten zu sehen. Natürlich hätte sie das nie zugegeben, zumal es sich nur um eine Blätterranke auf Stellas Wade handelte. Beim zweiten Mal – endlich auf dem Rücken – war der Effekt auch schon verflogen. Doch es erfüllte Jovana mit Stolz, wenn Stella Komplimente für ihre Werke bekam. Wie sie wohl heutzutage damit umging? Ob sie die Tattoos überhaupt noch mochte? Oder vermied sie, sie anzuschauen? Wahrscheinlich war sie froh, dass es nicht ihre einzigen waren.

Der springende Tiger auf der Innenseite von Stellas linkem Unterarm war Jovana schon beim ersten Mal aufgefallen, als sie sich in der Möbel Olfe gesehen hatten. Das war zu Beginn des Frühlings gewesen; Stella trug ein weißes T-Shirt und saß am anderen Ende des Tresens. Ihre dicken braunen Haare fielen ihr immer wieder ins Gesicht, und wenn sie sie hinter ihr Ohr klemmte, konnte Jovana den Tiger erkennen. Gern hätte sie ihn näher betrachtet, doch auch aus der Distanz gefiel ihr, wie dynamisch das Motiv wirkte. Jovana war in der Olfe mit ihrer Freundin Lisa gewesen, die im Laufe des Abends bemerkt hatte, dass sie die ganze Zeit zu Stella rüberstarrte.

„Die gefällt dir, oder?", hatte sie gesagt und ihr erzählt, dass Stella beim Verein Seitenwechsel Fußball spielte. „Ihr Team hängt dienstags nach dem Training oft hier ab. Ich hatte mal eine Affäre mit 'ner Mitspielerin von ihr, daher weiß ich das."

Lisa, die in Kreuzberg aufgewachsen war und ein bisschen wie Shane aus *The L Word* aussah, war sicherlich eine der bestvernetzten Lesben Berlins. Mit der einen Hälfte der Szene war sie schon mal im Bett gewesen, und die andere schien aus ihren Freundinnen oder Exen zu bestehen. Außerdem hatte sie ein phänomenales Talent dafür, den ganzen Tratsch in Soap-Opera-Manier nachzuspielen. Jovana glaubte ihr meistens nur die Hälfte, aber die Info über Stella nahm sie gerne an.

Eigentlich fand sie die Frauen-Dienstage in der Olfe zu voll und zu stressig. Außerdem war sie einmal übel mit einer der strengen Barfrauen aneinandergeraten und legte wenig Wert darauf, bei ihr ein Bier zu bestellen. Trotzdem ging sie in den folgenden zwei Wochen wieder hin – und erblickte Stella in der zweiten tatsächlich. Umringt von einem kleinen Pulk offensichtlich frisch geduschter Mitspielerinnen, stand sie an einem der Tische vor den Toiletten. Jovana war mit Lisa gekommen, die schon einer neuen Episode *L Word Berlin* entgegenfieberte.

Die beiden quetschten sich hinter die Säule am DJ-Ende des Tresens und schauten immer wieder zu Stella hinüber. Jetzt musste Jo nur noch warten, bis sie sich in die Klo- oder die Barschlange stellte, was eine Stunde später endlich geschah. Während Stella zwischen den beiden Betonpfeilern in der Raummitte stand und darauf wartete, ihre Bestellung aufzugeben, reihte sich Jo an ihrer rechten Seite ein. Ihr Timing war perfekt: Gerade als Stella nach den Bierflaschen greifen wollte, die die Barkeeperin auf den Tresen gestellt hatte, trat Jo neben sie. Lächelnd schaute sie zuerst auf Stellas linken Unterarm und dann in ihre Augen.

„Cooler Tiger, gut gestochen", sagte sie.

Stella lächelte zurück und sagte „Danke sehr", während sie zwei Żywiec-Flaschen in die Hand nahm.

Jetzt musste es schnell gehen, denn die nächste Frau wartete schon, an Stellas Stelle zu treten. „Berliner Studio?", fragte Jo.

„Nee, habe ich in Köln machen lassen." Im Gehen sagte sie noch: „Schönen Abend dir."

„Danke, dir auch", entgegnete Jo und bestellte zwei braune Tequila.

Sie wusste nicht recht, was sie von dieser Begegnung halten sollte. Stella hatte nett, aber auch nicht sonderlich zugewandt auf sie gewirkt. Vergeblich hatte sie im weiteren Verlauf des Abends versucht, ihren Blick zu erhaschen. Lisa war der Meinung, dass alles super laufe. Das Tattoo-Gesprächsthema – sie hatten es zuvor zusammen ausgeheckt – war ideal.

„Nächste Woche kommst du in deinem schwarzen Tanktop. Dann sieht sie deine Arme, ist geflasht, und ihr redet noch mal über Tattoos", sagte sie.

So ähnlich war es dann tatsächlich gekommen. Diesmal hatte Jovana Stella in der Toilettenschlange abgepasst, was ihr ein bisschen auffällig vorkam, aber in dem üblichen Gedränge hatte es wohl einigermaßen zufällig gewirkt. Als Jo neben ihr auftauchte, hatte Stella gelächelt und dann tatsächlich auf die Motive ihrer Oberarme geschaut.

„Gefällt sie dir?", fragte Jo und zeigte auf das Pin-up-Girl.

„Ja, schon, sieht sexy aus", sagte Stella und schaute Jovana direkt an.

Monate später, als sie schon zusammen waren, hatte Stella ihr erzählt, dass sie in diesem Moment fast gesagt hätte: „Du übrigens auch." Doch weil gerade eine Frau aus der Toilette kam, ging Stella rein und sagte nichts. Als sie einige Minuten später wieder rauskam, zwinkerte sie Jovana lächelnd zu. Von da an wusste sie, dass Lisa recht gehabt hatte. Jetzt musste sie nur noch dranbleiben. An diesem Abend schaffte sie es noch, Stellas Namen zu erfahren, am nächsten bekam sie ihre Telefonnummer.

Die Bäume hatten schon neue hellgrüne Blätter, als die beiden sich zum ersten Mal nicht in der Möbel Olfe trafen –

ein Date zum Spazierengehen am Landwehrkanal, danach ein Kaffee in der Ankerklause. In dieser Anfangszeit hatte alles einen schönen Flow gehabt; nie war Jovana unsicher oder verkrampft gewesen. Stella hatte ihr immer zügig auf ihre Nachrichten geantwortet, war unkompliziert, wenn es darum ging, einen Termin zu finden. Bei ihren Treffen war sie so herzlich und offen gewesen, dass es Jovana fast schon unheimlich war.

Lisa hatte wie immer eine Erklärung: „Sie ist Rheinländerin, die sind so. Glaub mir, ich habe eine Ex aus Düsseldorf und hatte noch was mit zwei anderen aus der Gegend. Die waren alle so … oder zumindest zwei von ihnen."

Zwar überzeugte Jo die Empirie ihrer Freundin nicht recht, doch sie beschloss, es einfach zu genießen und zu schauen, wohin die Sache mit Stella führte.

Das flattrig-freudige Gefühl der Kennenlernphase hatte Jovana schon völlig vergessen. Nun war es plötzlich wieder aufgetaucht. Wenn sie an Anja dachte, zog es in ihrem Magen, und sie grinste geistesabwesend.

„Wo bist du denn gerade?", sagte Damir und boxte ihr leicht in den Oberarm.

Sie schaute zu ihm hinüber, lachte auf und sagte: „Hier bin ich, voll und ganz. Prost!"

17

Während sie den Hügel zur Kirche der Heiligen Eufemija hinaufstiegen, überflog Anja die wichtigsten Infos über das größte Wahrzeichen Rovinj auf ihrem Telefon. Sie suchte nach Details, die auch ihre Kinder interessieren könnten, denn die beiden waren wenig begeistert von ihrer Besichtigungsidee. Statt sich alte Steine anzuschauen, wollten sie lieber an den Strand. Anjas Versicherung, dass sie das ja anschließend noch machen konnten, hatte deren Laune nicht verbessert. Extra langsam und gelangweilt trotteten Paulina und Tim neben ihr her. Manchmal ließen sie ein mürrisches Stöhnen hören.

„Hey, das ist das bedeutendste Bauwerk der Barockarchitektur an der istrischen Küste", las Anja von ihrem Display ab und merkte schon vor dem Wort „Barock", dass den beiden das ungefähr so egal war wie das Bruttosozialprodukt.

Sie selbst fand es aber schon spannend. Allerdings behielt sie ihr brandneues Wissen über die italienischen Architekten des 1736 fertiggestellten Bauwerkes nun für sich. Der neben der Kirche stehende Glockenturm sah aus wie der Markusturm in Venedig, allerdings war er längst nicht so hoch, was ihn irgendwie unproportional wirken ließ. Der obere Teil mit der Spitze kam ihr zu groß vor im Vergleich zum unteren Segment.

Anja wollte unbedingt hochsteigen, um von oben auf die Stadt zu schauen. Eine Idee, wie sie das Paulina und Tim schmackhaft machen könnte, kam ihr beim Blick hinauf zu der kupfernen Heiligenfigur, die sich je nach Windrichtung drehte. „Also hier mein Vorschlag: Wir gehen nicht in die Kirche rein, in der es übrigens massenhaft Kunst anzuschauen gäbe, sondern nur rauf auf den Glockenturm. Der ist über sechzig Meter hoch."

„Echt jetzt, sechzig Meter?", sagte Tim. „Wir laufen in der Schule immer fünfzig Meter, dann ist das ja noch zehnmal mehr."

„Zehn Meter mehr, du Idiot!", sagte Paulina.

„Meine ich doch, blöde Kuh."

„Hey, hey, Ruhe jetzt. Ihr braucht eure Energie gleich noch für den Aufstieg." Perfekt, das hatte geklappt. Und Anja hatte noch nicht einmal versprechen müssen, mit den Kindern Eis essen zu gehen.

Sie wollte die Kirche auch deshalb besuchen, weil sie glaubte, dass dabei die Zeit schneller vergehen und sie nicht dauernd an Jovana denken würde. Natürlich tat sie das trotzdem. Die Erinnerung an den Tag mit ihr war einfach zu schön, um sie nicht immer wieder hervorzuholen und von allen Seiten zu bestaunen. Wie ruhig und geborgen sie sich die ganze Zeit bei Jo gefühlt hatte, obwohl sie sich kaum kannten. Als wären all ihre Sorgen weiter weg als Hamburg, ihr ganzes Leben dort schien nicht mehr zu existieren, real war nur, was hier unter der südlichen Sonne geschah. Sie wollte noch so viel von Jovana wissen, über ihre Familie, ihren Beruf, ihre Beziehungen, einfach alles. Und sie wollte einmal eine ganze Nacht mit ihr haben. Diese Vorstellung erschien Anja wie ein absolut irrer Traum.

Auf dem Vorplatz der Kirche angekommen, holte sie die große Wasserflasche aus dem Rucksack und gab sie Tim, der schon jammerte, dass er Durst hatte. Paulina nahm anschließend zwei kleine Schlucke.

„Kommt, wir machen ein Foto", sagte Anja und dirigierte die beiden Richtung Eingang. „Näher zusammen. Und jetzt mal ein Lächeln für Oma, bitte." Ein halbes und ein ganzes Grinsen erschienen auf den Gesichtern von Paulina und Tim; schnell drückte sie ein paarmal auf den Auslöser.

Während sie kontrollierte, ob eines der Bilder gelungen war, kam eine Deutsch sprechende Familie an ihr vorbei. Anja schaute auf und traf den Blick einer dunkelhaarigen Frau, die ihr freundlich zu sein schien. Sie ging zwei Schritte auf sie zu und fragte, ob sie ein Foto von ihr und den Kindern machen könnte.

„Klar", sagte die Frau und nahm das Telefon.

Anja stellte sich zu den beiden, lachte, als die angeheuerte Fotografin sogar in die Hocke ging, um möglichst viel vom schlichten weißen Portal der Kirche mit auf das Bild zu bekommen.

„Hier, bitte. Ich hoffe, es ist was Brauchbares dabei", sagte die Frau, als sie Anja das Telefon zurückgab.

„Bestimmt! Vielen, vielen Dank und einen schönen Tag noch."

„Ihnen auch!"

Am Eingang des Glockenturms war noch wenig los, nur ein älteres Paar stand vor ihnen an der Kasse. Anja fühlte sich bestätigt, gleich nach dem Frühstück aufzubrechen. Offenbar ließen es viele Touris heute ruhiger angehen. Vielleicht reichte es den meisten auch, die Kirche von innen anzuschauen. Sie bezahlte den Eintritt, und Tim sprintete sofort ins Treppenhaus. Im Nu hatte er zu den Senioren vor ihnen aufgeschlossen. Weil die Holzstiege sehr schmal war, musste er bis zu einem Absatz warten, bis er sich an den beiden vorbeischlängeln konnte. Anja lächelte ihnen zu. Sie warteten ab, bis auch Anja und Paulina sie überholt hatten. Tim flitzte weiter mit schnellen Trippelschritten über die Latten, zwischen denen man in die Tiefe schauen konnte, was ihm offenbar nichts ausmachte. Auch Paulina, die vor ihr konzentriert einen Fuß vor den anderen setzte, schien das nicht zu beeindrucken.

Als sie oben ankam, sagte Paulina „189" und grinste ihre Mutter an.

„Du hast die Stufen gezählt?"

„Ja! Es sind 189, ich bin mir ganz sicher."

„Wow, klasse, gut gemacht."

Tim hatte die Aussichtsplattform schon eine Minute vorher erreicht und stürmte nun mit seinen ersten Eindrücken herbei. „Mama, Mama, da ist der Hafen! Man kann Majas Boote sehen."

Anja trat an die Balustrade und spähte in die Richtung, in die ihr Sohn zeigte. Die grün-gelben Boote konnte sie aber beim besten Willen nicht erkennen. Anja nahm ihre Sonnenbrille ab und schaute über das wellige Patchwork-Muster der orangefarbenen Ziegeldächer rings um die Kirche. Dahinter kam ein weißes Band, bestehend aus kleinen Booten, die friedlich in der Bucht lagen. Sie kniff die Augen zusammen und sagte: „Tim, du hast Adleraugen, ich kann da aber echt nichts erkennen." Sie trat an die Turmseite, die den Blick auf das Meer und auf den Anleger für die größeren Schiffe freigab. Ob die Galeb 2 dort lag? Nur zwei Schiffe waren zu sehen. Anja war sich unsicher und wünschte sich ein Fernglas.

Als sie weiter durch den Turm ging, schweiften ihre Gedanken zur Galeb 2 und zu dem kurzen Moment, den sie mit Jo allein verbracht hatte. Dieser Kuss … Wie war das eigentlich passiert? Zu schnell und zu schön, um es wirklich zu begreifen. Irgendwie magisch.

Anja merkte, wie ein leicht entrücktes Lächeln über ihr Gesicht huschte. Ihr Blick ging hoch zu den Glocken, als Paulina neben ihr auftauchte und ihre Hand nahm. Sie war durstig, also reichte Anja ihr die Flasche aus dem Rucksack. Anschließend machte sie noch ein paar Fotos von der Aussicht und von ihren Kindern, die für einen Moment an derselben Turmseite hinausschauten. Als Anja sie rief, drehten sie gleichzeitig ihre Köpfe über die Schultern – klick, das Bild war im Kasten.

Beim Runtergehen ermahnte Anja Tim, nicht so schnell zu rennen. Sie hatte Angst, dass er auf den Holzbrettern hängen blieb und stürzte.

„Och, menno", knurrte er, während er seine Schrittfrequenz drosselte.

„Lasst uns ein Eis essen gehen", sagte Anja. „Das haben wir uns verdient, mit dem ganzen Sport hier."

„Ja!", jubelten ihre Kinder und waren auf den Treppenstufen hinab in den Ort deutlich besser gelaunt als auf dem Hinweg. Sie gingen wieder zu der italienischen Eisdiele neben dem Kulturzentrum, in der sie sich mit Jovana getroffen hatten. Was auch bei Paulina die Erinnerung an ihre neue Bekannte auslöste.

„Wann sehen wir eigentlich Jo wieder?", fragte sie.

„Morgen! Da gibt es am Abend ein Konzert. Und wenn ihr versprecht, keinen Unsinn zu machen, dürft ihr vielleicht mit."

„Versprochen, versprochen, versprochen!", rief Tim und hüpfte zur Betonung jedes Wortes ein paar Zentimeter in die Höhe.

„Ich wollte sie fragen, ob wir vorher was essen gehen und dann zusammen das Konzert besuchen. Es ist wohl am Hafen, Eintritt frei."

„Und was für Musik?"

„Ich weiß es ehrlich gesagt nicht. Frage mal nach bei Jo."

„Hoffentlich nicht so ein Langweiler-Kram", sagte Paulina, die gerade ihren eigenen Musikgeschmack entwickelte. Taylor Swift und The Weeknd standen besonders hoch im Kurs. Die Songs „Bad Blood" und „Can't Feel My Face", die sie tagelang in der Wiederholungsschleife hörte, kannte sie vom ersten bis zum letzten Takt auswendig. Sie konnte auch problemlos Pharrell Williams' „Happy" zehnmal hintereinander in ihrem Kinderzimmer abspielen.

Anjas Hinweis, vielleicht auch mal den anderen Songs auf den dazugehörigen Alben eine Chance zu geben, schlug sie mit einem „Pfff!" in den Wind. Die Playlisten, die Paulina sich auf dem Spotify-Familienaccount zusammenbastelte, gefielen Anja. Die eine oder andere lief sogar mal beim Abendessen. Sorgen machte ihr allerdings, dass sich Tim für Deutsch-Rap der ätzenden Sorte zu interessieren begann. Zwar hatte sie alle Macho-Hass-Rapper, von denen sie wusste, für die beiden gesperrt, doch was er in seiner Laptop-Zeit auf YouTube sah, machte ihr Sorgen, wenn sie den Verlauf überprüfte. Phillipp hatte nichts dabei gefunden. Er habe auch viel Mist gehört in seiner Jugend, war das lasche Argument, mit dem er jede Diskussion abgekürzt hatte. Dass er da schon deutlich älter gewesen war und es noch längst nicht so krass zuging in den Texten, wollte er nicht gelten lassen. Anja hoffte, dass sich die Faszination für Straßenrapper wieder legen würde und dass seine Freunde etwas Neues entdecken würden. Mit Verboten konnte sie wenig ausrichten, denn sie steigerten den Reiz nur.

„Langweiler-Musik wird es schon nicht sein. Außerdem gibt es immer Leute, die Sachen, die du langweilig findest, total begeistern", sagte Anja, wobei sie insgeheim auch hoffte, dass es kein Singer-Songwriter-Abend mit sparsamer Begleitung werden würde – in etwa Paulinas Vorstellung einer „Langweiler-Show". Ein bisschen Schwung wäre schon gut. Sie nahm sich vor, Jo gleich mal zu fragen.

In der Eisdiele durften sich die Kinder je eine Kugel aussuchen. Sie rannten anschließend sofort raus, um wie beim letzten Mal auf den Stufen des Italienischen Kulturinstitutes zu spielen. Anja war es recht, so konnte sie sich in Ruhe zwei Sorten aussuchen und sich entspannt vor den Laden setzen. Paulina winkte zu ihr herüber, sie winkte zurück. Dann entsperrte sie ihr Telefon und schaute sich die letzten Fotos an. Eines der drei Bilder, die die Touristin vor der Kirche gemacht hatte, gefiel ihr. Sie bearbeitete es ein bisschen und schickte es zusammen mit dem Motiv von Tim und Paulina im Glockenturm an ihre Mutter. Vielleicht würde sich ja auch Jovana über die Bilder freuen, dachte sie und öffnete den Chatverlauf. Sie hängte die beiden Fotos an und schrieb: „Heute waren wir mal alte Steine anschauen :) Wusstest Du, dass der Glockenturm 189 Stufen hat? Paulina hat sie gezählt." Sie drückte auf „Senden" und grinste. Hoffentlich hatte Jo Zeit zum Antworten. Sicher arbeitete sie wieder am Stand. Vielleicht wäre es besser gewesen, sie direkt nach dem Musikprogramm zu fragen.

Anja legte das Telefon auf das runde Metalltischchen vor sich und schaute ihren Kindern zu. Sie verstand nicht, nach welcher Logik sie über die Treppen sprangen, aber es schien irgendwelche Regeln zu geben. Na ja, egal, es war schön, die beiden so friedlich und freundlich miteinander zu sehen.

Andere Leute schienen sie auch nicht zu stören, alles bestens also. Und das Eis war wirklich wieder hervorragend. Stracciatella, wie sie es liebte, mit dicken Schokobrocken. Hmm. Das Telefon brummte. „Wie entzückend! Vielen Dank für die Bilder", schrieb ihre Mutter. Und in einer zweiten Nachricht: „Lass uns doch später mal skypen, ich würde euch gerne hören." Anja war kurz enttäuscht, dass die Nachrichten nicht von Jo stammten. Pflichtschuldig tippte sie: „Freut mich, dass Dir die Fotos gefallen. Ja, wir können später mal skypen, ich melde mich – sind gerade noch unterwegs." Anschließend schaute Anja, ob Jovana ihre Nachricht schon gesehen hatte, doch es tauchten keine blauen Häkchen darunter auf. Wahrscheinlich war Jo beschäftigt. Ach, egal, dachte sich Anja und schrieb ein PS hinterher: „Was für Musik ist das eigentlich morgen? Paulina wollte das wissen. Liebe Grüße!"

Um sich von der kurz aufkommenden Unsicherheit abzulenken, ob sie wohl zu viel geschrieben habe, öffnete Anja ihre Arbeitsmails. Die Architekten hatten noch mal geschrieben, um sich zu bedanken. Das Feedback auf die neue Seite sei durchweg positiv. Sie könnten nach ihrem Urlaub gern mal über ein neues Logo reden. Wie schön, dachte Anja und schrieb zurück, dass sie das freue und sie sich schon mal ein paar Gedanken machen werde. Erst vor ein paar Minuten war die Mail einer kleinen Hamburger Bio-Lebensmittel-Kette angekommen. Die Geschäftsführerin erkundigte sich, was ein neuer Internetauftritt kosten würde, der auch einen interaktiven Teil beinhaltet. Ein neuer Lieferservice sei geplant, bei dem man online bestellen könne. Wow, wie cool, darauf hatte Anja große Lust, mit diesem Laden zusammenzuarbeiten. Sie kaufte selbst manchmal dort ein und mochte, dass vor allem regionale Produkte im Angebot waren. Sie schrieb sofort zurück, erkundigte sich nach dem Budgetrahmen und fügte an, dass sie für eine detailliertere Aufstellung allerdings noch ein paar Angaben zu dem Bestellservice brauche. Man könne gerne telefonieren. Sie überlegte, ob sie erwähnen sollte, dass sie sich im Ausland befinde, entschied sich dann aber dagegen. Die Gebühren werden das Geschäft schon nicht ruinieren, beruhigte sie ihr Gewissen. Also schrieb sie: „Am Montag können Sie mich ab 10 Uhr gut erreichen."

Es war Freitagmittag, ein plausibler Vorschlag also. Als sie die Mail losschickte und aufblickte, liefen gerade ihre Kinder auf sie zu. Anja öffnete ihre Arme, und eine Sekunde später kuschelten sich die lachende Paulina an ihre linke und der quietschende Tim an ihre rechte Seite. „Ihr Süßen, habt ihr schön gespielt, ja?"

„Ja, und jetzt wollen wir schwimmen", sagte Paulina mit einem breiten Grinsen.

„Genau!", betonte Tim und patschte mit seiner klebrigen Hand auf ihrem Knie herum.

„Na, dann los, holen wir unsere Sachen", sagte Anja und erhob sich. Mit einem Freudenschrei rannten die Kinder los, sie kannten den Weg zum Hotel, und Anja ließ sie laufen. An der nächsten Ecke würden sie sicher auf sie warten. Wie angenehm es mit den beiden war, seit sie ihren Missmut über die Kirchenbesichtigung überwunden hatten. Es war ein guter Tag.

18

„Wie soll ich Massimo Savić beschreiben? Jugo-Popstar?", fragte Jovana, während sie ihr Bierglas abstellte.

Maja antwortete: „Ja, das kommt hin. Fragt sich nur, ob ihr das irgendwas sagt." Jovana lachte. Das stimmte. Wahrscheinlich kannte Anja eh keine Musikerinnen und Musiker aus dem ehemaligen Jugoslawien – außer vielleicht den notorischen Goran Bregović. Sollte sie kurz Jannis fragen? Er war sicher auch Savić-Fan und wüsste, wie man ihn einer Deutschen erklärt. Zu viel Aufwand, entschied sie dann.

Jovana und Maja saßen nach der Arbeit zusammen im Drum, und Jovana musste noch mal haarklein vom Vortag berichten. Durch ihren Einsatz mit den Kindern hatte sie sich das natürlich mehr als verdient, doch als Maja anfing, darüber zu spekulieren, welche Geräusche Anja wohl beim Orgasmus machte, hatte Jo genug gehabt: *Dosta sad!"* Ihr war klar, dass Maja unter der sommerlichen Trennung von Jana litt, aber zu einer Pornofantasie wollte sie sie dann doch nicht anregen. Also hatte sie das Gespräch auf den nächsten Tag gelenkt.

„Ich schreib mal Jugo-Popstar aus den Achtzigern, dann kann sie sich das zusammenreimen und das irgendwie ihrer Tochter verklickern. Die steht bestimmt auf Lady Gaga oder so."

„Hey, unterschätz mal Massimo nicht, bitte. Er ist zwar keine Lady Gaga, aber immer noch total gut und auch ziemlich beliebt", sagte Maja. „Vor ein paar Jahren hat er sogar die Arena in Pula vollgemacht. Irres Konzert muss das gewesen sein. Ein Kollege von Jana war dort. Und ich finde, zum Beispiel ‚Suze nam stale na put' ist ein echter Hit."

Jovana war überrascht von so viel Leidenschaft. Ihr war nicht klar gewesen, dass Maja ein echter Massimo-Savić-Fan war und nicht nur zu dessen Auftritt gehen wollte, weil es halt alle machten. Sie selbst kannte bloß ein paar Songs seiner Band *Dorian Gray* und wenige seiner Solo-Lieder aus dem

Küchenradio ihrer Tante. Seine Stimme mochte sie, aber der Sound war ihr vor allem wegen der Keyboard-Arrangements immer zu klebrig gewesen. Eben Musik, die in der Generation ihrer Eltern beliebt war – und bei Jugo-Nostalgikern. Aber gut, vielleicht tat sie ihnen unrecht. Dass Maja Savić derart feierte, gab ihr zu denken. „Okay, okay, ich habe das nicht so verfolgt", sagte sie.

„Eben, du hast keine Ahnung. Prost!" Maja lachte und hob ihr Glas. Jo ließ ihres dagegenklacken und lachte ebenfalls.

Die beiden plauderten noch ein wenig und machten dann aus, wo sie sich am nächsten Abend treffen würden, um das Konzert gemeinsam zu erleben. „Ich kann auch wieder die Kinder weglocken", versprach Maja bei der Verabschiedung. Doch Jo winkte ab, sie wollte es langsam angehen. Es würde sich schon alles ergeben.

Freudig machte sie sich auf den Heimweg, das Rad surrte geschmeidig, die Steigung machte heute überhaupt keine Probleme. Im Nu war Jovana zu Hause. Ein kurzer Gruß ins Wohnzimmer, wo Bogdan und Marija fernsahen, und sie war endlich allein. Auf dem Bett schaute sie sich noch einmal die Fotos von Anja und den Kindern an. Sie vergrößerte Anjas Gesicht, bis es das ganze Display ausfüllte. Was für ein wundervolles Strahlen in diesen Augen lag. Jo hatte es schon einige Male im Gespräch aufleuchten sehen, und es hatte einen wohligen Schauer in ihr ausgelöst. Ja, es war schwer abzustreiten: Sie war verknallt in diese Hamburgerin, von der sie jetzt auch den Nachnamen wusste – sogar zwei: Sundermann und Hansen. In ihrem Telefonbuch würde sie erst mal weiter Anja Hamburg heißen.

Eine Nachricht von Jannis schob sich auf den Bildschirm. „Hallo vom Balkan-Hollywood :)))", las sie und musste lachen über das Selfie von ihm und Edita vor einem Filmplakat, das nur halb zu erkennen war. Beide grinsten leicht debil, und Edita hielt eine Flasche in die Höhe. „War eine super Party, der Film ist eine bosnisch-kroatisch-montenegrinische Koproduktion – das war eine komplette Jugo-Feier.

Serben gab's auch, hab mich mit einem verquatscht :)) Voll die schöne Atmo."

„Getrunken habt Ihr auch ganz gut, wenn ich das auf dem Foto richtig sehe", schrieb Jo.

„Yep, Sarajevsko ist ein gutes Bier, waren sich alle einig hier :) Was treibst Du so?"

„Hab mich verknallt."

„Was?!" Jannis schickte Emojis mit aufgerissenen Augen. „Das ist ja toll, ruf doch mal schnell an, ich laufe gerade nach Hause."

„Okay, bis gleich."

Jo wählte Jannis' Nummer und gab ihm dann eine Kurzzusammenfassung der letzten Tage. Ihr Freund war ganz aus dem Häuschen, und es tat Jo gut, seine Zustimmung zu spüren. Sie musste ihm versprechen, regelmäßig Updates zu schicken – und ein Foto! Jo versprach beides und leitete ihm das Bild von Anja und den Kindern weiter, nachdem sie aufgelegt hatten.

Sie las sich noch einmal durch, was Anja über ihr Touri-Programm geschrieben hatte. Sehr süß. Sie selbst war zum letzten Mal vor vier Jahren bei der Kirche gewesen; mit Stella hatte sie eine kleine Runde durch den Innenraum gedreht und ihr die Geschichte der Namensgeberin Eufemija erzählt, die auch die Schutzheilige von Rovinj war. Eine jugendliche Märtyrerin, die trotz Folter nicht dem Christentum entsagen wollte und schließlich den Löwen zum Fraß vorgeworfen wurde. Die Tiere töteten sie zwar, doch verspeisen wollten sie sie nicht. Stella hatte das alles interessiert aufgesogen und sich die Kirche aufmerksam angeschaut. In den Glockenturm waren sie dann nicht mehr hochgeklettert, sondern hatten lieber etwas getrunken an den kleinen Tischen unweit des Kirchvorplatzes.

Jovana erinnerte sich gut an diesen Tag, denn er hatte ihr die Hoffnung gegeben, dass es vielleicht doch ein entspannter Urlaub mit Stella werden könnte. Leider hatte sie sich getäuscht, und diese Momente blieben eine Ausnahme. Erst im Nachhinein hatte sie verstanden, warum ihre Freundin sich mit ihr in Kroatien nicht wirklich wohlgefühlt hatte. Schon der Auftakt war danebengegangen: Weil Jovana den Besuch bei ihren Eltern schnell hinter sich bringen wollte, hatte sie ihn gleich als Erstes eingeplant. Dabei hatte sie völlig unterschätzt, dass deren höfliche Reserviertheit bei Stella als Ablehnung ankommen könnte. So kannte sie es von Teilen ihrer eigenen Familie, die aufgrund ihres starrköpfigen Katholizismus die Kommunikation mit ihr eingestellt hatten. Stella glaubte, hier sei ein ähnlicher Mechanismus am Werk. Jo hatte mehrmals versucht, ihr zu erklären, dass ihre Eltern weder mit dem katholischen noch mit dem serbisch-orthodoxen Glauben etwas am Hut hatten. Dass sie so wenig mit ihr sprachen, liege an ihrem eingerosteten Deutsch und habe nichts mit Homophobie zu tun, hatte sie gesagt. Während der Verteidigung ihrer Eltern vergaß sie völlig, dass es vielleicht doch noch andere Gründe für deren Zurückhaltung geben könnte. Schließlich war es das erste Mal gewesen, dass Jo eine Geliebte mit nach Šibenik gebracht hatte. Das Lesbischsein ihrer Tochter bekam dadurch eine ganz andere Dimension. Bis dahin war es nur eine abstrakte Information gewesen, die höchstens einmal durch ein Foto konkretisiert worden war, mehr aber auch nicht.

Jovana wusste, dass es für ihre Eltern schwer war, so weit von ihren Töchtern entfernt zu sein. Sie hatten sich zwar daran gewöhnt, doch es blieb ein Schmerz. Vielleicht hatte Jo deshalb unbewusst ihre Queerness möglichst wenig thematisiert; sie wollte nicht, dass ihre Eltern sich zusätzliche Sorgen machten. Womit sie ihnen aber auch die Möglichkeit nahm, sie wirklich zu sehen und zu verstehen. Oder vermied Jo das Thema auch, weil sie sich dafür schämte, mit ihrem Lesbischsein kaum den Vorstellungen der Eltern zu entsprechen? Dass diese so erleichtert auf die Schwangerschaft ihrer Schwester Lidija reagiert hatten, deutete darauf hin. Es nahm den Druck von Jo, die sich damit beruhigte, dass ihre Eltern wenigstens eine „normale" Tochter hatten, eine, die das traditionelle Familienklischee erfüllte. Wow, Selbsthass. Als wären zwei lesbische Töchter eine Strafe.

Diese Gedanken waren Jovana allerdings erst gekommen, als Stella und sie schon wieder in Berlin waren. Einen Tag nach ihrer Rückkehr hatte ihre Mutter sie angerufen, und Jo war aus der WG-Küche, wo sie mit Stella beim Bier saß, in ihr Zimmer gegangen. Als sie fertig war und zurück in die Küche kam, prostete Stella ihr zu und sagte mit sarkastischem Unterton: „Schöne Grüße zurück."

Jo hatte ihr gar keine Grüße ausgerichtet, die Mutter hatte Stella überhaupt nicht erwähnt. Was Jo nicht weiter aufgefallen war. „Wenn du willst, kann ich meine Eltern nächstes Mal von dir grüßen", hatte sie gesagt.

„Ach, komm, ich mache mich doch nicht lächerlich. Aber dir fällt schon auf, dass sie so tun, als würde ich nicht existieren, oder?"

„Sie meinen das nicht so."

Das war der Moment gewesen, in dem Stella ausgeflippt war. „Ey, sie meinen das genau so. Wenn ich ein Typ wäre, hätten sie mich hundertmal gegrüßt, und sie hätten sich auch ganz anders verhalten, als wir dort waren." Sie hatte sich die Bierflasche genommen und war in den großen Gemeinschaftsraum gegangen, in dem sich gerade niemand aufgehalten hatte. Jo war ihr hinterhergelaufen und hatte versucht, sie zu beschwichtigen.

„Lass ihnen ein bisschen Zeit, du bist meine erste Freundin, die bei ihnen zu Hause war. Das wird schon."

Stella hatte irgendwas gegrummelt und dann ihr Bier heruntergekippt. Ihre eigenen Eltern waren – anders als ihre Tanten und Onkel – total locker mit ihrer Homosexualität umgegangen. Sie hatten die junge Frau, mit der Stella ihre erste längere Beziehung führte, von Beginn an ins Herz geschlossen. Dass sie wie ihre Eltern aus Köln stammte, wenn auch von der rechten Rheinseite, hatte entscheidend zu der guten Atmosphäre beigetragen. Das ging sogar so weit, dass sie den Kontakt nach der Trennung aufrechterhielten. An dieser ersten Frau von Stella mussten sich alle Nachfolgerinnen messen, natürlich auch Jovana, die sich allerdings immer äußerst wohlgefühlt hatte bei dem stets gut gelaunten Ehepaar, in dessen geschmackvoller Altbauwohnung im Belgischen Viertel sie mehrmals zu Gast gewesen war.

Beim ersten Mal hatten die beiden davon erzählt, wie sie Ende der Achtziger mal auf Hvar im Urlaub gewesen waren und wie gut ihnen die Adria gefallen hatte. Ansonsten ließen sie sie mit Fragen und Kommentaren zu Ex-Jugoslawien in Ruhe. Sie redeten ohnehin am liebsten über Politik oder noch lieber Umweltschutz. Als frühe Mitglieder der Grünen waren Stellas Eltern bei diesem Thema leidenschaftlich und wollten immer wissen, was Jovana über erneuerbare Energien oder das Plastikmüll-Problem dachte. Nächtelang konnte man mit ihnen diskutieren – zumal, wenn irgendwann der gute Single Malt Whisky ins Spiel kam.

Wenn Jo diese Besuche mit dem in Šibenik verglich, wurde ihr der Unterschied bewusst. Sie konnte nachvollziehen, dass Stella sich ignoriert fühlte. Allerdings fand sie den Vergleich auch nicht ganz fair, denn Stellas Eltern waren einfach ein irrer Glücksfall. Jedes Kind – egal, ob homo- oder heterosexuell – wäre glücklich über so offene und lässige Eltern. Abzüglich ihrer Mitgliedschaft in einer Karnevalsgesellschaft vielleicht. Jovanas Familie war ganz anders, aber letztlich nicht weniger liberal und warmherzig. Man musste eben nur genauer schauen und etwas mehr Geduld haben, da war sie sich sicher.

Es fiel Jovana schwer, den Familien-Verteidigungsmodus abzustellen, der ihr in den Teenagerjahren zu einem Reflex geworden war. Regelmäßig hatte sie sich wie eine Amazone für ihre Eltern und ihre Schwester eingesetzt. Sei es gegenüber Beamten, die herablassende Fragen stellten, sei es gegenüber Mitschülerinnen, die auf dem Hof dumm über Lidija redeten. Seit dieser Zeit war ihre Schlagfertigkeit eine ihrer größten Stärken – egal, in welcher Sprache, der letzte Spruch gehörte ihr. Das hatte Jo – zumal als Barfrau – immer wieder geholfen.

Dass sie mit ruhig und leicht drohend ausgesprochenen Sätzen tatsächlich etwas bewirken konnte, hatte sie zu ihrer eigenen Überraschung erstmals auf der Ausländerbehörde begriffen. Sie war damals sechzehn oder siebzehn gewesen und hatte ihre Eltern zu einem Termin begleitet, um gegebenenfalls zu übersetzen. Der Sachbearbeiter hatte die beiden wegen eines verspätet eingereichten Dokumentes malträtiert und vage damit gedroht, die Aufenthaltsgenehmigung nicht zu verlängern. Jovana wusste, dass er dazu in diesem Moment eigentlich kein Recht hatte, doch ihre Eltern waren verunsichert gewesen. Immer kleiner waren sie in den Hartschalensitzen geworden. Halb geduckt hatten sie Entschuldigungen gemurmelt, was dem Sachbearbeiter augenscheinlich gefiel.

Jovana hatte das so erzürnt, dass sie aufgestanden war und gegen das Tischbein getreten hatte. Ganz ruhig hatte sie mit festem Blick gesagt: „Wenn Sie glauben, dass Sie uns so behandeln können, haben Sie sich geirrt. Die Unterlagen sind vollständig. Jetzt machen Sie Ihren Job und hören auf, meine Eltern zu quälen." Danach hatte sie sich wieder hingesetzt, die entsetzten Blicke ihrer Mutter ignorierend.

Der Sachbearbeiter hatte kurz aufgeschaut und gesagt: „Machen Sie sich mal um meinen Job keine Sorgen, junge Frau." Doch ab da war er still geblieben, hatte zügig weiter in seinen Computer getippt und ihnen schließlich ihre Papiere über den Schreibtisch geschoben. Jovanas Eltern hatten in einer Mischung aus Stolz und Verstörtheit zu ihr herübergeschaut, schnell alles zusammengeklaubt und mit einem „Auf Wiedersehen" den Raum verlassen.

Dieses „Wenn Sie glauben, dass …" hatte sich Jo aus einer Fernsehserie geliehen, die sie am Vortag geschaut hatte. Der Satz klang so pompös und wichtig. Zudem verschleierte er ganz wunderbar, dass man eigentlich gar nichts gegen die angesprochene Person in der Hand hatte. Er war eine giftgrüne Nebelkerze. Ab diesem Tag gehörte die Formulierung zu Jos festem Wortschatz. Man konnte sie auch gut variieren: „Wenn du glaubst, du kannst dich hier so aufführen, hast du dich geirrt!" war Jahre später im Roses immer mal wieder zum Einsatz gekommen, wobei Jovanas schneidender Blick entscheidend zur Effektivität des Satzes beigetragen hatte.

Wie wohl Anjas Eltern drauf waren, überlegte Jovana. Reich wahrscheinlich. Schließlich wohnten sie und die Kinder gerade in einem recht teuren Hotel. Wobei: Vielleicht verdiente Anja ja richtig gut als Grafikdesignerin. Oder kam die Kohle von ihrem Ex-Mann? Als Jo merkte, wie haltlos ihre Spekulationen waren, schaute sie lieber noch mal das Foto von Paulina und Tim an. Sie fand es süß, wie die beiden an der Balustrade hingen und überrascht in die Kamera schauten. Es erinnerte sie an die Zeit, als ihre momentan heftig pubertierenden Nichten Barbara und Vera noch ähnlich kindlich-unbedarft gewesen waren. Sicher würde es bei Paulina auch bald losgehen damit, dass sie alles blöd fand, was von den Erwachsenen kam. Durch ihren Job und ihren Wohnort hatte Jo noch ein gewisses Ansehen bei Barbara und Vera. Allerdings war es bei ihrem letzten Besuch schon recht schwer gewesen, die beiden zu etwas anderem als Shopping zu bewegen. Immerhin: Der Besuch im Kino International hatte ihnen gefallen – und sie hatten einmal für zwei Stunden von ihren Mobiltelefonen aufgeblickt. Ob Paulina und Tim ebenfalls schon Telefone einforderten? Anja war nicht zu beneiden; billig war das ja sicher auch alles nicht.

Jovana freute sich darauf, die Kinder, Anja und Maja am nächsten Abend zu sehen. Nachdem sie das Licht gelöscht hatte, überlegte sie, was sie anziehen würde. Sollte sie die Haare zusammenbinden oder offen tragen? Wie schön, mal wieder so ein Kribbeln zu spüren. Über ihrer Outfit-Grübelei dämmerte Jovana langsam weg. Im Traum stand sie auf der Bühne am Hafen, sie trug ein langes weißes Kleid und sang eine Liebesballade zur Gitarrenbegleitung. Doch dann sah sie Maja im Publikum, die brüllte: „Wir wollen Massimo! Wir wollen Massimo!" Als immer mehr Menschen einstimmten, lief sie schnell in den Backstagebereich.

19

Fünfzehn Minuten verspätet kam Anja mit den Kindern in das Restaurant, das Jovana ausgewählt hatte. Anja entschuldigte sich ausschweifend, bis Paulina trocken anmerkte: „Tim hat rumgetrödelt, dann hat Mama den Weg nicht gefunden."

„Stimmt ja gar nicht!", rief Tim, während Anja verlegen zu Jo hinüberschaute, die lachend von ihrem Stuhl aufgestanden war.

„Macht doch nichts, jetzt seid ihr ja da, setzt euch", sagte sie. Ihre Plätze waren hinten auf einer von Weinpflanzen umrankten Terrasse. Jovana hatte genau hier reserviert, weil man relativ unbeobachtet war, aber gleichzeitig alles im Blick hatte. Die Kinder kletterten auf die Holzstühle ihr gegenüber, Anja setzte sich neben Jovana. Der Tisch war klein, sodass nur wenige Zentimeter zwischen ihnen lagen.

Anja strahlte. Sie war begeistert von diesem liebevoll ausgestatteten Laden und überglücklich, Jo zu sehen. Es kam ihr vor, als wären Wochen vergangen seit ihrer letzten Begegnung. Sie konnte ihren Blick kaum abwenden. Wie schön diese Frau war, wie gut ihr das schwarze Hemd mit den Dreiviertelarmen stand, wie elegant sie mit Pferdeschwanz und leicht geschminkten Augen aussah. Am liebsten hätte sie sie sofort in eine Ecke gezogen und niedergeknutscht.

Jo erwiderte ihren Blick und streifte unter dem Tisch ganz leicht Anjas linkes Knie mit dem Handrücken. Dann kam der Kellner mit den Speisekarten. Die Kinder blätterten wild darin herum, Anja machte ihnen Vorschläge, es gab ein bisschen Hin und Her, bis sie sich für zwei Kinderteller mit Calamari entschieden hatten.

„Isst du eigentlich Fleisch?", fragte Jo.

„Ja, aber wenig. Fisch esse ich schon."

„Dann findest du hier auf jeden Fall was."

„Ja, ich sehe schon. Toll! Isst du Fleisch?"

„Nein, eigentlich versuche ich auch, vegan zu leben, aber wenn ich hier bin, nehme ich es etwas lockerer."

„Urlaub vom politisch korrekten Essen", sagte Anja, die sich wünschte, sie würde ganz auf Fleisch verzichten, es aber trotz einiger Versuche nie geschafft hatte.

Jo zog die Augenbrauen zusammen: „Vegetarisch ist auch immer noch ziemlich korrekt, wenn du mich fragst. Wäre zum Beispiel klimawandeltechnisch gar nicht schlecht, wenn mehr Leute dabei wären", sagte sie und bestellte auf Kroatisch ein Pilzrisotto.

„Ja, ja, klar, da hast du voll recht", versicherte Anja und verfluchte sich innerlich dafür, etwas von PC gefaselt zu haben. Sie versuchte, die Unterhaltung auf ein anderes Thema zu lenken, und fragt Jovana nach ihrem Tag. Die Antwort fiel relativ einsilbig aus, aber Anja hatte Glück, dass Paulina die eintretende Stille nutzte, um mehr über das Konzert am Abend in Erfahrung zu bringen. Was ihr ihre Mutter darüber erzählt hatte, sagte ihr nichts. „Jo, was ist das genau für Musik heute Abend?", fragte sie und stellte ihr Colaglas ab.

Jovana sprach von einem großen Star hier aus der Gegend, der Popmusik machte und auch mal als Schauspieler gearbeitet hatte.

„Kann er rappen?", wollte Tim wissen.

Jo musste lachen. „Vielleicht kann er das, aber er macht es nicht. Seine Texte sind auf Kroatisch übrigens. Ich kann euch ein bisschen übersetzen, wenn ihr wollt."

„Au ja", sagte Paulina, wobei sie den Verdacht der Langweilermusik immer noch nicht ganz ausgeräumt sah.

Anja hatte sich während des Essens zunehmend unwohl gefühlt. Die Konversation lief nur noch zwischen ihr und den Kindern oder zwischen den Kindern und Jovana. Keine Berührung mehr unter dem Tisch, keine Fragen mehr von Jo. Hatte sie mit einer kleinen Bemerkung alles kaputt gemacht? War Jovana so empfindlich? Gehörte sie vielleicht zu diesen sehr linken Leuten, die super streng mit anders gesinnten Leuten sind?

Anja dachte an Lotte, eine Freundin aus Grundschultagen, die irgendwann begonnen hatte, sich in der linksautonomen Roten Flora zu engagieren. Was mit einem schwarzen A auf der Jeansjacke und pink gefärbten Haaren als Provokation gegenüber ihrem Vater begonnen hatte, der ein edles Bekleidungsgeschäft in Altona führte, war schließlich zu einer ernsten Sache geworden. Lotte half, Demos zu organisieren, änderte ihre Sprache, ihren Freundeskreis. In der Schule hing sie plötzlich nur noch mit ein paar älteren Punk-Typen in der Raucherecke ab. Eine Zeit lang hatten sie und Anja noch in einer kleinen Mathe-Lerngruppe miteinander zu tun gehabt. Doch als Lotte wiederholt damit gescheitert war, die anderen für die Anti-Atomkraft-Bewegung zu begeistern, hatte sie sich aus dem Staub gemacht. „Ihr Spießer, ihr Geldsäcke, denkt nur an euer Scheiß-Abi. Ob die Welt kaputtgeht, ist euch egal. Ach, leckt mich doch!", hatte sie bei ihrem Abgang gesagt.

Als die Tür zugeknallt war, hatten alle betreten in ihre Hefte geschaut und dann weitergemacht, als wäre nichts gewesen. Anja auch, sie wäre nie auf die Idee gekommen, Castortransporte zu blockieren oder auf eine Friedensdemo zu gehen. Sie dachte tatsächlich nur an ihr Abitur – vor allem an die Matheklausur, vor der ihr graute. Lotte saß in der Prüfung zwei Reihen vor ihr, natürlich in ihrer bemalten Jacke. Beide bestanden, aber zur feierlichen Zeugnisverleihung in der Aula war Lotte nicht gekommen. Vergeblich hatte die Direktorin ihren Namen aufgerufen.

Auf eine Nachspeise verzichteten sie. Anja war froh, als sie endlich zahlten und sich auf den Weg zum Hafen machten. Ein paar Schritte zu gehen würde guttun. Sie hoffte darauf, dass Paulina und Tim ein bisschen vorwegrennen würden, damit sie mit Jo sprechen konnte. Offenbar schwer vom Essen – beide hatten ihre Portionen komplett verspeist –, hatten es die Kinder allerdings nicht eilig. Sie gingen direkt neben den Erwachsenen und spielten Nicht-auf-die-Ritzen-Treten. Irgendwann hielt Anja es nicht mehr aus und kniete sich hin. Sie tat so, als wäre etwas mit einer Schnalle ihrer Sandalen. Während sie daran herumnestelte, trippelten die Kinder weiter über die glatten weißen Pflastersteine, ohne die Fugen zu berühren. Jo blieb neben Anja stehen.

„Ich wollte dich vorhin nicht nerven mit der Bemerkung über vegetarisches Essen. Tut mir echt leid, das war dumm von mir." Als Anja aufschaute, fiel ihr auf, dass sie sich in einer Art Büßerpose befand. Fast ein bisschen dramatisch, dachte sie.

Jovana antwortete: „Ach, nein, nicht dumm, aber es nervt mich tatsächlich, wenn Leute mit ‚politisch korrekt' ankommen, weil es meistens abwertend gemeint ist. Rechte haben den Begriff total negativ aufgeladen. Dass du so was sagst, irritiert mich, aber wir kennen uns ja auch kaum."

O nein, Jovana hielt sie in der Tat für eine reaktionäre Zicke. Anja wurde ganz schummrig, als sie sich aufrichtete. Nach zwei tiefen Atemzügen sagte sie: „Da hast du recht. Der Ausdruck ist zu einem Kampfbegriff geworden, und ich habe das nur so nachgeplappert. Verstehe eigentlich auch nicht, warum. Und ja, wir kennen uns kaum, aber ich würde das gern ändern. Wenn du willst …" Es kostete sie all ihren verfügbaren Mut, Jovana bei den letzten beiden Sätzen in die Augen zu schauen und ein halbes Lächeln zustande zu bringen. Als auch Jos Züge sich entspannten und sie die linke Augenbraue hochzog, wurde Anjas Herz leichter.

„Hmm, hmm, ja, das können wir mal versuchen", sagte Jo und ging weiter hinter den Kindern her, die sich trotz ihres leichten Zickzackkurses bereits einen stattlichen Vorsprung herausgearbeitet hatten. Zwischen ihnen befanden sich nun zahlreiche Menschen, die im Abendflaniermodus in den Altstadtgassen unterwegs waren. Paulina hatte nur einmal kurz den Hals gereckt und über die Schulter geschaut, wo die Erwachsenen blieben, um sich dann wieder auf die Steine zu konzentrieren.

„Was würdest du gern von mir wissen?", fragte Anja und schaute Jo freundlich von der Seite an. Doch Jo blieb still, richtete ihren Blick in einen kleinen Tabak- und Zeitungsladen, als wollte sie dort eine Frage ablesen. Sie kramte ein plattgedrücktes Softpack aus der Hosentasche und zündete sich eine Zigarette an.

Nach drei Zügen sagte sie schließlich: „Da gäbe es schon einiges, aber ich glaube nicht, dass ich dich hier so auf der Straße interviewen möchte."

„Ja, klar, ne, muss ja auch nicht jetzt sein", beeilte sich Anja zu versichern. Ihr Blick suchte die Kinder, die von einer Familie mit Kinderwagen verdeckt waren, aber nur noch rund fünfzehn Meter von ihnen entfernt. Warum war es plötzlich so schwer, mit Jovana zu reden? Bisher lief es doch immer wie von selbst. Anja merkte, wie sich eine leise Verzweiflung in ihr ausbreitete, wie ihre Muskeln bei jedem Schritt an Kraft verloren. Am liebsten hätte sie sich allein irgendwo hingesetzt, um aufs Meer zu starren. Vielleicht noch eine Flasche Rotwein dazu …

Sie musste an ihre Mutter denken, die am Tag zuvor bei ihrem Skype-Gespräch – nach dem kurzen Austausch mit den Kindern – in ihren Selbstmitleidsmodus gekippt war. Das passierte gelegentlich, vor allem wenn sie und ihre Schwester nicht in der Stadt und ihre Bridgefreundinnen beschäftigt waren.

„Niemand hat Zeit für mich. Ich werde noch zu einer schrulligen Alten, die sich abends alleine betrinkt." Sie hatte versucht, es witzig klingen zu lassen, und ein Lachen hinterhergeschickt, doch natürlich hörte Anja ihre Bitterkeit. Sie wusste, dass ihre Mutter manchmal zweifelte, ob es richtig gewesen war, ihren Vater zu verlassen. Nur einmal hatte sie danach eine Beziehung gehabt, und die war nach zwei Jahren krachend an die Wand gefahren. Wieder ein untreuer Typ. Anja konnte gut verstehen, dass ihre Mutter sich danach verkrochen hatte – und seither immer wieder in Einsamkeitslöcher fiel, die sie mit Alkohol füllte. Im Videochat hatte Anja versucht, sie aufzumuntern, hatte vom Glockenturm erzählt und ihr Grüße von Stipe ausgerichtet. Gebracht hatte es wenig. Genau jetzt fühlte sich Anja tief verbunden mit der Schwere ihrer Mutter.

Sie lenkte ihre Schritte zwischen die Kinder, zu denen sie nun aufgeschlossen hatten, nahm sie an den Händen und sagte: „Hey ihr Ritzen-Fritzen, jetzt gehen wir mal wieder normal." Paulina lachte, Tim nahm die Hand seiner Mutter. Er mochte das immer noch, obwohl er manchmal so tat, als wäre er dafür schon zu groß. Eigentlich hätte er auch gern Jos Hand genommen, die nicht weit von seiner entfernt war. Allerdings hielt sie eine Zigarette. Er schaute zu ihr hoch; irgendwie kam ihm Jo heute Abend komisch vor. Tim sah, dass sich ihre Miene mit einem Mal aufhellte und sie zu winken begann. Als er seinen Kopf in ihre Blickrichtung drehte, sah er Maja, die ebenfalls winkte. Sofort ließ er Anjas Hand los und lief zu ihr. Ob er nur den von Jovana ausgehenden diffus-unangenehmen Schwingungen entgehen wollte oder wirklich so begeistert war, „Captain Maja" wiederzusehen, wusste er wahrscheinlich selbst nicht. Doch das neue Gesicht in der kleinen Runde brachte umgehend mehr Lockerheit.

Küsschen und Umarmungen zur Begrüßung, die Erörterung der Getränkefrage – Anja merkte, wie sie langsam herunterkam. Maja und Jo besorgten Bier und Wasser in einem Kiosk, anschließend schlenderten sie zusammen zu dem Platz am Hafen, wo direkt an der Kaimauer die Bühne aufgebaut war. Es hatten sich bereits ein paar Hundert Menschen versammelt, und die Vorband begann zu spielen. Das junge Folkduo – eine Sängerin und ein Mann mit Gitarre – wirkte etwas verloren dort oben. Dass die Mikrofone zu leise abgemischt waren, trug ebenfalls nicht dazu bei, die Präsenz der beiden zu erhöhen. Kaum jemand hörte ihnen zu, während sich Anja, Jovana, Maja und die Kinder einen Platz im vorderen Drittel der Menge suchten. Leicht links von der Mitte kamen sie schließlich zum Stehen. Hier gab es noch kein Gedränge, und weil die Menschen vor ihnen relativ klein waren, hatten Paulina und Tim einen halbwegs freien Blick auf das Geschehen.

„Cheers!", sagte Jovana, nachdem alle etwas zu trinken bekommen hatten. Lachend stieß die kleine Gruppe mit ihren Flaschen an. Maja schaute auf die Bühne. Sie kannte das Duo, das aus Rovinj stammte.

„Die Frau hat mal Background gesungen bei der Band von Jana, meiner Freundin", erklärte sie auf Englisch. „Vielleicht wäre das doch die bessere Karriereoption für sie als eine eigene Gruppe."

„Du bist ja gemein", lachte Jo. Als sie bemerkte, dass die Kinder nichts verstanden hatten, übersetzte sie schnell. Maja deutete mit ihrer Flasche nach vorn: *They are not so good.*" Zur Bekräftigung schüttelte sie den Kopf, und die blonden Locken wippten.

Paulina sagte: *No, no, not good.*" Es war genau, was sie befürchtet hatte.

„Wird sicher gleich besser, wenn der Star des Abends kommt", warf Anja ein, die sich sorgte, dass ihre Kinder sich langweilen würden.

„Ja, ja, sicher", gab Paulina leicht genervt zurück.

Eine Weile hörten alle schweigend zu, dann unterhielten sich Maja und Jo auf Kroatisch miteinander. Allerdings machten sie keine Anstalten, für die anderen zu übersetzen. Für Anja klang es beiläufig, Small-Talk-artig, trotzdem war sie besorgt, dass Jovana vielleicht etwas Negatives über sie sagte.

Die Sängerin kündigte den letzten Song an, es war ein Tracy-Chapman-Cover – und zum ersten Mal konnte das Duo die Aufmerksamkeit größerer Teile des Publikums erregen. Auch Anja gefiel die abgebremste Version, sie wippte im Takt und dachte daran, wie es wohl wäre, jetzt mit Jovana in einem schnellen Auto zu fahren. *Speed so fast I felt like I was drunk / City lights lay out before us*", den Refrain konnte sie noch immer auswendig. Sie sang mit, und bei der Zeile *I-I had a feeling I belonged*" schaute sie über die Köpfe ihrer Kinder zu Jovana hinüber. Die erwiderte den Blick, lächelte sanft, und bei *be someone, be someone*" bewegte sie sogar leicht die Lippen. Was hätte Anja jetzt darum gegeben, sie küssen zu können.

Nach dem Song klatschte sie begeistert, was mehr ihrer Freude über Jovanas kleine Zuwendung geschuldet war denn der musikalischen Performance. Die beiden auf der Bühne verbeugten sich und gingen anschließend schnell nach hinten ab, augenscheinlich froh, den Auftritt hinter sich zu haben. Wahrscheinlich standen ihre Familien in der ersten Reihe und hatten jede Sekunde gefilmt. Den Rest des Abends würden sie ihnen versichern, wie toll sie gewesen waren.

Es gab eine Umbaupause, Tim zupfte an Anjas Ärmel: „Mama, ich muss aufs Klo.“

„Echt jetzt, so dringend?“

„Ja, schon.“

Anja wandte sich an Jovana: „Weißt du, wo Tim hier auf die Toilette gehen könnte?“

„Warte, Maja kann mit ihm zur Hafenmeisterei gehen, die kennen sie da.“ Jovana drehte sich zu ihrer Freundin und erklärte ihr kurz die Lage.

Maja sagte sofort: *„Nema problema, no problem. Tim we go to toilet.“*

Der Junge strahlte: *„Thanks!“*

„Hajde“, sagte Maja und ging los mit ihm.

Da rief Paulina: *„I must, too!“*

„Okay, come then.“

Mit einem „Bis gleich“ verabschiedete sich das Mädchen und schloss sich Maja lächelnd an. Die drei entfernten sich nach links durch die Menge. Zwischen Anja und Jovana war eine Lücke entstand. Beide zögerten kurz, dann gingen sie gleichzeitig einen Schritt aufeinander zu.

Lachend hielt Jo ihre Bierflasche in Anjas Richtung: „Prost!“

Erleichtert ließ Anja ihre Flasche an Jovanas klicken. „Prost!“

„‚Fast Car‘ hat dir gefallen, ja?“, fragte Jo.

„Ja, ziemlich. Das Album war eines der ersten, das ich als CD bekommen habe. Ich glaube, ich kannte mal jede Note darauf und mag es heute noch.“

„Meine Schwester hat das auch immer gehört. Aber ich war dann mehr so der Hip-Hop-Fan.“

„Tim steht gerade auf Deutsch-Rap. Leider hat er keinen sonderlich guten Geschmack." Die Frauen lachten, tranken noch einen Schluck Bier, schauten schweigend nach vorne.

Die Roadies hatten ein großes Drumset, eine Keyboard- und Orgelecke aufgebaut sowie diverse Mikrofone aufgestellt. Es war inzwischen so dunkel, dass die Scheinwerfer erstmals einen merklichen Effekt hatten. Sie ließen die Bühne in einer Kombination aus violettem und gelbem Licht erstrahlen, das Metall des Schlagzeugs glitzerte verheißungsvoll. Ganz allein trat ein sehr schlanker dunkelhaariger Mann Anfang fünfzig in weißem Hemd und schwarzer Hose aus dem Backstagebereich. Applaus und Pfiffe.

„Dobra večer, buona sera!" Jetzt kam auch die Band dazu, verteilte sich um Massimo Savić. Der Gitarrist legte mit einem scharf runtergezackten Akkord los, den er dann dem Keyboarder übergab. Jovana nahm ihr Telefon aus der Tasche und zoomte die Bühne heran, machte zwei, drei Fotos. Dann sagte sie: „Ah, der Song ist von seiner alten Band. ‚Sjaj u tami' heißt der Song. Leuchten im Dunklen."

Anja gefiel der rockige Sound, der Sänger schien ein bisschen wie David Bowie klingen zu wollen. „Ist gut", sagte sie lächelnd zu Jo und fand, dass ihre Augen gut zum Text passten. Sie schaute wohl ein bisschen zu lange, denn Jo fing an zu lachen. Neben ihr sangen einige Mittfünfziger mit, reckten dabei ihre Bierflaschen in den Himmel.

„Echt, das gefällt dir?"

„Ja, warum denn nicht?" Anja lachte mit und konnte mit einem Mal nicht mehr an sich halten, sie musste Jo berühren. In einem Anfall von Übermut legte sie ihre Hand knapp über Jos Taille und sagte: „Aber noch mehr gefällst du mir."

Unerträgliche drei Sekunden rührte sich Jovana nicht, dann drehte sie sich zu Anja, legte ihre Hände auf ihre Hüften und sagte mit leicht ironischem Unterton: „Ist das so? Davon habe ich nichts geahnt … Aber irgendwie geht es mir da ähnlich." Sie zog Anja zu sich, umfasste ihr Gesicht mit beiden Händen und küsste ganz sanft ihre Lippen. Anja erwiderte die Bewegung und ließ sich immer tiefer in den Kuss fallen.

Ohne auf die Umstehenden zu achten, drehten die beiden ihre Körper ineinander; ein leichtes Stöhnen von Anja wurde vom nächsten Song der Band verschluckt. Es war eine Ballade, die von einer Akustikgitarre getragen wurde. Mehr nahm Anja nicht wahr, sie versank völlig in der Umarmung. Dass Jo ihre Hand inzwischen auf ihrem Arsch platziert hatte und ganz leicht zudrückte, machte sie umgehend heiß. Als die zweite Hand dazukam, zuckte ein Begehrensschauer durch ihren Körper. Was machte diese Frau bloß mit ihr?

Anja fühlte sich, als wäre jede ihrer Zellen von einem zarten elektrischen Impuls erfasst worden, als würde sie innerlich glühen. Ein Außen abseits von Jovana existierte nicht mehr, sie würde einfach hier in diesem Moment verweilen und nie wieder etwas anderes an sich heranlassen. Doch warum rissen sich Jos Lippen so plötzlich von ihren los? Warum hörte sie Majas Stimme so überlaut aus dem Musik-Applaus-Gemisch heraus?

Sie öffnete die Augen und lenkte ihren Blick umgehend an der lächelnden Maja vorbei auf die kurz hinter ihr herannahenden Kinder. O Gott, hatten sie etwas gesehen? Tim kam sofort zu ihr, um etwas von einem Kapitän in weißer Uniform zu erzählen. Anja musste sich zu ihm hinunterbeugen, weil sie ihn kaum verstand. Während ihr Sohn in ihr Ohr brüllte, schaute sie zu Paulina, deren Gesicht keinerlei Regung zeigte. Nach wenigen Sekunden zog das Mädchen fast unmerklich die Augenbrauen zusammen und wandte den Blick in eine andere Richtung. Sie hatte definitiv etwas gesehen. Anja war sich sicher, und ein Schreck zuckte durch ihre Glieder – das Leuchten im Dunkeln erlosch.

Schweigend verfolgte das Grüppchen den nächsten Song. Tim reckte den Hals, konnte aber trotzdem wenig erkennen. Ihm schien langweilig zu sein, genau wie Paulina, die neben Tim stand. Halb neben und hinter ihr redeten Maja und Jovana auf Kroatisch miteinander. Mit dem letzten Schluck Bier aus ihrer Flasche versuchte Anja ihre Nerven zu beruhigen. Dieser Abend war eine emotionale Achterbahnfahrt, die sie ziemlich durchgerüttelt hatte. Am liebsten hätte sie Jo jetzt an der Hand genommen und wäre mit ihr allein irgendwohin gegangen. Nur wenige Zentimeter trennten ihre Hände voneinander, doch es lag ein Universum zwischen ihnen. Und jetzt rissen Jo und Maja auch noch ihre Arme in die Luft. Genau wie die Menschen um sie herum.

Ein süßliches Keyboardmotiv hatte die Begeisterung ausgelöst, die sich noch steigerte, als Tausende die Refrainzeilen mitgrölen. Jovana wandte sich zu ihr und sang *„Pjevat ću dok suze me ne zabole / Ljubit ću dok usne mi ne izgore / Voljet ću dok oči se ne zatvore".* Sie sah glücklich aus, fand Anja und hätte zu gern gewusst, worum es in dem Song ging. Tim interessierte das alles nicht, er stellte sich halb vor Anja und rief zu ihr hoch: „Können wir gehen? Bitte?"

„Ja, okay, aber warte mal, bis das Lied zu Ende ist."

„Na gut, aber dann gleich."

Anja strich ihm über die Haare und nickte. Wenn sie ehrlich war, wollte sie auch hier weg. Zu viele widersprüchliche Gefühle tobten durch ihren Körper. Immer größer wurde dabei die Sorge darüber, wie es Paulina ging. Ihr eisiger Blick von vorhin verhieß nichts Gutes. Anja würde das in Ruhe mit ihr klären müssen. Das selige Schunkeln und Singen ringsum ließ sie vollkommen kalt, wenigstens hatten Maja und Jo Spaß.

Als die letzten Takte verklangen, schaute Anja zu ihnen hinüber. *„We are leaving now. Tim wants to go home",* sagte sie.

Jovana lächelte und ließ noch einmal ihre Augen aufleuchten wie kurz vor dem Kuss. „Oh, schade, aber verstehe ich", sagte sie, während sie vor Tim in die Hocke ging. „Für dich ist das nicht so interessant, was?"

„Ne, nicht so", antwortete er. Jo umarmte ihn und sagte: „Dann kommt gut nach Hause. Bis bald."

„Tschüs, Jo!"

„Ciao, Tim", sagte Jovana und richtete sich auf. Von Anja verabschiedete sie sich ebenfalls mit einer kurzen Umarmung. „Wir hören uns", sagte sie in ihr Ohr.

„Ja, bis dann. *Bye, Maja, thanks for everything*", sagte Anja, die damit eigentlich vor allem das Bier und den Toilettengang gemeint hatte. Irgendwie klang das jetzt unerwartet dramatisch.

Maja erwiderte in ihrer beiläufig lässigen Art nur: *„All good. Nice that you came to see the concert with us."* Sie drückte Anja mit ihren muskulösen Armen und winkte dann den Kindern. Paulina schaute weder Maja noch Jovana an, bevor sie schweigend losging. Den gesamten Weg zum Hotel legte sie einige Meter vor ihrer Mutter und ihrem Bruder zurück. Niemand sagte ein Wort, erst im Aufzug fragte Tim, ob Anja ihm noch etwas vorlesen würde. „Na klar, mache ich", sagte sie, erleichtert, wenigstens mit ihm normal umgehen zu können. Doch sie musste mit Paulina reden. In ihrem Magen ballte sich ein düsteres Unwohlsein zusammen.

Es erinnerte Anja an die erste Phase nach ihrer Trennung von Phillipp, in der Paulina sich komplett zurückgezogen hatte. Sie hing sehr an ihrem Vater und gab Anja die Schuld daran, dass er nun nicht mehr bei ihnen war. Wie sie sich die Rolle seiner Geliebten in der Geschichte zurechtbog, war Anja schleierhaft gewesen. Allerdings wäre das nun wirklich der letzte Punkt gewesen, über den sie mit ihr diskutieren wollte. Irgendwann hatte Paulina ihr Schweigen gebrochen und Anja angeschrien: „Ich will bei Papa wohnen!" Das war besser gewesen als diese ewige Stille.

Anja hatte ganz ruhig geantwortet, dass man das sicher einrichten könnte, wenn sie sich das wünsche. Sie versprach, mit Phillipp darüber zu reden. Allerdings war der zu seiner neuen Flamme Klarissa gezogen. In deren Zweizimmerwohnung hätte Paulina nur eine Ecke mit einem kleinen Feldbett für sich gehabt. An einem Wochenende probierten sie das aus, wobei sich bald zeigte, dass nicht das Bett, sondern vor allem Phillipps Klarissa ein Problem für Paulina darstellte. Die junge Frau hatte sie mit Süßigkeiten und Freundlichkeit überschüttet, doch Paulina fand, das sei Fake. Und außerdem mochte sie diese Haribo-Erdbeeren überhaupt nicht. Am liebsten wäre es ihr gewesen, wenn Klarissa einfach mal abgehauen wäre, damit sie ihren Vater für sich gehabt hätte. Daran schienen aber weder er noch sie ein Interesse zu haben. Ständig hingen die beiden aneinander, kicherten und küssten sich. Paulina war froh gewesen, als sie am Sonntagnachmittag zurück zu Anja und Tim konnte. Von da ab hatte Phillipp seine Kinder besucht oder unternahm etwas mit ihnen – ohne Klarissa. Trotzdem hatte Paulina noch für eine ganze Weile immer wieder in ihren Abschottungsmodus geschaltet, richtig gut war es eigentlich erst hier in Rovinj geworden. Jetzt ging die Nummer also wieder los.

Als Tim im Bad war, ging Anja zu ihrer Tochter, die sich sofort aufs Bett geworfen und ein Buch aufgeschlagen hatte. Sie setzte sich neben sie und fragte: „Was ist los? Rede mit mir, bitte."

Paulina hielt das Buch wie ein Schutzschild vor ihr Gesicht. Nichts. Anja überlegte, ob sie es hinunterdrücken sollte, entschied sich aber dagegen und wiederholte stattdessen ihre Bitte. Paulina drehte sich auf die Seite, sodass sie Anja den Rücken zuwandte. Noch einige Sekunden verharrte sie auf der Bettkante. Tim kam aus dem Bad, und sie fragte ihn, aus welchem Buch sie ihm vorlesen solle.

„Ich hol es", rief er und kramte in seiner Ecke herum.

Anja ging hinüber, setzte sich auf sein Bett und nahm das Buch entgegen. Sie fühlte sich leer, kraftlos. Irgendwie schaffte sie es, ihren Blick auf die Seiten zu lenken. Ohne zu verstehen, worum es ging, las sie vor wie ein Roboter.

20

Völlig unmotiviert stand Jovana an ihrem gewohnten Platz. Die Sonne brezelte schon mächtig auf ihre weiße Schirmmütze herunter. Zum zweiten Mal erklärte sie einer nervigen deutschen Familie die Abfahrtszeiten und Preise. Nachdem die Mutter endlich verkündet hatte, dass man sich für die Panoramafahrt am Nachmittag entschieden hatte, seufzte Jo erleichtert auf, was ihr einen leicht pikierten Blick des Mannes einbrachte. Als die Familie abgefertigt war, ließ sie sich in den Campingklappstuhl neben dem Stand fallen und schaute auf ihr Telefon. Sie hatte eine WhatsApp von Jannis, dem sie die Fotos vom Konzert geschickt hatte. Wie sie erwartet hatte, mochte er Massimo Savić und schickte lauter Herzchen-Emojis.

„Wow, wie schön. Ich hoffe, er hat auch die alten Sachen gespielt", schrieb er.

„Ja, klar! Die Leute kannten aber auch seine neuen Songs. War toll."

„Freut mich für Dich! Ich habe übrigens einen großartigen Musiker aus Sarajevo entdeckt: Damir Imamović. Spielt alte Sevdah-Lieder, aber hat auch eigene – ich hab zwar von der Tradition keine Ahnung, doch es berührt mich. Viel Schmerz, Drama kommt da rüber. Könnte Dir gefallen ;)"

Wie kam Jannis denn jetzt darauf? Seit wann war sie als Drama Queen bekannt? Wobei: Wenn sie sich hier so sah, wie sie auf eine Nachricht von Anja gehofft hatte, wie sie herumgrübelte, lag schon ein wenig Drama in der Luft.

Der letzte Abend hatte ja doch etwas abrupt geendet. Zudem ging Jo langsam auf, dass Paulina sich gar nicht richtig von ihr verabschiedet hatte und Anja am Ende komisch steif gewesen war. Vielleicht hatte Maja doch recht, als sie nach dem Konzert bei einem weiteren Bier am Rande des Platzes gesagt hatte, dass es ja wohl nicht die schlauste Idee der Welt gewesen sei, Anja derart abzuknutschen auf dem Konzert.

143

„Paulina hat das ein bisschen geschockt, ihre Mutter so zu sehen."

Aber Jo wollte davon nichts wissen und sich die gute Laune nicht verderben lassen. „Ey, das ist ein modernes Mädchen, die wird schon mal zwei Frauen gesehen haben, die sich küssen."

„Sicher, aber bei der eigenen Mutter ist es dann doch was anderes."

„Ach, die kommt schon klar. Hauptsache, es hat Anja gefallen. Und das wirkte ja schon so."

Die beiden lachten und prosteten sich zu. Dann hatten sie das Thema gewechselt, lobten Massimo Savić, der immer noch toll aussah und sang. Maja hatte Jo damit aufgezogen, dass sie den Refrain von „Stranac u noći" mitgesungen hatte. „Hätte ich dir gar nicht zugetraut. So textsicher."

Jovana hatte mit einem „Siehste mal" geantwortet. Sie verriet ihr nicht, dass sie den Song nur deshalb auswendig kannte, weil er auf einer der vier Kassetten gewesen war, die ihre Familie auf den beiden langen Fluchtfahrten in Endlosschleife gehört hatte. „Stranac u noći" war auf einer selbstgebastelten Jugo-Hit-Kompilation gewesen, weshalb Jovana auch noch einige Songs von *Azra*, Oliver Dragojević und *Bijelo Dugme* auswendig kannte.

Bei Lichte betrachtet, war an Majas Einwand eventuell doch etwas dran. Aber, hey, Anja würde sich ja wohl nicht vor ihrer eigenen Tochter verstecken. Außerdem mochte Paulina sie doch. Was sollte ein Kuss daran ändern?

Jovana schaute ratlos die Straße hinunter, auf der einige junge Erwachsene mit Einkaufstüten unterwegs waren. Sie kamen aus dem schräg gegenüber liegenden Supermarkt, vor dem ein Angestellter den Eingangsbereich kehrte. Ein angeleinter Hund starrte auf die automatische Tür. Am liebsten hätte sie Anja einfach geschrieben, doch eine nervöse Unsicherheit hatte sich in Jos Gedanken geschlichen, und sie verwarf die Idee.

Ein Touristen-Paar bewegte sich auf den Stand zu, Jovana stellte sich in Position und fragte lächelnd: „*Ship cruise?*

Bootsausflug?" Die beiden schüttelten kurz die Köpfe. Jo blieb stehen und schaute wieder auf ihr Telefon, checkte ihre Mails und öffnete dann den Internetbrowser. „Anja Sundermann" tippte sie in die Suche. Es gab mehrere, aber ziemlich weit oben fand sie Anjas Website. Übersichtlich, schick, funktional. Jo klickte auf „Über mich". Ein Foto und drei Biografiezeilen erschienen. Anja war also zwei Jahre älter als sie und hatte in Hamburg studiert. Das Bild war im Sommer irgendwo draußen aufgenommen, leuchtendes Blättergrün im Hintergrund, Anjas herzliches Lächeln im Vordergrund. Da waren wieder die Krähenfüße neben ihren Augen. Jo grinste das Display an. Auf Tinder hätte sie sicher nach rechts geswipt – auch wenn dieses leichte gelbe Halstuch, das Anja trug, ein wenig spießig auf sie wirkte. Aber, hey, das Bild war ja für Geschäftskunden gedacht.

Mit Daumen und Zeigefinger vergrößerte Jovana das Gesicht, betrachtete den Mund und fühlte Anjas Lippen wieder auf ihren. Wie fantastisch diese Frau küsste. Sie hatte keine Scheu, mit ihrer Zunge energische Forderungen zu stellen, die Jo nur allzu gern erfüllte. Wie es wohl wäre, wenn diese Zunge sich einmal mit ihrer Klit beschäftigen würde? Der Gedanke machte Jovana an. Sie setzte sich wieder in den Campingstuhl.

Auf der Straße waren nur zwei halbwüchsige Kinder unterwegs, die sich abwechselnd mit einem aufblasbaren Ball bewarfen und dabei herumkreischten. Jo schaute noch einmal auf das Foto, schaltete dann den Bildschirm schwarz und schob das Telefon in die Tasche. Gern hätte sie Anja in ihrem Hotelzimmer besucht. Nachts, mit richtig viel Zeit. Sie würde ihren Harness und den schönen lila Dildo mitbringen … Verdammt! Ihr fiel ein, dass sie die Sachen gar nicht dabeihatte – schon seit einer ganzen Weile lagen sie unberührt im Schrank in Berlin. Es wurde wirklich Zeit, dass sie mal wieder da rauskamen. Jovana schlug die Beine übereinander, schaute zum Supermarkt, wo der Angestellte seine Kehrarbeiten beendete und eine grauhaarige Frau mit

Einkaufsnetz den Hund losmachte, der sie schwanzwedelnd empfing.

Dass Anja sie so anmachte, beglückte und irritierte Jo zu gleichen Teilen. Die Zeit ihrer lustlosen Zurückgezogenheit war wohl beendet, doch warum diese Frau? Eine offensichtlich reiche, wahrscheinlich auch konservative Person. Politisch korrektes Essen – oje! Aber irgendwas war da, nicht nur ihr Lächeln und ihre Küsse, sondern auch dieses Ich-will-ihr-von-mir-erzählen-Gefühl, das sie in Jovana auslöste. Dieses Ich-will-dass-sie-mich-Sieht. Das hatte sie nur selten, normalerweise war sie eher diejenige, die sich etwas erzählen ließ und wenig von sich preisgab. Es dauerte, bis sie jemandem vertraute.

Seit ihrer schwäbischen Anfangszeit hatte sie sich eine abwartende Haltung angewöhnt – egal, ob in der Flüchtlingsunterkunft oder auf dem Schulhof, sie versuchte erst einmal in Deckung zu bleiben, keine Angriffsfläche zu bieten. Selbst als sie besser verstand, was die anderen Kinder sagten, änderte sich daran wenig. Sie redete nur das Nötigste und meist auch nur mit ihrem bosnischen Mitschüler Mirsad. Erst als Ebru und Clara im ersten Halbjahr der achten Klasse entschieden, dass sie cool war, und sie quasi in ihre Clique gezerrt hatten, war sie langsam aus ihrem Schneckenhaus gekommen.

Später in Berlin kehrte sie zu ihrer alten Strategie zurück, was in der Lesbenszene kaum auffiel – mysteriöse Schweigerinnen gab es da zuhauf. Aber natürlich auch schlimme Schwätzerinnen. So wie die kantige Butch, die sie schon ein paarmal im Roses gesehen hatte, die sich eines Abends bei ihr am Tresen betrunken hatte und zu ihr herüberprostete. „Serbien muss sterbien!", sagte sie und nahm noch einen Schluck Beck's.

Jo hatte sie mit ihren grünen Augen fixiert, als wollte sie sie von ihrem Barhocker lasern.

Die Frau rappelte sich auf und stammelte: „Ein Hoch auf Kroatien! Du bist doch aus Kroatien?"

Oha, unterirdische Anmache. „Du trinkst jetzt aus, sagst kein Wort mehr und gehst nach Hause", hatte Jo in das Ohr der Butch gesagt und sie anschließend keines Blickes mehr gewürdigt. Tatsächlich war sie bald darauf verschwunden.

Es war immer wieder erstaunlich, was sich vor allem weiße Deutsche zusammenfaselten, wenn sie erfuhren, dass Jovana aus dem früheren Jugoslawien kam. Kulinarische Klischees, Urlaubserinnerungen und jede Menge Halbwissen über den angeblich ewigen Hass im Vielvölkerstaat resultierten in zahllosen grotesken Kommentaren. Nie hatte Jo um die Meinung dieser Leute gebeten, aber gern erklärten ihr sowohl punkige Linke als auch akademische Schnösel mal „den Balkankrieg". Irgendwann hatte sie dann nur noch gesagt: „Es waren drei Kriege. Aber mit dir werde ich sicher nicht drüber diskutieren."

Stella hatte nie davon angefangen. Doch es dauerte einige Monate, bis sich Jo ihr mehr öffnete und verstand, dass Stella eine außerordentlich sensible Person war, die mit ihren zahlreichen Privilegien reflektiert umging und vor allem wusste, wie man behutsam fragte oder an den richtigen Stellen auch mal schwieg. Als sie kapierte, dass Jos Aufenthaltsgenehmigung lange abgelaufen war, dass sie schwarz arbeitete und keine Krankenversicherung hatte, schlug sie ihr vor, sich mit ihr zu verpartnern. Jo hatte das gerührt, und sie dachte sogar ernsthaft darüber nach. Doch als sie den bürokratischen Aufwand verstand und sich die Befragungen auf dem Standesamt vorstellte, scheute sie zurück. Sie setzte stattdessen darauf, dass es Kroatien schaffte, in die EU aufgenommen zu werden – was ja 2013 auch endlich geschah. Jetzt hatte sie einen EU-Pass, worum sie ihre Jugofreund*innen aus Serbien und Bosnien beneideten. Damit waren zwar längst nicht alle Probleme beseitigt, doch es entspannte die Lage schon mal etwas.

Aus ihr selbst nicht ersichtlichen Gründen traute Jovana Anja zu, jemand zu sein, der ein tiefes, echtes Interesse an ihr hatte. Vielleicht war das auch reine Projektion, einfach weil sie selbst eine große Neugierde auf Anja verspürte. Welche Bücher las sie, welche Filme mochte sie? Und wie war das mit ihrer Ehe gewesen? Am liebsten hätte Jo eine ganze Nacht auf einem Sofa mit ihr durchgequatscht, während sie schweren Rotwein tranken. Doch wie realistisch waren solche Wünsche? Jo fiel auf, dass sie nicht einmal wusste, wie lange Anja und die Kinder noch in Rovinj bleiben würden. Und ob sie sich zurück in Deutschland jemals wiedersehen würden, war ja wohl auch mehr als fraglich. Dass so viele Fragen in ihre Träumerei einsickerten, verdunkelte Jovanas Laune umgehend, und sie begriff, dass sie doch an Anja schreiben musste, wenn sie etwas Bewegung in die Sache bringen wollte. Zögerlich zog sie ihr Telefon aus der Hosentasche, klickte auf Anjas Website herum und wechselte dann zu WhatsApp. Einsilbig beantwortete sie die Nachricht von Jannis. Seine Musiktipps konnte sie gerade nicht gebrauchen. Auch Lisa hatte geschrieben. Ihr antwortete sie: „Ich muss Dir bald mal was erzählen, aber lass mal lieber am Telefon reden ..." Mit Lisa zu sprechen half ihr eigentlich immer, und die Aussicht beruhigte sie ein wenig. Dann rief sie den Chatverlauf mit Anja auf und starrte auf das leere Textfeld.

Als der Bildschirm dunkel wurde, blickte sie auf, scannte die Umgebung. Ein paar Touris wären ihr jetzt gerade recht gekommen. Doch irgendwie war heute ein flauer Tag, keine Kundschaft in Sicht. Jo griff nach der Wasserflasche, die unter ihrem Stuhl stand, trank drei große Schlucke und entsperrte das Display wieder. Schnell tippte sie: „Hey, Anja, war schön gestern – nur bisschen zu kurz vielleicht :) Schade, dass die Musik nichts für Tim war (kann ich natürlich voll verstehen)." Nach einem weiteren Schluck Wasser setzte sie erneut an: „Wie lange seid Ihr eigentlich noch hier? Liebe Grüße!"

Puh, geschafft. Und dann sofort die Zweifel: War das zu aufdringlich? Oder nicht freundlich genug? Vielleicht hätte sie noch erwähnen sollen, dass sie sie gern wiedersehen wollte. Wobei das in der Frage irgendwie ja mitschwang. Es nervte Jo, wie unlocker sie auf einmal war. Dass sie in Sachen Frauen einmal so außer Übung geraten konnte, hatte sie sich wahrlich nicht träumen lassen. Sie stand auf und nahm sich vor, bis zum Ende ihrer Schicht nicht mehr auf ihr Telefon zu schauen – es sei denn, es vibrierte.

21

Der Morgen mit der zugemauerten Paulina war der reinste Horror. Zuerst weigerte sie sich aufzustehen, erhörte schließlich Anjas Bitten, sich anzuziehen, nur um dann wie eine apathische Puppe am Frühstückstisch zu sitzen. Außer einem Glas Orangensaft rührte sie nichts an. Tim löffelte schnell sein Müsli in sich hinein und verkündete dann abrupt, dass er Konstantin Hallo sagen wollte. Noch ehe Anja antworten konnte, war er zu den von Streselangs gelaufen, die wie immer an ihrem Fensterplatz saßen. Dass ihr Sohn sich lieber zu einem Jungen gesellte, wegen dem er einigen Ärger gehabt hatte, als weiterhin die angespannte Atmosphäre an ihrem Tisch zu ertragen, schmerzte Anja – und steigerte ihre Wut auf Paulina.

„Kannst du jetzt bitte mal mit diesem Theater aufhören", sagte sie zu ihr und fasste sie am rechten Arm. Mit einem kraftvollen Ruck zog das Mädchen ihn weg, während es weiter in die Ferne starrte. Am Nebentisch wendete eine Frau den Blick zu ihnen, Anja sprach leise weiter. „Das geht so nicht, du kannst dich nicht so aufführen und uns hier komplett den Urlaub versauen."

Ganz langsam drehte Paulina den Kopf zu ihrer Mutter, sie sah ihr direkt in die Augen. Überrascht, eine Reaktion zu bekommen, wartete Anja ab. Nach einer gefühlten Viertelstunde sagte Paulina: „*Du* führst dich auf. *Du* versaust alles."

Sofort begriff Anja, dass damit der Kuss am Vorabend gemeint war. Ohne den Blick abzuwenden, lehnte sie sich ein Stück zurück und griff nach ihrer Kaffeetasse. Sie wollte Zeit gewinnen. Was sie jetzt sagen würde, wäre entscheidend für die nächsten Tage. Der Kaffee schmeckte gut, bestärkte sie. Nachdem sie die Tasse ganz langsam abgesetzt hatte, sagte Anja: „Du meinst, weil ich Jovana geküsst habe?"

Paulina kniff die Augen zusammen, was Anja als Zustimmung wertete.

„Ja, ich kann mir vorstellen, dass das für dich ein komischer Anblick war. Ich hatte das auch nicht geplant oder so. Es ist einfach passiert und war sehr schön. Ich mag Jo nämlich echt gern."

Paulinas Augenbrauen zogen sich zusammen, jetzt lehnte sie sich ein Stück zurück, doch ihr Blick blieb fest.

„Pass auf", fuhr Anja fort. „Ich habe einen Vorschlag für dich: Ich verspreche dir, dass so was nicht mehr vorkommt, dass wir Jo nicht mehr treffen und heute machen, was du willst. Aber dafür hörst du jetzt mit dieser Schmollnummer auf. Okay?"

Paulina schaute auf ihr Orangensaftglas und rutschte auf ihrem Stuhl hin und her. „Du siehst sie nicht mehr? Und wir gehen heute an die Stelle am Strand, wo wir beim ersten Mal waren?"

„Abgemacht!" Anja streckte ihre linke Hand aus. „Und du bist wieder normal, ja?"

Langsam schob Paulina ihre Rechte über den Tisch in die Hand ihrer Mutter. Ohne sie anzusehen, sagte sie leise Ja.

Ein ganzer Steinbruch war aus Anjas Magengrube gerollt. Sie hätte Paulina wahrscheinlich auch jeden Tag Eis bis zum Schulanfang versprochen, nur damit die ihren Schweigestreik beendete. Das war so unerträglich, so zersetzend. Sie hätte eine Wiederholung der Postscheidungsphase nicht ertragen und wollte sie um alles in der Welt verhindern. Dass Paulina in den Deal einwilligte, euphorisierte sie geradezu. Und dass ihre Tochter nun sogar aufstand, um sich ein Brötchen und Käse vom Buffet zu holen, bestärkte sie darin, das Richtige getan zu haben.

Sie schmierte sich selbst noch einen Toast und schaute zu Tim hinüber, der sich angeregt mit Konstantin unterhielt. Wie schnell Kinder manchmal über ihren Streit hinwegkamen, faszinierte sie immer wieder. Gut gelaunt beendeten sie und Paulina ihr Frühstück und gingen dann zum Tisch der von Streselangs. Auch die Erwachsenen hatten offenbar beschlossen, die desaströse Partynacht im Nebel des Vergessens zu versenken. Anja plauderte kurz mit ihnen über das Wetter, legte die Hand auf Tims Schulter und sagte dann: „Wir machen uns jetzt mal langsam auf den Weg zum Strand. Habt noch einen schönen Tag!"

„Ja, danke, ihr auch", sagte Janine von Streselang, während Tim vom Stuhl rutschte. Er winkte Konstantin zum Abschied kurz zu und lächelte Anja erleichtert an.

Dass sie Paulina etwas versprochen hatte, was sie eigentlich nicht wollte, schob Anja in den hintersten Winkel ihres Bewusstseins. Sie würde sich später damit befassen, jetzt war sie erst mal erleichtert über die plötzlich wieder befreite Kommunikation mit ihren Kindern.

Beim Packen der Badesachen und auf dem Weg zum Strand scherzten sie miteinander. Ihre Flip-Flops klatschten über den heißen Asphalt; die Sonne prangte in einem wolkenlosen Blau. Es würde wieder heiß werden heute. Zum Glück war ein Schattenplatz an Paulinas Lieblingsuferstelle frei. Sie breiteten ihre Strandmatten aus, Tim kramte seine Gummischuhe aus dem Rucksack, zog sie in Windeseile an, schnappte sich seine Schwimmbrille und machte sich auf den Weg zum Wasser. Paulina war langsamer mit ihren Schuhen, holte den kleinen gelben Ball aus der Tasche und folgte ihrem Bruder.

Im Gehen winkte sie Anja zu. „Bis gleich, Mama."

„Viel Spaß!" Anja schaute den beiden hinterher, wobei ihr wohlig warm ums Herz wurde. Sie nahm ihren weißen Sonnenhut ab und holte die Wasserflasche aus ihrer Tasche. Trinkend sah sie zu, wie ihre Kinder mit vorsichtigen Schritten ins Wasser gingen. Paulina entschied sich schließlich für einen beherzten Hüpfer, um dann schnell loszuschwimmen. Ihr Bruder watete weiter, bis ihm das Wasser fast bis zur Brust reichte. Dann setzte er seine Schwimmbrille auf, ging in die Knie und tauchte ab. Sehr schön, jetzt würde Anja mindestens für eine Viertelstunde ihre Ruhe haben.

Sie packte die Wasserflasche weg und zog ihr Buch aus dem Seitenfach der Tasche. Es war eine schon leicht zerlesene Ausgabe von Rachel Cusks *A Life's Work: On Becoming a Mother*. Katrin hatte ihr das Buch quasi aufgedrängt, als sie Tim bei ihr abgeholt hatte. Ihre Söhne waren Freunde, und irgendwie mochten sie sich auch. Manchmal kamen sie schon früher als zur verabredeten Abholzeit, um ein bisschen miteinander zu quatschen. Seit Katrin vor einem Jahr noch ein Kind bekommen hatte, bemerkte Anja an ihr eine gewisse Angespanntheit. Immer wieder erwähnte sie auch, wie wenig ihr Mann sich in die Erziehungsarbeit einbrachte, aber munter die Karriereleiter hinaufkraxelte. Natürlich blieb er deshalb auch abends häufig länger im Büro, während Katrin den Wiedereinstieg in ihren Beruf in zunehmend weitere Ferne rücken sah.

„Hier, lies das mal", hatte sie bei ihrem letzten Treffen vor dem Urlaub mit geradezu verschwörerischer Miene gesagt und ihr das Buch in die Hand gedrückt. „Die hat voll recht. Sie beschreibt total gut, wie sich für Frauen durch das Kinderkriegen alles verändert. Wie isoliert sie sind und so weiter. Ist schon vor über zehn Jahren rausgekommen, wurde aber noch immer nicht übersetzt. Wahrscheinlich haben die Typen in den deutschen Verlagen Angst, dass die Frauen rebellieren, wenn sie das lesen."

Anja konnte sich kaum vorstellen, dass es sich um so heißen Stoff handelte, und steckte das weiße Taschenbuch mit dem Babygesicht auf dem Cover eher widerwillig ein. Schließlich war sie ja bereits viele Jahre Mutter. Was sollte diese Rachel Cusk ihr da groß Neues erzählen? Dass sie den Essayband dann doch eingepackt hatte, lag eher an mangelnden Alternativen – sie hatte tatsächlich keine ungelesenen Bücher mehr im Regal – als an echter Neugierde auf die Einsichten dieser Britin, die in Kalifornien aufgewachsen war. Im Flugzeug hatte Anja zu lesen begonnen und war sofort begeistert gewesen, weil ihr viele Sätze aus der Seele sprachen. Auch sie fühlte sich manchmal, als wäre sie in ihrer Mutterrolle zugleich Märtyrerin und Teufel oder als wäre sie in eine mystische Falle geraten. Niemals hätte sie gewagt, so etwas auszusprechen, geschweige denn zu schreiben. Dass eine andere Frau das tat, fand sie ungemein faszinierend und auch tröstlich.

Anja sah nach den Köpfen ihrer Kinder, stützte sich auf die Ellenbogen und schlug das Buch auf. Obwohl ihr Cusks Sätze wieder treffend erschienen, fand sie nicht recht in den Text. Sie schaffte gerade mal einen Absatz, dann klappte sie *A Life's Work* zu. Eine düstere Beklommenheit hatte sich in ihre Gedanken geschoben. Sie fühlte sich wie eine Verräterin. Mit einem Handstreich hatte sie Jovana abserviert – und die wusste noch nicht einmal davon. Das war grausam, aber es musste sein. Sie konnte ihre Kinder nach dem ganzen Trennungsdrama mit Phillipp nicht schon wieder mit einer verwirrenden Situation konfrontieren. Zumal sie ja selber gar nicht wusste, wo das alles hinführen sollte.

Klar, sie fand Jovana irre attraktiv und anziehend. Klar, sie hätte gerne mehr über sie erfahren und öfter mit ihr Sex gehabt, aber sie war halt kein Single, der sich mal eben in eine Urlaubsaffäre stürzen konnte. Jovana würde sicher ohnehin bald eine andere Touristin zum Vernaschen finden, redete sich Anja ein. Sie musste einen Weg finden, ihr zu sagen, dass diese Geschichte nicht weiterlaufen konnte. Es würde nicht ganz leicht sein, ihr das beizubringen, dachte sie, als ihr Telefon auf der Strandmatte vibrierte.

Das Display zeigt erst eine, dann zwei neue Nachrichten von Jovana. Krass, was für ein Timing. Ohne die App zu öffnen, sah Anja schon, dass Jo fragte, wie lange sie noch in Rovinj blieben. Mit einem tiefen Seufzer drehte sich Anja auf den Rücken. Wie hatte sie nur so sorglos sein können? Einfach mal treiben lassen … und dann auch noch mitten auf einem belebten Platz mit einer Frau herumknutschen. Das hätte sie nicht einmal gemacht, als sie mit Angela aus dem Illustrationskurs zusammen gewesen war. Mit ihr hatte sie höchstens manchmal Händchen gehalten in der Öffentlichkeit. Was sollte das jetzt also plötzlich alles?

Anja hielt nach ihren Kindern Ausschau und entdeckte sie im halbtiefen Uferbereich, wo sie sich mit der flachen Hand den Ball zuschlugen. Sicher arbeiteten sie wieder an einem neuen Rekord. Über dreißigmal hin und her hatten sie es das letzte Mal geschafft. Gerade hechtete Paulina nach einem etwas schiefen Schlag ihres Bruders – gerettet. Und weiter ging's.

Vielleicht war ihr Unterbewusstsein von Phillipp inspiriert, überlegte Anja. Wenn er sich plötzlich eine junge Geliebte nahm, wieso sollte sie nicht auch ein bisschen Spaß haben? Das klang ganz plausibel. Allerdings wollte Anja auf keinen Fall eine derart lachhafte, fast teeniemäßige Nummer abziehen wie ihr Ex-Mann. Sein Egoismus widerte sie an. Er hatte kein bisschen an seine Kinder gedacht, sondern nur an seinen Spaß. Umso wichtiger war es, dass sich wenigstens ein Elternteil verantwortungsvoll benahm. Stabilität war jetzt wichtig, Anja wollte nicht riskieren, dass die beiden irgendwelche Störungen entwickelten oder in der Schule gemobbt wurden. Das würde sie sich nie verzeihen.

Sie stellte sich vor, wie Tim heulend nach Hause kam und sie fragte, ob sie eine Lesbe sei. Obwohl sie im Schatten lag, bekam Anja einen Schweißausbruch. Sie setzte sich auf, griff nach ihrem Telefon und öffnete die App. Schnell tippte sie: „Wir sind noch bis Samstag hier. Wird wahrscheinlich knapp mit Treffen. Aber ich würde Dich gern anrufen. Wann ginge das bei Dir mal?"

Sie sah, dass Jovana online war, zwei blaue Häkchen erschienen neben ihrer Nachricht. Anja hoffte, dass unter ihrem Namen „*schreibt …*" erscheinen würde, doch nichts geschah. Missmutig sperrte sie den Bildschirm und schaute Richtung Wasser. Paulina und Tim waren auf dem Rückweg. Sie nahm noch einen Schluck aus der Flasche, steckte das Buch wieder in die Seitentasche.

„Vierundvierzig! Wir haben einen neuen Rekord!", rief Tim.

„Wir werden immer besser", fügte Paulina hinzu. „Morgen schaffen wir die Fünfzig!"

Anja lobte die beiden, während sie Tim in ein Handtuch wickelte und trocken rubbelte. Paulina warf den Ball neben die Matte und nahm sich ebenfalls ein Handtuch.

Mit einem halben Ohr verfolgte Anja das Gespräch ihrer Kinder. Sie hoffte, dass ihnen nicht auffiel, dass ihre Gedanken weit entfernt waren. Wieder stieg das Verräterinnen-Gefühl in ihr hoch. Diesmal empfand sie es gegenüber Paulina, die nicht mitbekommen durfte, dass sie Kontakt mit Jo hatte. Anja war sich sicher, dass es ihr gelingen würde, das zu verheimlichen. Für ein Telefonat ließe sich immer eine Erklärung finden, schließlich hatte sie hier schon Arbeitsgespräche geführt. Weitaus fraglicher war hingegen, dass sie die richtigen Worte finden würde, um Jo die Situation zu erklären. Obwohl sie sich sicher war, dass Jo kein Drama machen würde und ohnehin andere Optionen hatte, scheute sie vor dem direkten Kontakt zurück. Es wäre ihr fast lieber gewesen, wenn sie schon morgen und nicht erst in drei Tagen zurückgeflogen wären.

Sie schaute noch einmal auf ihr Telefon, doch es zeigte keine neuen Nachrichten an. Vielleicht verstand Jovana schon, was los war. Schließlich hatte sie geschrieben, dass es schwierig werden würde, sich noch einmal zu sehen. Wenn sie nicht antwortete, könnte Anja das als stilles Einverständnis deuten.

Mit einem kurzen Vibrieren legte das Telefon seinen Einspruch ein: „Klar, wir können telefonieren. Ruf mich irgendwann nach 18 Uhr an. Hab einen schönen Tag. xxx J"

Anja wollte zurückschreiben, entschied sich dann aber dagegen, weil sie nicht riskieren wollte, dass Paulina etwas mitbekam. Stattdessen steckte sie das Telefon in die Seitentasche und legte sich auf den Rücken. Ihre Kinder hatten beide ihre Comics vor sich aufgeschlagen. Wie idyllisch. Doch in Anja rumorte es. Sie brauchte dringend eine Abkühlung.

„Kinder, ich gehe mal kurz ins Wasser", sagte sie zu Paulina und Tim, die nur kurz aufschauten.

„Okay, bis gleich", murmelte Paulina.

Ohne vorher ihre Gummischuhe anzuziehen, lief Anja los. Es machte ihr nichts aus, dass sich die Steine im flachen Wasser in ihre Fußsohlen bohrten. Der Schmerz wurde vom Tumult in ihrem Inneren übertönt. Als sie endlich weit genug gegangen war, um loszuschwimmen, tauchte Anja unter und drückte sich mit kräftigen Zügen voran, bis ihr der Atem ausging. Sie liebte diesen Moment auch in seiner tausendsten Wiederholung noch immer genau so wie die ersten Schlucke einer eiskalten Weinschorle an einem warmen Sommerabend. Schnell kam sie an die Oberfläche. Nach einem Scan der Umgebung entschied sie sich für einen möglichst leeren Weg und kraulte los. Weiter und weiter, sie wollte nichts mehr denken, nur noch ein Wesen im Wasser sein. Es war weich und warm, mit jedem Zug fühlte sie sich mehr mit ihm verbunden. Sie wäre wohl bis nach Italien weitergeschwommen, hätten sie nicht fast einen umhertreibenden Algenarm verschluckt, der ihr bei einem Atemzug in den Mund geraten war. Hustend und prustend entfernte sie die Pflanze. Der rauschhafte Schwung war dahin. Anja blickte sich um und sah, dass sie verdammt weit draußen war. Um sie herum waren keine anderen Badegäste mehr. Sie war schon recht nah an der Strecke der Surfer. Untertauchend machte sie kehrt und schwamm im Brustsil langsam zurück.

22

Was für ein Unsinn! So ein beknacktes Zeug hatte Jovana schon lange nicht mehr gehört. Sie warf das Telefon in Richtung Fußende, zog das Kissen unter ihrem Nacken weg, presste es auf ihr Gesicht und schrie hinein. Zweimal, mit aller Kraft, dann nahm sie das Kissen weg und drehte sich auf den Bauch. Hat ihr diese Frau jetzt wirklich gerade erzählt, dass sie sich nicht mehr sehen können, weil sie ihre Kinder schützen will? Paulina sei verstört, und sie habe es ihr versprochen. In welchem Jahrhundert lebten diese Leute? Langsam wurde Jo wütend bei dem Gedanken, dass eine derart gut situierte Person aus einem doch ziemlich freien Land sich so aufführte. Vielleicht zeigte das spießige Halstuch, das Anja auf dem Webseiten-Foto trug, doch mehr von ihrer Persönlichkeit, als Jo wahrhaben wollte. Ihre Wut wuchs weiter und wendete sich bald gegen sie selbst: Diese Frau verdiente ihr Vertrauen nicht, wie peinlich, dass sie sich so geirrt hatte und ihr unberechtigterweise Dinge zugetraut hatte, zu denen sie offensichtlich niemals in der Lage sein würde.

Jovana richtete sich auf, um an ihr Telefon zu kommen. „Hast Du Zeit?", schrieb sie an Lisa, die online war.

„Ja, was gibt's? Willst Du anrufen?"

Lisa war die Beste! Wenige Sekunden später hörte Jo die Stimme ihrer Freundin, die es sich gerade mit einem Feierabendbier auf dem Sofa gemütlich gemacht hatte. Statt einer neuen Folge ihrer Netflix-Serie bekam sie nun Jos Real-Life-Soap, der sie gebannt lauschte. Ab und an fragte sie kurz nach („Und du bist auch gekommen, ja?"), brummte ansonsten aber nur einige Mmms und Okays in die Leitung.

Nachdem Jo ihr von dem Telefonat berichtet hatte, schrie sie: „What the fuck! So eine bescheuerte Tussi, vergiss die. Sofort!" Natürlich wusste Lisa, dass das nicht so einfach sein würde, weshalb sie versuchte, Jos Stolz zu wecken. „Die hat dich nicht verdient, du hast so was echt nicht nötig. Wenn sie nicht erkennt, was ihr entgeht, ist sie selbst schuld. Weißt du, was? Nimm es einfach als kleine Probe. Die gute Nachricht ist doch: Du bist *back in the game*. Jetzt können sich die Berliner Lesben auf dich freuen."

Jo musste lachen, ihr gefiel die sportliche Sichtweise ihrer Freundin. Es tat gut, ihre Stimme zu hören und zu spüren, dass jemand auf ihrer Seite war. Stärker war jedoch das Gefühl einer grauen Schwere, die sich in ihrem Brustkorb ausbreitete und sie in die Matratze drückte. Jo versank, atmete nur noch flach.

„Hallo, bist du noch dran?", sagte Lisa. Als sie keine Antwort erhielt, rief sie lauter: „Jo, hörst du mich? Alles okay?"

Mit einem Japser tauchte Jovana wieder auf und antwortete mit belegter Stimme: „Ja, ja, ich bin da. War nur gerade eine schlechte Verbindung. Danke für deine Worte. Du hast sicher recht, allerdings bin ich im Moment einfach zu niedergeschlagen, um das so zu sehen. Aber wenn ich wieder in Berlin bin, werde ich definitiv an meinem Szene-Comeback arbeiten."

Beide lachten und verabredeten sich auf ein Bier in der Olfe, wenn Jo zurück war.

Nachdem sie aufgelegt hatte, drehte sich Jo wieder auf den Bauch, vergrub ihr Gesicht im Kissen. Gern hätte sie ein wenig geweint, aber es gelang ihr nicht. Stattdessen dämmerte sie in einen leichten Schlaf. Sie sah Anja – an den Händen ihre Kinder – die Straße entlanggehen, an der Jo hinter dem Werbestand auf Kundschaft wartete. Als Anja sie passierte, schaute sie nicht zur Seite, reagierte auch nicht auf das „Hi" von Jovana. Sie rief es ein weiteres Mal, jetzt lauter – und schreckte aus ihrem Traum hoch. Leider sehr realistisch, hätte sie jetzt nicht gebraucht.

Jovana kramte ihr Telefon hervor und fragte Maja, ob sie später Zeit für ein Bier hätte. Auch hier kam schnell eine positive Antwort, was Jovana einen erleichterten Seufzer entlockte. Am liebsten hätte sie sich sofort ein paar Schnäpse reingekippt. Dann besann sie sich: So dramatisch war es nun auch wieder nicht. Sie würde sich einfach ein wenig ablenken, Mailbox checken, Facebook und Instagram durchscrollen. Geht schon …

Nach wenigen Minuten wurde Jovana klar, wie ignorant sie in den letzten Tagen gewesen war, die sie größtenteils abseits von Medieninformationen verbracht hatte. Das beherrschende Thema der Posts war die Flüchtlingssituation, Berichte von der Balkanroute und über Tausende, die in der Sommerhitze vor dem LAGeSo in Berlin warteten – es war der Horror. Und sie heulte hier wegen einer Frau herum, wie peinlich. Jo schaute sich die Bilder der Geflüchteten in Moabit an, die im Schatten saßen oder Wasser von Helferinnen entgegennahmen. In der Menge waren viele Kinder, manche noch kleiner als sie selbst damals bei ihrer Ankunft in Baden-Württemberg. Die Ärmsten hatten keine Ahnung, was auf sie zukam in diesem Land, wo zwar nicht geschossen wurde, man Neulingen jedoch gerne klarmachte: Eigentlich hätten wir es lieber, ihr wäret nicht hier. Seid still, dankbar und geht bald wieder.

Doch Jovana wollte damals ohnehin nicht in Deutschland sein. Dass sie aus Rovinj wegmussten, hatte sie lange nicht verstanden. Sie hatte sich gerade an die neue Situation gewöhnt und eine Freundin in der Schule gefunden. Immerhin konnte sie ihr Auf Wiedersehen sagen, bevor die Familie wieder den armen Yugo bis oben vollpackte. Bei ihrer ersten Flucht hatten sie und Lidija sich außer bei der Oma und deren Schwester bei niemandem verabschieden können. Das war für Jovana vor allem deshalb schrecklich gewesen, weil sie Jelena nicht mehr gesehen hatte, ihre beste Freundin, seit sie beide laufen konnten. Sie hatten fast jeden Nachmittag miteinander verbracht, saßen in der Schule nebeneinander und waren sich sicher: Weil ihre Namen mit J begannen, waren sie etwas Besonderes, schließlich fing ja auch Jugoslavija mit einem J an.

Es tat unglaublich weh, nicht mehr mit Jelena verbunden zu sein. Sie war für Jo viel mehr eine Schwester gewesen als Lidija. Würde Jelena verstehen, dass die Familie nicht im

Dorf bleiben konnte? Würde sie an sie denken oder schon bald eine neue beste Freundin haben? Vor allem der Gedanke, sie könnte ausgetauscht werden, quälte Jovana in den ersten Wochen in Rovinj. Sie hatte versucht, bei Jelena anzurufen, aber die Leitungen waren tot. Deshalb schrieb sie ihr einen langen Brief, in dem sie alles erklärte und ihr von ihrem neuen Alltag erzählte. Auf den Umschlag malte sie Herzchen, Sonnen und Blumen. In großen, überdeutlichen Buchstaben schrieb sie die neue Adresse, einmal in lateinischer und einmal in kyrillischer Schrift. Dann rannte sie zum Briefkasten am Ende ihrer Straße, küsste den Umschlag und warf ihn ein. Abends betete sie sogar, dass der Brief es zu Jelena schaffen und sie ihr antworten möge.

Wochenlang rannte sie nach der Schule immer sofort zum Briefkasten. Wenn wieder nichts oder nur irgendwelche Erwachsenenbriefe darin waren, sprintete sie zu Marija, um zu fragen, ob Post für sie gekommen sei. Irgendwann gab Jo auf. Sie war nicht böse auf Jelena, sicher hatte sie ihren Brief nie bekommen, dachte aber genauso oft an sie wie Jo. Tatsächlich war das mit dem An-Jelena-Denken nach einem halben Jahr in Rovinj etwas weniger geworden. Daran war vor allem ihre Mitschülerin Kristina schuld, die sich von Beginn an um Jovana bemüht hatte. Sie hatte sich in den Pausen zu ihr gestellt, als sie allein beim Basketballfeld rumhing und den anderen zuschaute. Anfangs hatte Kristina nicht viel gesagt, nur den einen oder anderen Korb kommentiert. Dass sie von Basketball Ahnung hatte, bestätigte sich bei einem ihrer ersten Gespräche, das sich um die Weltmeisterschaft von 1990 drehte. Jugoslawien hatte im Halbfinale die USA besiegt und im Finale die Sowjetunion alt aussehen lassen. Kristina schwärmte von Dražen Petrović, Toni Kukoč und Vlade Divac, die ja dann alle in die NBA gingen.

„Sie haben so toll zusammengespielt. Da kam keiner ran, sie waren die Besten", sagte sie, während auf dem Schulhof ein Ball an den Ring prallte und zurück ins Feld flog.

Jovanas Vater hatte das WM-Finale in der Nacht live im Fernsehen gesehen. Am nächsten Tag war er müde und glücklich. Es lief eine Wiederholung, die er sich zusammen mit Jo anschaute. Sie jubelten dem Team zu, es war einer ihrer glücklichsten Momente mit ihm gewesen.

„Glaubst du, sie werden nächstes Jahr Olympiasieger?", fragt sie Kristina.

„Ganz sicher!"

In ihrer Vorfreude hatten sie völlig ausgeblendet, dass es die Mannschaft nicht mehr geben würde. Petrović und Kukoč liefen jetzt für Kroatien auf. Divac war Serbe und spielt weiter für das nun deutlich kleinere Jugoslawien. Zu ihm war nach dem WM-Finale in Buenos Aires ein Fan mit einer Fahne gekommen. Als der Center sah, dass es nicht die jugoslawische war, sondern etwas, das aussah wie die spätere kroatische Flagge mit dem rot-weißen Schachbrett in der Mitte, warf er sie mit einer unwirschen Handbewegung weg.

Jugoslawien durfte 1992 nicht an den Olympischen Spielen teilnehmen, Kroatien wurde im Finale vom Dream Team zerlegt. Ob es dem alten Team anders ergangen wäre? Im Erwachsenenalter glaubte Jovana es nicht mehr – schließlich waren Michael Jordan, Scottie Pippen und Magic Johnson die Gegner gewesen. Ihr elfjähriges Ich war im olympischen Sommer sicher, „dass wir die Amis plattgemacht hätten".

Von Kristina hatte Jovana sich verabschiedet, bevor die Familie sich auf den Weg in Richtung Deutschland aufmachte. Sie schrieben sich noch eine Weile, dann tröpfelte der Kontakt aus. Später hatte Jo die Freundin auf Facebook gefunden, doch ihr keine Freundschaftsanfrage gestellt. Zu weit schien die Distanz zu ihr und ihrem Hetero-Familienleben in Dubrovnik, wo sie offenbar inzwischen lebte. Ob sie wohl noch Basketball-Fan war?

23

Anja fühlte sich mies. Als sie mit Jovana telefoniert hatte, war sie noch aufrichtig davon überzeugt gewesen, das Richtige zu tun. In ihrem für geschäftliche Gespräche reservierten Tonfall hatte sie alles erläutert und war froh über die Einsilbigkeit von Jo gewesen, die am Ende gezischt hatte: „Na, dann einen schönen Urlaub noch."

Es klang eher wie „ein schönes Leben noch". Und so war es ja auch: Anja hatte Jo aus ihrem Leben geschmissen, bevor sie überhaupt drin gewesen war. Dass das besser so war, hatte Anja vor und während des Telefonats ganz sicher gewusst. Die Erleichterung, die sich gleich danach eingestellt hatte, bestätigte es. Jetzt würde sie die verbleibenden Tage entspannt mit ihren Kindern am Strand genießen, was an diesem Nachmittag auch aufs Harmonischste der Fall gewesen war. Doch jetzt – Paulina und Tim waren ohne Theater ins Bett gegangen – lag sie wach und fühlte sich wieder wie eine Verräterin. Ihr wurde heiß, sie strampelte das Laken von ihrem Körper, drehte sich um, spulte das Telefonat in ihrem Kopf ab. Eine Welle des Selbsthasses toste in ihr. Was für ein Arsch sie sein konnte!

Nicht auszuhalten. Sie brauchte einen Drink. Anja schaute zu ihren Kindern, die ruhig und regelmäßig atmeten. Wahrscheinlich schon die Tiefschlafphase. Langsam richtete sich Anja auf, verließ das Bett, zog sich eine Bluse und eine herumliegende weite Hose über. Sie schaltete die Handy-Taschenlampe an und steuerte die Ecke mit Tims Malsachen an. Auf das oberste Blatt des Din-A4-Blocks schrieb sie in großen roten Buchstaben: „Bin kurz in der Bar. Wenn was ist, ruft bei der Rezeption an und sagt, die sollen mich holen. Einfach die 0 wählen." Sie legte das Blatt auf ihr Kopfkissen, steckte die Chipkarte ein, klaubte ihre Flip-Flops vom Boden auf und schlich zur Tür, die sie fast völlig geräuschlos ins Schloss zog.

Im Aufzug fiel ihr auf, dass ihr Outfit nicht gerade bargeeignet war, doch es scherte sie nicht. Hauptsache, die von Streselangs wären nicht dort. Ihr Wunsch wurde erhört. Nur zwei Tische waren besetzt, ein Paar und eine Vierergruppe tranken dort.

Anja setzte sich an die linke Ecke des leeren Tresens, hinter dem wieder die nette Barkeeperin vom letzten Mal Dienst tat. Wie alle Angestellten des Hotels trug sie Schwarz-Weiß, allerdings waren die braunen Haare diesmal in einem Knoten gebunden statt als Pferdeschwanz. Mit einem Lächeln trat sie zu Anja, wünschte einen guten Abend und fragte nach Anjas Getränkewunsch.

„Single malt whiskey, no ice and a glass of water, please."
„Right away."

Anja war noch nie allein in einer Bar gewesen, sie kam sich ein bisschen verwegen vor – und auch bescheuert. Aber nach dem ersten Schluck verflog das Gefühl. Wie gut ihr die Wärme des Alkohols tat. Sie schaute zu dem Paar, einer Frau und einem Mann Mitte vierzig. Ob die wohl glücklich waren? Schon lange verheiratet oder frisch verliebt? Anja tippte auf lange zusammen, denn die beiden waren auf eine selbstverständliche, aber zugleich zärtliche Weise vertraut miteinander.

Genau das hatte sie für ein paar Jahre mit Phillipp gehabt. Wie das verschwunden war, konnte sie sich nicht erklären. Es war ihr zwischen den Fingern zerronnen. Würde sie eine ähnliche Ebene mit jemand anderem noch einmal erreichen? Sie trank das Glas aus und signalisierte der Barkeeperin, dass sie ein weiteres bestellen wollte.

„Double, please", sagte sie.

Lächelnd griff die Frau nach der Flasche und kam zu Anja, die ihr Glas in ihre Richtung schob. Mit einer kleinen Geste machte sie ihr klar, dass sie es auffüllen konnte und kein neues Glas nötig war. Die Barkeeperin kam dem großzügig nach.

„Hvala", sagte Anja und schaute direkt in ihre freundlichen Augen. Ein aufmunterndes *„Cheers!"* kam zurück.

Bevor sie den nächsten Schluck Whisky nahm, griff Anja zum Wasserglas. Während sie trank, fiel ihr Blick auf den Platz, an dem sie vor wenigen Tagen mit Jovana und den Kindern gesessen hatte. Es kam ihr vor, als wäre das in einer anderen Galaxie geschehen. Doch die Traurigkeit, die sie mit einem Mal verspürte, war ganz und gar von dieser Welt. Warum konnte sie nicht zu diesem aufregenden Flirren zurückkehren, das Jovanas Gegenwart in ihr ausgelöst hatte? Warum durfte sie ihre wunderbare Haut mit den vielen Bildern nicht mehr berühren?

Mit einem Seufzer setzte Anja das Glas ab. Offenbar war er lauter gewesen, als sie vorgehabt hatte, denn die noch immer recht nah stehende Barkeeperin wendete ihren Kopf. Anja fing ihren Blick auf, was sie als Konversationsaufforderung verstand.

Erneut erschien das freundliche Lächeln auf ihrem Gesicht, sanft sagte sie: *„Tough night?"*

Ja, eine harte Nacht war das, bestätigte Anja nickend und mit einem leisen *„Yes"*. Ein weiterer Whisky-Schluck tat seine wohlige Wirkung. Sie war überrascht, dass die Frau auf der anderen Seite des Tresens noch einmal die Stimme erhob.

„The kids?", fragte sie.

Wie kam sie nur darauf? Gerade hatte Anja nur an sich selbst gedacht, hatte sich nach einem Gefühl gesehnt, das wie ein süßes Gift in ihren Adern pulsierte. Doch die Barkeeperin hatte auch dieses Mal recht: Letztlich war sie wegen ihrer Kinder hier, letztlich ging es um die beiden. Für sie musste Anja stark sein. Wenn sich der Vater von Paulina und Tim nicht wie ein Erwachsener verhalten konnte und stattdessen seine verfrühte Midlife-Crisis auslebte, war es an ihr, den Part des verantwortungsvollen Elternteils zu übernehmen. Sorgerecht war für sie eben auch Sorgepflicht, Sorgeverantwortung, Rundum-Sorge einfach.

So nickte Anja ein zweites Mal. Mehr aus Höflichkeit fragte sie zurück, ob die Barkeeperin auch Kinder habe. Sie bejahte, nannte die Namen und das Alter ihrer drei Söhne. Nach wenigen stolzen Sätzen über deren schulische und sportliche Erfolge befand sie: *„Children are the most important thing we have in this world.“* Ihr Lächeln strahlte diesmal noch intensiver, und Anja stimmte ihr mit einem schiefen Grinsen zu.

Sie hob ihr Glas: *„To the kids!“*

Die Mütter lächelten einander an. Überraschenderweise ließ dieser kurze Austausch von Phrasen neue Energie in Anjas Körper fließen. Sie fühlte sich bestärkt, war sich jetzt endgültig sicher, die richtige Entscheidung getroffen zu haben. Erleichtert leerte sie ihr Glas.

Zum Glück hatte sie keinen weiteren Unsinn mehr getrieben, nicht auszudenken, wenn die Kinder etwas mitbekommen hätten. Sie nahm sich vor, nie wieder so egoistisch zu sein. Das schuldete sie ihrer Familie – und sich selbst. Die Frau hinter der Bar hatte ihr Zuprosten mit einem Wasserglas erwidert. Jetzt ging sie zu dem Pärchen in den Gastraum; die beiden wollten bezahlen. Anja überlegte, ob sie noch einen Whisky nehmen sollte, um ihre wiedergefundene Stärke zu begießen. Doch als die Barkeeperin zurückkam und fragte, ob sie noch etwas wünschte, verkündete Anja, dass sie nun ins Bett müsse.

„But it was very nice talking to you. Thanks a lot“, sagte sie und bat darum, dass ihre Drinks auf ihre Zimmernummer gesetzt wurden. Bedauernd fügte sie an, auf diese Weise kein Trinkgeld geben zu können. *„I don't have any money with me.“*

„No problem. Have a good night“, sagte die Barkeeperin, und während Anja von ihrem Hocker kletterte, fügte sie hinzu: *„Your kids will be alright. Don't worry.“*

Anja lachte und sagte, dass sie das auch glaube. Beschwingt ging sie durch den Raum, an der Tür winkte sie und sagte *„good night“* in Richtung Tresen.

24

Ihr Kopf stand kurz vor dem Zerplatzen. Zwar hatte Jovana nach dem Aufstehen ein Aspirin genommen, doch ihr Kater schien davon keinerlei Notiz zu nehmen. Es nervte Jo, doch genau das war ja gestern Abend der Plan gewesen: sich abzuschießen und diesen ganzen Quatsch mit Anja möglichst weit nach hinten zu schieben. Das war ihr gelungen, denn ihr Schädel war nun vollkommen ausgefüllt von den sägenden Schmerzen – kein Platz für Grübeleien oder verdrehte Gefühle.

Heute ging es einfach nur darum, durch den Tag zu kommen. Dass der Großputz der Schiffe anstand, die beide nur ein- statt zweimal rausfuhren, passte ihr gut. Sie musste nicht am Stand arbeiten, was am Vormittag Marija erledigt hatte, sondern nur pünktlich bei der Aneta auftauchen und machen, wozu sie Bogdan einteilte. Auf dem Rad war sie ein wenig zu Sinnen gekommen; auf dem Schiff führte sie die aufgetragenen Arbeiten mit einem stumpfen Stoizismus aus. Geduldig wischte sie alle Bänke und Tische ab. Selbst die Toilette machte ihr diesmal nichts aus. Ihre volle Konzentration galt dem Reinigungsmittel und dem blauen Schwamm, mit dem sie über die Flächen wischte. Als sie schließlich wieder an Deck kam, wehte ein leichter Wind, der sich anfühlte, als wollte er jeglichen Schmerz von Jo forttragen. Bereitwillig übergab sie ihm alles – und bald darauf fühlte sich ihr Kopf tatsächlich leichter an.

Sie ging zu Bogdan, der am Heck begonnen hatte, den Boden zu wischen. *„Gotova sam. Da li ima još nešto?"*, fragte sie ihn, obwohl ihr klar war, dass es hier keine weiteren Aufgaben für sie gab. So verneinte ihr Onkel denn auch und entließ sie in die Pause. Wenn die Galeb 2 von ihrer Tour zurückkam, stünde auch dort eine besonders gründliche Reinigung an.

Jovana ging von Bord, vorbei an ihrem Fahrrad zum Kühlschrank eines Kiosks, aus dem sie sich eine Limonade nahm und bezahlte. Nach ein paar Schlucken lief sie am Hafenbecken entlang in Richtung Majas Anlegestelle, wo sich gerade ein kleiner Touripulk um den grün-gelben Schirm herumdrückte. Offenbar kamen die Leute aus England. Jo schnappte ein paar Sätze auf und erhaschte nur einen kurzen Blick auf Majas Locken. Die Freundin war selbst für einen kurzen Gruß zu beschäftigt. Im Vorbeigehen schickte Jo ihr ein paar positive Gedanken und suchte sich dann einen Platz am Kai, um in Ruhe zu rauchen. Als sie den ersten Zug inhalierte, fühlte sie sich endgültig von ihrem Kater befreit.

Es war am Abend zuvor gut gewesen, mit Maja zu sprechen. Sie hatte die Sache ähnlich wie Lisa gesehen: Vergiss die Frau, sie verdient dich nicht, hatte sie gesagt. Und: Sei froh, dass du deine Lust wiedergefunden hast. „Jetzt kannst du sie Frauen geben, die das auch zu würdigen wissen." In Berlin werde es ja wohl ausreichend Interesse geben für eine so heiße, coole Person wie sie.

Das zu hören fühlte sich gut an, allerdings gab es zwischen Jos Selbst- und Fremdbild seit jeher eine eklatante Abweichung. Ein Großteil ihrer Coolness war das Resultat ihrer in einer oftmals feindseligen Umgebung entwickelten Überlebenstechniken. Nie eine Miene zu verziehen, stets ruhig zu sprechen, nach Möglichkeit im Kopf schon zwei Schritte voraus zu sein und sich nicht angreifbar zu machen, all das hatte sie in ihren ersten Jahren in Deutschland gelernt und in Berlin perfektioniert. Ob hinter dem Bartresen oder in der Szene – Jovana versuchte, wie ein Monument der Selbstsicherheit zu wirken. Das funktionierte irgendwann wie eine Autosuggestion, denn die anfangs in ihr tobenden Ängste nahmen nach und nach ab.

Wie eine lässige *stone butch* fühlte sie sich deshalb aber noch lange nicht. Selbst als die Bilder auf ihrer Haut zahlreicher wurden und sie als Tätowiererin erste Erfolge hatte, gab es in ihr weiterhin das Gefühlsecho des Flüchtlingsmädchens, das sich bemühte, zwischen lauter kreischenden Blondschöpfen nicht aufzufallen und gegen jeden Angriff gewappnet zu sein. Schnell die Sprache der Schwabos zu lernen war dabei zentral gewesen. Jovana wollte wissen, was sie über sie sagten – selbst wenn sie nichts erwiderte.

Den Privatunterricht, in den ihre Eltern sie und Lidija geschickt hatten, verfolgte sie deshalb mit großer Aufmerksamkeit. Ihr Lehrer war Milan, ein Großcousin zweiten Grades, der in Deutschland zur Welt gekommen war. Seine Eltern hatten in den Siebzigern als Gastarbeiter geschuftet und schließlich ein kroatisches Restaurant in Esslingen eröffnet. Um sein BAföG aufzubessern, arbeitete Milan dort als Aushilfskellner, und er gab jugoslawischen Kindern in seiner winzigen Stuttgarter Wohnung Deutschunterricht. Dass er sehr groß war und eine tiefe Stimme hatte, flößte seinen jungen Schülerinnen und Schülern Respekt ein.

Jovana liebte aber vor allem seine Beispielsätze, die oft so blödsinnig waren, dass sie sich automatisch im Kopf festkrallten. „Jens geht mit seinem Esel ins Eiscafé." „Der Esel bestellt einen Cappuccino, Jens nimmt ein Schaumbad." Noch Jahre später musste Jovana bei der Erwähnung von Eiscafés oder Eiskaffee jedes Mal an den Cappuccino trinkenden Esel denken und grinsen. Gut an Milan war auch die Engelsgeduld gewesen, mit der er immer wieder falsche Artikel verbessert hatte oder ihnen die richtige Aussprache der Umlaute vorgemacht hatte.

Als Lidija ihn irgendwann nach der Übersetzung von Wendungen wie *„Pusti me na miru!"* oder *„Idi u pičku materinu!"* fragte, kam er mit einer ganzen Reihe von hilfreichen Übersetzungsvorschlägen, von denen „Verpiss dich!" zu Lidijas und Jovanas Lieblingswendung wurde. Sie sagten es nicht nur zu nervenden Jungs auf dem Schulhof, sondern noch häufiger zueinander. Das war der Enge des Heims geschuldet, in dem sie die ersten Monate untergebracht waren – und ließ sich kaum in die Tat umsetzen, denn die Eltern erlaubten ihnen anfangs keinen unbegleiteten Schritt nach draußen. Erst zehn Jahre später begriff Jovana, wie recht sie damit gehabt hatten. Zwar war ihr unklar, ob ihre Eltern von den

Anschlägen in Rostock und Mölln gehört hatten, doch blickte sie im Nachhinein mit mehr Verständnis und Dankbarkeit auf die damalige Vorsicht.

Die Zigarette und der Blick aufs Wasser taten Jovana gut. Sie trank einen Schluck aus der Limoflasche, dann schaute sie auf ihr Telefon. Hannah aus der Berliner WG hatte ihr vor wenigen Minuten eine Sprachnachricht geschickt. Jovana war überrascht, denn die beiden hatten eher ein neutrales bis kühles Verhältnis. Hoffentlich gab es keinen Stress mit dem Vermieter.

„Hey, Jo, Hannah hier. Sorry, dass ich dich störe, aber es ist ein bisschen dringend. Du hast ja wahrscheinlich mitbekommen, was hier in Berlin los ist mit den Geflüchteten am LAGeSo. Heiner aus dem Kollektiv hat sich mit den Leuten von ‚Moabit hilft‘ vernetzt, und sie suchen dringend Schlafplätze für Geflüchtete. Wir wollten dich fragen, ob wir vielleicht dein Zimmer zur Verfügung stellen können, solange du nicht da bist. Im Gemeinschaftsraum schläft auch schon ein syrisches Paar. Meld dich kurz, wenn du kannst."

Das war ja mal eine gute Aktion. Jo stutzte nur kurz bei der Erwähnung von Heiner, den sie für einen ekelhaften Pseudo-Feministen hielt. Aber okay, er war nur der Verbindungsmensch. Sie wählte Hannahs Nummer. Nach einem Klingeln hörte sie die Stimme ihrer Mitbewohnerin. „Ey, hallo, super, dass du dich meldest. Was denkst du?"

„Ja, macht das gern. Du müsstest ein bisschen aufräumen bei mir. Habe ich nicht mehr geschafft, bevor ich weggefahren bin."

Das sei kein Problem, versicherte Hannah und erklärte ihr das Prozedere der Schlafplatzvergabe.

„Ich bin noch drei Wochen weg, gern könnt ihr das Zimmer so lange nutzen. Finde ich toll, dass ihr helft", sagte Jo, die sich nun nicht mehr ärgerte, dass ihre Sommer-Zwischenmieterin wegen eines Familiennotfalles schon nach zwei Wochen wieder ausgezogen war. Weil sie befreundet waren, hatte Jo ihr den größten Teil der Miete für den restlichen Zeitraum erlassen. Wie gut, dass jetzt Bedürftige davon profitierten. Jo verabschiedete sich von Hannah, denn sie sah, wie die Galeb 2 in den Hafen einlief. Sie stand auf und machte sich auf den Rückweg.

25

Am vorletzten Urlaubstag fragte Tim beim Abendessen plötzlich: „Wo ist eigentlich Jo? Wir haben sie gar nicht mehr gesehen."

Anja gab sich überrascht: „Stimmt, ja, komisch. Hat sich irgendwie nicht mehr ergeben jetzt", sagte sie und schaute zu Paulina, die geschäftig in ihren Pommes herumstocherte. Mit Bedacht hatte Anja den Weg vermieden, an dem Jovanas Stand lag, selbst die Anlegestelle der Schiffe hatte sie im Auge behalten, damit es nicht zu zufälligen Begegnungen kam.

„Hmm, schade", sagte Tim. „Aber kann ich ihr morgen noch Tschüs sagen?"

Seit wann legte ihr Sohn auf solche Rituale wert? Wahrscheinlich hatte es etwas mit der gestrigen Abschiedslitanei zu tun, die er mit Konstantin zelebriert hatte. Schon am Tag zuvor war der Sohn der von Streselangs beim Frühstück zu ihnen herübergekommen, um zu verkünden, dass sie abreisen würden. Tim wollte deshalb an diesem Tag bei Konstantin bleiben, was Anja ihm erlaubt hatte.

Sie und Paulina waren allein zum Strand gegangen, wo Paulina eine außergewöhnlich lange Geschichte über ihre Schulfreundin Lena erzählt hatte. Als es darum ging, dass sie sich wünschte, öfter bei ihr zu übernachten, fragte sich Anja für einen Moment, ob ihre Tochter lesbisch sein könnte, schweifte dann aber in Gedanken zu Jovana. Hatte Jo schon immer gewusst, dass sie auf Mädchen stand? Anja versuchte, sich Jo mit einem Mann im Bett vorzustellen, was ihr erst recht nicht gelang.

„Mama! Jetzt sag doch mal!", hörte sie wie aus einem anderen Land ihre Tochter rufen.

Anja wendete sich zu ihr: „Sorry, ich war gerade abgelenkt. Was wolltest du wissen?"

„Ich hab gefragt, wie viele Leute ich in diesem Jahr zum Geburtstag einladen darf."

„Das ist ja noch ein bisschen hin, aber überleg dir doch einfach mal, wen du alles dabeihaben willst, und dann schauen wir, ob das passt."

„Okay! Ich glaube, diesmal dürfen auch Jungs kommen."

„Klar, gern." Anja musste an ihre ersten Versuche denken, mit Paulina über Liebe und Sex zu reden. Das war alles recht unbeholfen gewesen.

Irgendwann hatte Paulina gesagt: „Ich kann dich ja dann noch mal fragen, wenn es so weit ist."

Dankbar hatte Anja genickt. Und zum Glück gab es ja auch noch den Aufklärungsunterricht in der Schule. Damit hatte sie den ganzen Themenkomplex auf unbestimmte Zeit verschoben. Jetzt bemerkte sie, dass sie Homosexualität – trotz ihrer eigenen Erfahrungen – überhaupt nicht erwähnt hatte. Wie ärgerlich! Und in der Schule fiel das sicherlich auch unter den Tisch. Zu gerne hätte Anja ihre Tochter danach gefragt, doch weil ihr das zu nah an ihren Kuss mit Jovana heranführte, verzichtete sie darauf. Sie genoss es, dass Paulina seit ihrem Deal so aufgeweckt und zugewandt war wie seit Jahren nicht mehr. Diesen Zustand wollte sie keinesfalls gefährden.

Paulina sprang auf und rannte mit einem „Ich geh schwimmen" zum Wasser.

„Viel Spaß!", rief Anja ihr hinterher. Sie drehte sich auf den Bauch, um Rachel Cusks Buch aus der Tasche zu ziehen. Es faszinierte sie, wie ehrlich die Autorin die einschneidenden Veränderungen ihres Lebens nach der Geburt ihrer Tochter beschrieb. Dass sie sich sogar traute, Gefängnismetaphern für die Stillzeit zu benutzen, fand sie geradezu verboten gewagt. Obschon es lange her war, dass Anja selbst gestillt hatte, kam ihr das alles äußerst vertraut und wahr vor. Immer wieder haute Cusk zudem Sätze raus, die sie ins Mark trafen. Einer davon lautete: „Mutterschaft ist eine Karriere in Konformität." Da hatte sie vollkommen recht – sosehr eine Frau sich auch dagegen wehrte: das Muttersein verlief auf bestimmten Schienen, die nicht ignoriert werden konnten. Ja, es war hart, aber es lohnte sich.

Anja hob den Blick vom Buch zum Wasser. Nach wenigen Sekunden fand sie Paulina, die sich in zackigen Brustzügen parallel zur Uferlinie bewegte. Mit einem Mal tauchte sie unter und kam kurz darauf im weniger tiefen Wasser wieder zum Vorschein. Dort konnte sie stehen. Mit beiden Händen strich sie ihre Haare zurück und schaute in die Richtung ihrer Mutter. Wie schön, dachte Anja und setzte sich auf, um ihr winken zu können. Paulina hob den rechten Arm und erwiderte den Gruß. Anja lächelte in sich hinein. Am liebsten hätte sie sich diesen Moment eingerahmt.

Der letzte Tag in Rovinj war gekommen. Weil Anja es Tim versprochen hatte, gingen sie nach dem Frühstück zum Stand von Jovanas Familienunternehmen. Schon als sie in die Straße einbogen, erblickte sie Jo, die ganz in Weiß gekleidet war und eine dunkelblaue Baseballkappe trug. Gerade reichte sie zwei Frauen eines der bunten Faltblätter mit den Angeboten für die Schiffstouren. Nach einem kurzen Wortwechsel zogen sie weiter. Das war das Signal für Tim loszusprinten.

Weil er ihren Namen rief, war Jo auf den heranstürmenden Jungen vorbereitet. Anja sah, dass sie lachte, vor den Stand trat und in die Hocke ging. Die wenig später erfolgende Umarmung wirkte, als sähen sich eine Tante und ein Neffe nach langer Trennung endlich wieder. Obwohl Anja Ähnliches bei Tim schon mit ihrer Freundin Katinka gesehen hatte, verwirrte sie die Innigkeit dieses Bildes. Es erschien so stimmig und vertraut.

Als sie und Paulina dazukamen, hatte sich Jo bereits aufgerichtet und war hinter den Stand getreten. Dicht neben ihr berichtete Tim von den vergangenen Tagen. „Und morgen müssen wir zurück nach Hamburg. Komm mal vorbei! Dann essen wir ein Eis."

„Ja, mal schauen, vielleicht machen wir das", sagte Jo und schaute dann zu Anja und Paulina.

„Hallo", sagte Anja.

„Hi", antwortete Jo.

„Wir wollten uns verabschieden, weil wir morgen fahren."

„Ja, hab schon gehört. Gute Reise dann."

Anjas Magen wurde von links nach rechts gezogen. Jos monotoner Tonfall, ihre Distanziertheit machten sie fertig. Ohne die Barriere zwischen ihnen hätte sie sicher versucht, sie zu berühren. Stattdessen spürte sie, wie Paulina ihre linke Hand in ihre Rechte schob. Anja schaute in das lächelnde Gesicht ihrer Tochter und sammelte Kraft für ihre Antwort: „Vielen Dank, dir auch noch eine gute Zeit hier und dann eine gute Reise nach Berlin."

Ganz sanft drückte Paulina ihren Daumen. Derart bestärkt, wendete Anja sich ab vom grünen Leuchten in Jovanas Blick.

„Danke und tschüs", hörte sie Jo noch sagen, während Tim zu ihre rüberkam.

„Tschüs, Jo, tschüs, tschüs!", rief ihr Sohn. Er war der Einzige der drei, der ihr im Weggehen winkte. Jo warf ihm eine Kusshand zu. Ihr Lächeln war schmal und schwach.

26

Auf dem Balkon liegen, Kaffee trinken, einkaufen gehen – die Tage bei ihren Eltern in Šibenik taten Jovana gut. Ihre Gespräche handelten fast ausschließlich davon, was gerade im Fernsehen lief oder was man zum Abendessen kochen würde. Am ersten Tag hatte Jo kurz berichtet, wie es in Rovinj gewesen war. Ihre Mutter hatte ihren Fleiß gelobt und der Vater die Geschäftstüchtigkeit seines Bruders. Anschließend konzentrierte man sich wieder auf den eigenen Alltag.

Seit sie aus Deutschland hierhergekommen waren, schauten Jos Eltern nicht mehr zurück. Auch nicht auf ihre Zeit vor der Flucht. Noch zweimal waren sie in ihr Dorf zurückgekehrt, um den Verkauf des Hauses zu regeln. Der Preis, den sie mit der inzwischen dort wohnenden Familie ausgehandelt hatten, war viel zu niedrig gewesen, doch Jovanas Mutter wollte das Ganze einfach nur hinter sich bringen. Dass sie einige Bilder, Küchenutensilien sowie zwei Schränkchen und einen alten Sessel mitnehmen konnte, war ihr wichtig gewesen. Das Grab ihres Vaters ein letztes Mal zu besuchen ebenfalls. Anschließend zog sie einen schweren Vorhang vor diese Gegend und ihre Zeit dort. Zum Glück hatte ihre Mutter nichts von diesem Albtraum mehr erleben müssen.

Die Fixierung ihrer Eltern auf die Gegenwart hatte etwas Beruhigendes. Es war auch einfach wunderbar, endlich auszuschlafen und nicht den halben Tag an einer Straße zu stehen, um Touristen einen Schiffsausflug ans Herz zu legen. Wenn ihre Gedanken zu Anja schweiften, versuchte Jovana, sich sofort abzulenken. Sie erkundigte sich regelmäßig nach der Lage in der WG, telefonierte sogar zweimal mit Hannah, deren pragmatische Hilfsbereitschaft sie weiterhin überraschte. In ihr Zimmer hatte sie einen jungen Iraker namens Ismail einquartiert, der wohl die ersten Tage fast nur geschlafen hatte, so erschöpft war er von seinem langen Weg gewesen. „Außer deinem Bett hat er quasi nichts berührt", hatte Hannah beteuert. Wobei Jo sich nun wahrlich nicht um ihre paar Habseligkeiten sorgte. „Nachdem er wieder halbwegs bei Kräften war, hat er sich in die Monsterschlange gestellt. Es ist schon ein Wahnsinn, was da abgeht." Jovana stimmte ihr zu und wünschte Ismail unbekannterweise alles Gute.

Tagsüber konnte Jo die Erinnerung an Anja relativ gut von sich fernhalten. Was sie jedoch in regelmäßigen Abständen wehrlos erwischte, waren äußerst realistische Sexträume. Der erste hatte nachts auf der Brücke der Galeb 2 gespielt und begonnen wie ihr erster Kuss dort. Allerdings waren sie dieses Mal ungestört. Jo hatte ihren Harness und den violetten Dildo dabei, dessen Anblick Anja mit einem leichten Stöhnen begrüßte. „Nice", sagte sie und ging vor Jo auf die Knie, um daran zu lutschen. Dabei zog sie beiläufig ihren Slip unter ihrem weißen Sommerkleid aus und erhob sich schließlich wieder. Sie setzte sich auf die Kante des Drehstuhls vor der Steuerkonsole, auf der sie ihren rechten Fuß abstellte. Jovana trat heran, griff unter das Kleid und wurde von einer triefenden Geilheit begrüßt. Ihre Zunge verschwand in Anjas Mund und ihr Dildo in der feuchten Weite ihrer Möse. Zeige- und Mittelfinger fanden die Klit. Anjas linkes Bein schlang sich um Jos Hüfte, während sich ihre Hüften den Stößen entgegenstreckten. „Komm, gib's mir", sagte Anja erst leise, dann lauter. „Ja, ja", rief Jo … und wachte auf. Völlig benebelt griff sie zwischen ihre Beine, kam schnell und heftig.

Am nächsten Morgen erinnerte sie sich daran, dass sie ähnlich intensive Träume zuvor nur nach der Trennung von Sina erlebt hatte. Dass sie ihre erste recht abrupt zu Ende gegangene Affäre mit einer Frau in ihrer Fantasie fortgesetzt hatte, erschien ihr damals als sehr hilfreich. Diesmal verwirrte es sie und sabotierte ihren Plan, Anja komplett aus ihrem Kopf zu streichen. Es kam ihr außerordentlich lächerlich vor, dass sie jemandem nach einem Kuss und einmal Sex so lange nachhing. Als hätte sie nicht genug One-Night-Stands und Affären gehabt, die schließlich auch schnell vergessen gewesen waren. Jo schob es auf ihre lange Zurückgezogenheit.

Wahrscheinlich war sie nur aus der Übung. Es wurde Zeit, dass sie nach Berlin zurückkehrte und die Lage auscheckte. Zum Glück ging ihr Flug schon am kommenden Samstag. Sie tastete nach ihrem Telefon und suchte den Chat mit Lisa.

„Dienstag Olfe?", schrieb sie.

Eine Minute später kam die Antwort: „Auf jeden! Freu mich :))"

Auch mit Jannis hatte sich Jovana in der Zwischenzeit geschrieben. Er wollte wissen, wo denn die Updates zur sexy Hamburgerin blieben, und so hatte Jo ihm bei einem Telefongespräch von der Misere berichtet.

„Das tut mir so leid, was für ein Mist! Ich hatte so ein gutes Gefühl, als ich das Foto von ihr gesehen habe. Irgendwie fand ich, das passt, obwohl ich natürlich keine Ahnung habe", hatte er gesagt.

„War bei mir ja genauso. Na ja, da lagen wir wohl beide falsch."

Jannis hatte ihr zur Ablenkung von seinen Erlebnissen erzählt, er war inzwischen in Višegrad gewesen, der letzten Station seiner Bosnien-Reise. Er schwärmte ihr von der dunkelgrünen Drina vor und der Eleganz der berühmten Brücke, der Protagonistin in Ivo Andrićs großem Roman. Jovana war nie dort gewesen, sie kannte Bosnien ohnehin kaum aus eigener Anschauung, und ihr Wunsch wuchs, einmal länger dorthin zu fahren. Vielleicht mit Jannis. Allerdings wollte er trotz seiner Begeisterung für die Mehmed-Paša-Sokolović-Brücke – er sprach es ganz passabel aus – nicht mehr in die Stadt an der Drina, denn ihn befremdete, wie dort mit der verbrecherischen Zeit in den Neunzigern umgegangen wurde, während der serbische Einheiten die bosniakischen Bewohnerinnen und Bewohner vertrieben, getötet, vergewaltigt hatten. Jetzt lebten dort fast nur noch serbische Menschen, die davon nichts wissen wollten. Hinzu kam, dass der Filmemacher Emir Kusturica unweit der Brücke ein Vergnügungsviertel mit dem Namen Andrićgrad errichtet hatte. Kino, Restaurants, Museum – alles im Namen des Nobelpreisträgers, dessen Bronze-Denkmal auf dem zentralen Platz stand. Jannis hatte es nicht fotografiert – aus Trotz, wegen Kusturicas Vereinnahmung von Andrić als serbischem Schriftsteller.

Am Telefon hatte er sich total aufgeregt und Jovana einen kleinen Vortrag über Andrić als Jugoslawist gehalten. Natürlich war Jo dafür die völlig falsche Adresse, sie hielt Kusturica ohnehin schon lange für einen Deppen, aber sie wusste auch, dass man Jannis nicht stoppen konnte, wenn er in seinem Referatsmodus steckte.

„Und dann hat er auch noch eine serbisch-orthodoxe Kirche dazugebaut! Direkt an der Stelle, wo sich die beiden Flüsse treffen, sieht man direkt, wenn man in die Stadt reinfährt. Es ist so eklig. Ich hatte echt mega Kopfschmerzen, als ich wieder raus war aus diesem Propaganda-Stadel." Nachdem er sich beruhigt und für den Vortrag entschuldigt hatte, nahmen die beiden sich ebenfalls vor, sich bald in Berlin zu treffen.

„Krasser Sommer", sagte Jannis zum Abschluss.

„Kann man wohl sagen. Mach's gut, mein Lieber. Wir sehen uns."

27

Die Schule ging wieder los. Paulina und Tim waren froh darüber, endlich ihre Freundinnen und Freunde wiederzusehen. Allerdings maulte Tim in der ersten Woche beim Abendessen immer wieder herum, weil die Klassenlehrerin ihn neben einen neuen Jungen gesetzt hatte, den er wegen seiner billigen Turnschuhe peinlich fand.

Anja ermahnte ihn, nicht so gemein zu sein und es als Auszeichnung zu sehen: „Du sollst dem Neuen helfen. Das traut Frau Franz nicht jedem zu."

In der Woche darauf verschwand der Protest, und Tim fragte sogar, ob er Miguel mal nach der Schule mitbringen durfte.

„Na klar", hatte Anja gesagt, Miguel sei jederzeit willkommen. Auf jeden Fall besser als Konstantin, dachte Anja, die ihren Sohn tatsächlich einmal nach Blankenese zu seinem Urlaubsfreund gebracht hatte. Die beiden hatten sich beim Abschied in Rovinj schon für ein Treffen in Hamburg verabredet. Allerdings schien es nicht mehr so gut zu laufen zwischen den beiden.

Als Anja ihren Sohn abends abgeholt und für zehn Minuten das Gelaber Janine von Steselangs ertragen hatte, sagte Tim nur: „Konstantin ist so ein Besserwisser … und Angeber!"

Zu einem Gegenbesuch des Jungen bei ihnen war es bisher nicht gekommen, und Tim sprach nicht mehr von ihm.

Auch bei Paulina gab es Neuigkeiten in der Schule. Sie hatte eine junge Englischlehrerin bekommen, von der sie Anja vorschwärmte, und sie fand neuerdings Physik spannend. „Mein neues Lieblingsfach", sagte sie. Überhaupt erzählte Paulina jetzt häufiger von der Schule und ihren Freundinnen. Anja hörte das gern, fragte nach, war froh, wieder in Kontakt mit ihrer Tochter zu sein.

Sie selbst hatte kurz nach der Rückkehr aus Rovinj einen Termin mit der Geschäftsführerin der kleinen Bio-Lebensmittel-Kette ausgemacht, die sie während des Urlaubs kontaktiert hatte. In einem schlichten Hinterhofbüro hatte Anja eine Powerpoint-Präsentation mit ihren Vorschlägen für den Webseiten-Relaunch an eine der Wände geworfen, von der zuvor eine Reihe von Kinderzeichnungen abgehängt werden musste.

„Mein Leon will mal Leonardo werden", verkündete die Geschäftsführerin lachend.

„Dann können Sie die Beine hochlegen", erwiderte Anja.

Sie bekam den Auftrag und machte sich schon am selben Nachmittag an die Arbeit. Einen Online-Shop einzurichten war neu für sie, aber heutzutage gab es ja für alles Module – da musste sie nichts neu erfinden oder großartig selbst programmieren. Sie hatte Lust darauf, das mal auszuprobieren.

Mit Phillipp lief gerade alles ohne Probleme. Er hatte die festgelegten Unterhaltszahlungen für die Kinder akzeptiert und die Beträge erstmalig überwiesen. An den Tagen, die er mit Paulina und Tim verbrachte, hängte er sich richtig rein. Wobei er sich bemühte, Klarissa lediglich eine Nebenrolle zukommen zu lassen.

An einem Samstag, als er die Kinder gerade abgeholt hatte, lümmelte sich Anja mit einem Kaffee aufs Sofa. Sie entsperrte ihr Telefon und schaute sich die Fotos an, die sie am Vortag gemacht hatte. Sie waren zu dritt zu dem neuen Falafel-Laden in der Nähe von Tims Grundschule gegangen, wo sie einen der kleinen Tische auf dem Bürgersteig ergattert hatten. Auf dem ersten Bild verschwand Paulina fast völlig hinter ihrem Halloumi-Sandwich, auf dem zweiten grinste Tim debil, während er seinen Ayran-Becher in die Höhe hielt. Das dritte war ein Selfie, auf dem Anja die Hälfte des eigenen Kopfes abgeschnitten hatte. Sie fand es trotzdem lustig und bearbeitete es ein bisschen, um es ihrer Mutter zu schicken. Seit ihrer Rückkehr hatten sie einige Male telefoniert, die Mutter war zum Sonntagskaffee vorbeigekommen, einmal hatten sie und Anja sich sogar in St. Pauli zum Mittagessen getroffen.

Als Anja den Chatverlauf öffnete, sah sie das letzte Bild, das sie ihrer Mama geschickt hatte: sie und die Kinder vor der Kirche in Rovinj. Nachdem sie das neue Bild mit der Unterschrift „Schönes Wochenende!!!" verschickt hatte, klickte sie auf das Urlaubsfoto. Was für ein schöner Tag das gewesen war, wie gut sie sich gefühlt hatte, wenn sie an Jovana gedacht hatte! Verdammt. So lang her erschien ihr das jetzt.

Sie nahm einen Schluck aus dem Kaffeebecher, starrte sich selbst auf dem Bildschirm an. So ein offenes Strahlen zeigte sie sonst selten, wenn sie fotografiert wurde. Sie wusste, dass dann ihre Krähenfüßchen neben den Augen besonders hervortraten, was sie für unvorteilhaft hielt. Aber so sah sie nun mal aus, wenn es ihr gut ging. Ihr wurde bewusst, dass sie in letzter Zeit weit von einem ähnlichen Überschwang entfernt gewesen war. Obwohl gerade alles toll lief, fühlte sie sich seltsam gedämpft. Als sähe sie die Welt durch Cellophanpapier. Dass sie sich kürzlich eine Flasche irischen Single Malt Whiskey gekauft hatte und sich ein paar Gläschen genehmigte, wenn die Kinder im Bett waren, hatte daran sicher einen Anteil.

Anja schaute auf das Selfie vom Vortag: Auch wenn sie sich nicht die untere Gesichtshälfte abgeschnitten hätte, wäre es in Sachen Lebensfreude nicht mal in die Nähe des Fotos aus Rovinj gekommen. Anja hatte Mühe, den Impuls zu unterdrücken, in die Küche zu gehen, um sich einen Schuss Whiskey in den Kaffee zu schütten. Stattdessen tippte sie „Jovana Jurić" in die Suchmaske ihres Telefons.

In der Trefferliste erschienen ein paar kroatische Facebook-Profile und verstreute Erwähnungen, von denen keine sich auf Jo bezog. Während sie weiter auf den kleinen Bildschirm starrte, fiel ihr zum ersten Mal auf, dass alle Buchstaben ihres eigenen Namens auch in Jovana enthalten waren. Es fühlte sich auf diffuse Weise gut an, als wäre es ein Zeichen. Anja startete eine neue Suche, diesmal nach „Jo Jurić Berlin". Gleich als Erstes wurde die Website eines Tattoo-Studios in Berlin-Neukölln angezeigt. Das Foto auf der Startseite zeigte die sonnige Außenansicht eines Ladens, über dessen Fensterfront in geschwungenen Buchstaben „Ink & Needles" geschrieben stand. Jedes Teammitglied hatte unter „Artists" eine eigene Unterseite. Anja klickte auf Jovanas Namen. Neben einem kleinen Foto von ihr stand: *Jo specializes in black artwork, floral forms and nautical motives.*" Darunter waren eine E-Mail-Adresse für Terminvereinbarungen und einige ihrer frisch gestochenen Arbeiten zu sehen wie eine von Efeu überrankte Wade oder ein riesiges Schiff voller ausgefeilter Details auf einem Rücken.

Anja studierte alles ganz genau. Schließlich klickte sie auf das Foto von Jovana, das in einer etwas größeren Ansicht erschien. Die Haare zurückgebunden, die Hände in schwarzen Latexhandschuhen, die Tattoomaschine im Anschlag, lachte sie in die Kamera. Anja fühlte wieder ein Ziehen im Magen, sie konnte hören, wie Jos kehliges Lachen im Moment der Aufnahme geklungen hatte. Seufzend ließ sie das Telefon sinken. Oh, Jo, dachte sie beim Zurücksinken in die Kissen. Die Erinnerung an ihre Küsse und Berührungen überwältigte sie wie eine Welle der stürmischen Adria. Für einen Moment ließ sie es zu, dann setzte sie sich abrupt auf, griff nach ihrer Tasse und ging in die Küche.

Vielleicht wäre es gut, mit jemandem über die ganze Sache zu reden. Im Kopf ging Anja die potenziellen Kandidatinnen für ein solches Gespräch durch und stellte fest: Es war keine dabei, der sie sich anvertrauen mochte. Ihre Freundinnen aus der Studienzeit waren alle mit ihren Familien oder ihren Karrieren so beschäftigt, dass sie sich ihnen mittlerweile zu fern fühlte. Mitunter wurden mal ein paar Fotos oder Links in den Gruppenchat geschrieben, aber bis auf gelegentliche kleine Geburtstagsrunden kam man kaum mehr zusammen. Und anderen Eltern, zu denen sie wegen ihrer Kinder Kontakt hatte, konnte sie kaum mit so einem Thema kommen. Wobei: Was war mit Katrin, die ihr *A Life's Work* von Rachel Cusk geliehen hatte? Irgendwie schien sie sich über Dinge austauschen zu wollen, die nicht ganz so leicht waren im Leben einer Mutter.

Anja stellte ihre Tasse in die Spülmaschine, holte sich ein Glas aus dem Hängeschrank und füllte es mit Leitungswasser. Zurück auf dem Sofa, schrieb sie ihr eine Nachricht: „Hey, Katrin, wie läuft's so bei Dir? Lang nicht gesehen. Hab das Buch von Cusk durch. Fand es sehr anregend! Dachte gerade so, ob ich's Dir mal wiedergeben kann und wir reden bisschen drüber? Würde mich voll freuen :) Liebe Grüße!" Sie legte das Telefon auf den Wohnzimmertisch und machte sich auf den Weg zur Abstellkammer.

Staubsaugen stand an, was Anja ganz recht kam, denn es hatte eine beruhigende Wirkung auf sie. Wie immer startete sie in Tims Zimmer, wo sie erst einmal einen Stoffaffen und ein halbes Dutzend Spielzeugautos vom Boden aufsammelte, um freie Bahn zu haben. In schnellen Zügen saugte sie über den dunkelblauen Teppich und dachte an nichts anderes als den dunkelblauen Teppich. Mehr davon gab es bei Paulina, wo Anja zunächst Comics, Bücher und einige Klamotten wegräumte, bevor sie loslegen konnte. Anschließend kam ihr eigenes Schlafzimmer dran. Hier bemerkte sie, wie sich allmählich die Ruhe in ihrem Körper ausbreitete. Zen-Gärtnerei kam ihr in den Sinn. Das Prinzip leuchtete ihr unmittelbar ein. Vielleicht sollte sie sich mal nach einem Kurs in Hamburg umtun. Ihr schien, als bräuchte sie vielleicht bald Staubsaug-Alternativen.

Bevor sie im Wohnzimmer weitermachte, nahm Anja einen Schluck Wasser und schaute auf ihr Telefon. Zu ihrer Überraschung hatte Katrin bereits geantwortet: „Hallo, Anja, wie schön, von Dir zu hören! Freut mich sehr, dass Du was mit dem Buch anfangen konntest. Wenn Du Lust/Zeit hast, komm doch gern morgen zum Kaffeetrinken bei mir rum. LG Katrin"

„Hi, prima, ja, morgen habe ich Zeit. Wann wäre es gut für Dich?", schrieb Anja zurück, bevor sie sich wieder an die Arbeit machte.

Am Sonntag stand sie auf die Minute pünktlich um vier vor Katrins Tür. Mit einem freundlichen Lächeln öffnete sie und erklärte auf dem Weg durch den langen Altbauflur, dass ihr Mann auf einer zweiwöchigen Dienstreise sei und ihr Sohn bei einem Freund. „Nur wir Mädels sind zu Hause", sagte sie beim Betreten des Wohnzimmers, wo die kleine Carola in ihrem Laufställchen herumkrabbelte.

Anja trat zu ihr und begrüßte sie mit: „Na, du Süße, alles schön bei dir?"

Das Baby schaute kurz auf, gluckste und setzte seine Bewegung fort. Anja winkte ihr kurz zu, bevor sie sich an den gedeckten Tisch setzte. Frischer Apfelkuchen und eine Kaffeekanne standen bereit.

Katrin lachte. „Ja, jetzt ist sie super gelaunt, aber du müsstest sie mal nachts erleben. Non-Stop-Alarm."

„Oje, das ist heftig. Kenne ich, war bei Tim auch so. Ich sage immer: Wenn Paulina so drauf gewesen wäre als Baby, hätten wir niemals ein zweites bekommen."

Nachdem Katrin den Kaffee eingeschenkt und sich gesetzt hatte, waren sie mitten in einer Diskussion über die Schlafgewohnheiten ihrer Kinder, wobei sie sich einig waren, dass Rachel Cusks Bestehen auf einem eigenen Zimmer für ihre Tochter übertrieben war.

„Wenn sie sie beim Einschlafen ins Ehebett gelassen hätte, wäre das nicht so ein Drama geworden", sagte Anja, die im Nachhinein auch sonst einiges nicht mehr ganz so brillant fand an dem Buch. Sie hatte es Katrin gleich zu Beginn in die Hand gedrückt, um es nicht versehentlich wieder mit nach Hause zu nehmen.

Um das Gespräch unauffällig in die Richtung zu lenken, die Anja eigentlich anstrebte, hatte sie sich eine Überleitung zurechtgelegt. „Ich wünschte, Cusk würde mal ein Buch darüber schreiben, wie es mit älteren Kindern ist beziehungsweise nach einer Trennung", sagte sie und drückte die Gabel in den Apfelkuchen.

„Du meinst, so wie bei dir gerade", antwortete Katrin und lachte sie an.

Anja fühlte sich ertappt – es war in der Tat kein eben subtiler Schwenk gewesen, aber Katrin fragte mit aufrichtig interessiertem Ton nach: „Ist sicher nicht ganz einfach jetzt für dich mit der neuen Situation. Was macht dir denn Probleme?"

Auf so eine direkte Frage war Anja gar nicht vorbereitet. Sie kam ins Schwimmen und sprach erst einmal davon, wie gut gerade alles lief mit den Kindern und mit Phillipp. Katrin schaute sie verständnisvoll an, gelegentlich nickte sie. Weil sie nichts sagte und weder Kaffee noch Kuchen anrührte, tastete sich Anja langsam vor. „Es ist komisch für mich, jetzt plötzlich Single zu sein. Mein Ex spaziert mit einer neuen Freundin herum, und ich bin allein."

„Du findest sicher auch bald wieder einen netten Typen", sagte Katrin, die nun doch mal einen Schluck Kaffee nahm.

„Aber was, wenn die Kinder den nicht mögen?"

„Dann müssen sie sich eben ein bisschen arrangieren. Die haben da nicht viel zu sagen, es ist schließlich dein Leben. Ich konnte den zweiten Mann von meiner Mutter auch nicht leiden, genauso wenig wie er mich, aber irgendwann kamen wir klar. So was dauert halt ein bisschen. Mach dir keine Sorgen."

Das klang alles so locker, als wäre es keine große Nummer. Anja überlegte, ob es bei einem Mann tatsächlich so laufen würde oder ob Paulina dann auch auf die Barrikaden ginge. Gegenüber Klarissa hatte sie sich anfangs feindselig verhalten, inzwischen herrschte eine Art kühler Frieden. Tim orientierte sich in der ungewohnten Situation an seiner Schwester. Bei Phillipp war die Botschaft angekommen, weshalb er seine Freundin bei ihren Aktivitäten nun außen vor ließ. Lediglich in der Wohnung begegneten sie sich, was langsam etwas weniger krampfig ablief. Vor allem auch, weil Klarissa nicht mehr probierte, sich bei den Kindern beliebt zu machen, sondern einfach ihren Alltagsgeschäften nachging. Beim Essen stellte sie keine Fragen, die über „Gibst du mir mal bitte die Butter, Tim?" hinausgingen. Wenn Anja fragte, wie es mit Klarissa lief, sagten die Kinder „normal" oder „ganz okay".

War Paulinas Abwehr gegen Jo also ihre spontane Standardreaktion, die sich irgendwann verflüchtigen würde? Oder stieß sie sich daran, dass Jo eine Frau war? Anja tippte darauf, dass es wohl eine Mischung aus beidem war. Doch selbst sie als wenig politisch denkende Person empfand das als hinterwäldlerisch. Mal wieder ein Beweis für die Binsenwahrheit, dass Kinder ziemliche Spießer sind. Aber homophob sollten sie nicht auch noch sein, dachte Anja mit Blick auf ihren leeren Teller.

„Hey, echt, mach dir keine Sorgen", sagte Katrin noch einmal. „Haste schon mal bisschen rumgeguckt? Wenn ich Lars nicht hätte, würde ich ja mal dieses Tinder ausprobieren."

„Ne, nicht wirklich. Obwohl es im Urlaub jemanden gab, der mir gefallen hat."

„Echt? Toll! Und war was?"

„Nur so ein bisschen, aber ich hab's dann lieber gelassen, um die Kinder nicht zu verwirren."

„Ey, aber Phillipp durfte das alles, ja?"

„Na ja, er hat's halt einfach gemacht. Gut fand ich das sicher nicht, und kopieren will ich es auch nicht."

„Ja, schon klar, da hast du wahrscheinlich recht. Ich würde auch verhindern wollen, dass Tobias und Carola sich Gedanken machen müssen oder daran zweifeln, dass sie immer zuerst kommen." Wie auf Kommando lachte Carola in diesem Moment los. Auf dem Bauch liegend, griff sie sich eine Rassel, die neben ihr lag, und haute sie auf den Boden. Darüber musste sie noch mehr kichern. Katrin und Anja schauten zu ihr rüber und grinsten sich dann an. Zusammen mit dem Baby bildeten sie für einige Sekunden einen glitzernden Glückskreis – genau wegen dieses Gefühls liebten sie es, Mütter zu sein.

Von da an ging es in ihrem Gespräch nur noch um ihre Kinder. Anja war erleichtert, auf sicheres Terrain zurückkehren zu können, und erzählte von Tims Urlaubsbuddy Konstantin. Katrin amüsierte sich bestens über die Beschreibungen der nervigen von Streselangs, was Anja mit einer plötzlichen Dankbarkeit erfüllte. Es war, als wäre sie von einem Trip in die Wildnis endlich in die Zivilisation zurückgekehrt. Wieder unter bekannten Gesichtern und in Sicherheit. So war es richtig, so war es schön. Beschwingt kehrte sie am Abend nach Hause zurück, schaute *Tatort* und trank einen Kräutertee dazu.

28

Ihr Bett war doch einfach das Beste! Jovana hatte vergessen, wie großartig es sich anfühlte. In der ersten Nacht schlief sie fast neun Stunden und kam nach dem Duschen voller Energie in die Küche, wo Hannah gerade Kaffee gemacht hatte.

„Willste eine Tasse?"

„O ja, gerne", sagte Jovana und setzte sich ans kurze Ende der Sitzbank.

Die Küche war nach ihrem Zimmer ihr liebster Ort in der Fabriketage. Sie lag neben dem Gemeinschaftraum, hatte aber mit seinen von der ersten Bewohnergeneration aus Holzresten gebauten Regalen und dem großen weiß lackierten Tisch in der Mitte eine viel wärmere Ausstrahlung. Wenn Jo etwas mit jemandem aus der WG besprechen wollte, tat sie es immer in der Küche.

Hannah stellte eine dampfende Tasse vor sie, holte die Hafermilch aus dem Kühlschrank und setzte sich ebenfalls an den Tisch. Sie erzählte Jo, wie es mit Ismail weitergegangen war, der inzwischen in einem Hangar des stillgelegten Tempelhofer Flughafens untergebracht war. Er fand es nervenaufreibend dort und ging viel spazieren, um keinen Lagerkoller zu bekommen. Die WG versuchte, ihn weiter zu unterstützen, wenn er kaum verständliche Behördenpost bekam oder Kleidung brauchte. Manchmal luden sie ihn auch zum Essen ein.

„Stimmt schon, was Merkel letzte Woche gesagt hat: Wir schaffen das", sagte Hannah und prustete los, was Jo sofort ansteckte. Denn Hannah war wahrlich kein Fan der Kanzlerin, sie fand selbst die Linke meistens noch zu rechts.

„Ey, das war tatsächlich mal eine coole Aktion von ihr", sagte Jo. „Manchmal ist sie für Überraschungen gut, wie damals beim Atomausstieg."

Die Mitbewohnerinnen waren sich einig, dass der Merkel-Ausspruch sicher bald vergessen sein würde, aber für den Augenblick eine positive Wirkung hatte.

„Aber es muss schon noch viel mehr kommen von der Regierung, auch von anderen EU-Ländern", sagte Hannah, der auffiel, dass sie Jo noch nie nach ihrer eigenen Geschichte gefragt hatte. Vorsichtig erkundigte sie sich, wie es damals gewesen sei hierherzukommen und schob gleich hinterher: „Nur, wenn du es erzählen magst natürlich."

Jovana fand es okay und gab ihr eine Kurzversion. Sie beschrieb Hannah die Anfangszeit im Heim und die Hilfe durch das Jugo-Netzwerk. Wie sich ihre Eltern später in Bau- und Putzjobs die Knochen kaputt arbeiteten, ließ sie dann aber weg. „Kohl hat natürlich nicht gesagt: Wir schaffen das. Es gab eine ziemliche Panik, ‚überschwemmt' oder ‚überrannt' zu werden in Deutschland. Deshalb haben sie das Asylrecht ja dann quasi abgeschafft mit dieser Regel, dass du nicht aus einem sogenannten sicheren Drittstaat kommen darfst. Um das zu überreißen, war ich damals noch zu klein, aber später habe ich begriffen, dass wir Glück hatten, relativ früh gekommen zu sein."

„Dieses Drittstaaten-Ding können sie jetzt aber schön vergessen", warf Hannah ein. „Das war eh schon immer total ungerecht gegenüber Ländern wie Italien."

Am Nachmittag schaute Jovana im Ink & Needles vorbei. Die Nadeln surrten, Kaffeeduft hing in der Luft, die Anlage spielte einen Song von *The Cult*. Beide Plätze im vorderen Raum waren belegt. Das Ladengeschäft im immer hipper werdenden Nord-Neukölln war hell und freundlich eingerichtet. An der Wand neben dem Counter hingen Zeichnungen von Dietmar, dem Chef. Größtenteils Klassiker wie Tribals, Totenköpfe, Rosen. Es gab immer noch Kundschaft, die dort etwas für sich fand. Zwischen den großen Spiegeln an den Seitenwänden war der Platz für die Zeichnungen der im Studio arbeitenden Tätowiererinnen und Tätowierer. An manchen Motiven hing ein kleines Schild mit dem Wort „verfügbar".

Fina schaute kurz hoch, als Jo reinkam. „Ey, hallo, hallo, ooch mal wieder im Lande, wa?", rief sie ihr zu.

„Hi, klar, ich muss ja langsam mal schauen, dass ihr keinen Unsinn macht."

Auch von Mike kam ein „Hallo" aus der anderen Ecke, doch er konnte die Nadel gerade nicht absetzen.

Jovana ging nach hinten durch, steckte kurz den Kopf in die beiden kleinen Räume, um die Kolleginnen dort zu begrüßen. Dann klopfte sie an die schwarze Tür mit der Aufschrift „Büro". Dietmar rief: „Ja, bitte", und sie trat ein.

Übers ganze Gesicht strahlend kam der Zwei-Meter-Klotz mit dem braunen Pferdeschwanz hinter seinem Schreibtisch hervor. Er umarmte Jovana fest mit seinen komplett zutätowierten muskulösen Armen. Die beiden kannten sich schon aus der Zeit, als Dietmars Studio noch in Schöneberg gelegen hatte und deutlich kleiner gewesen war. Es war Jos erste offizielle Station gewesen, und sie hatte viel von Dietmar gelernt, der sie immer wie ein großer Bruder behandelt hatte.

„Komm, setz dich", rief er und bot ihr gleich etwas zu trinken an. Nach einem Update, wie es im Urlaub gewesen war, sprachen sie kurz übers Geschäft. Jo hatte per Mail schon einige Anfragen bekommen, außerdem plante Dietmar zu einer Convention in Hamburg zu fahren. „Dich und Fina hätte ich gern dabei. Ist im Oktober. Willste mit?", fragte er.

29

Tim kam in die Küche gerannt, pfefferte seinen Rucksack in die Ecke und sprudelte los: „In Sachkunde geht's jetzt um Seefahrt, und ich hab alles erzählt von Rovinj und den Schiffen und Booten, und ich freu mich schon, weil wir bald zum Museumshafen Övelgönne gehen." Er hatte sich ein Glas geschnappt und mischte sich eine Apfelsaftschorle.

Anja stand am Herd. Sie rührte in einem Kartoffeleintopf, der gleich fertig war und wahrscheinlich auf wenig Begeisterung bei ihren Kindern treffen würde. „Toll, dass ihr einen Hafenbesuch macht. Das wird sicher spannend", sagte sie und schaute zu ihrem Sohn, der mit dem Glas in der Hand am Küchenfenster stand. Schweigend blickte er hinaus, Anja wendete sich wieder dem Herd zu. Als Tim gerade laufen konnte, waren sie in dem Museumshafen gewesen, Paulina hatte dort schlimme Bauchkrämpfe bekommen, wahrscheinlich von einem verdorbenen Softeis. Seither hatte die Familie diese eigentlich wunderschöne, nicht weit entfernte Location gemieden. Anja war froh, dass Tim offenbar keine Erinnerungen an den Tag hatte und den Hafen neu entdecken würde.

„Du kannst schon mal den Tisch decken", sagt sie zu ihm. Tim antwortete nicht. Nach etwa zwei Minuten wiederholte sie ihre Bitte.

Statt sich zu bewegen, fragte Tim: „Wie es wohl Jo geht?"

Jetzt war es an Anja zu schweigen. Sie schaltete die Herdplatte aus und begann selbst damit, den runden Tisch zu decken. Auch für Paulina, die in knapp zwei Stunden aus der Schule kommen würde, nahm sie einen der tiefen Teller aus dem Schrank. „Komm, setz dich", sagte sie zu Tim, während sie den Topf auf den Korkuntersetzer in der Mitte stellte.

Langsam drehte sich ihr Sohn um, schlüpfte auf seinen Stuhl, ohne ihn vom Tisch abzurücken. Als Anja begann, ihm mit der Suppenkelle aufzutun, machte er noch einen Versuch: „Hast du mal was von ihr gehört, Mama?"

Froh, dass er nicht am Essen herummäkelte, füllte Anja auch ihren eigenen Teller und sagte dann: „Nein, habe ich nicht. Sie hat bestimmt Besseres zu tun, als mir zu schreiben. Guten Appetit!"

„Guten", sagte Tim und nahm den Löffel in die Hand, ohne damit in den nächsten Minuten größere Eintopf-Mengen in seinen Mund zu befördern. Anja tat so, als bemerkte sie das nicht, und aß ihre Portion zügig auf. Nach mehr stand ihr allerdings nicht der Sinn.

„Iss noch ein bisschen", sagt sie zu Tim und nahm den Teller, um ihn in die Spülmaschine zu stellen. Normalerweise hätte sie Tim nicht einfach so allein am Tisch sitzen lassen, doch sie wollte weiteren Fragen nach Jovana ausweichen. Es hatte ihr einen kalten Schauer den Rücken hinuntergejagt, dass er sich nach ihr erkundigte. Hatte sie es bisher ganz gut geschafft, Jo in ihrer Vorstellung zu einer kaum noch realen Figur aus ferner Vergangenheit zu degradieren, war sie durch die Erwähnung ihres Namens mit einem Mal schockierend präsent. Dass auch andere Menschen Jo kannten und an sie dachten, hatte sie völlig verdrängt.

Einen großen Anteil daran, dass sie Jo so weit von sich schieben konnte, hatten die Meditationsstunden im Zen-Dojo, zu denen sie nun regelmäßig ging. Anfangs war es ihr schwergefallen, die aufrechte, ruhige Sitzposition länger durchzuhalten, doch unter dem gütigen Blick ihres Meisters hatte sie langsam Fortschritte gemacht. Auch den ruhigen Atem der anderen Meditierenden zu hören hatte eine geradezu magische Wirkung auf sie. Durch die Zazen-Meditation fühlte sich Anja leer und erfüllt zugleich. Es war viel besser als Joggen, das immer nur einen halben Tag wirkte. Zazen hielt länger an.

Nach Tims Frage beim Mittagessen ging Anja zu ihrer neuen Meditationsecke im Wohnzimmer. Sie bestand aus einem quadratischen weißen Teppich, der auf dem Parkettfußboden zwischen dem Ende der L-förmigen Couchlandschaft und der Wand mit dem Flatscreen-TV lag. Auf die dunkelbraune Anrichte unter dem Gerät hatte sie eine kleine Buddha-Figur aus grüner Jade gestellt. Daneben eine Klangschale, mit der sie den Glockenschlag simulierte, der im Dojo den Beginn der Meditation verkündete.

Anja setzte sich auf den Teppich, schaute dem grinsenden Buddha ins Gesicht und bemühte sich, darin den Blick ihres Meisters zu erkennen. Leicht klopfte sie mit den Fingerkuppen auf den Rand der Schale. Die Augen geschlossen, brachte sie ihren Körper ins Lot, begann sich auf den Atem zu konzentrieren. In der Küche quietschte ein Stuhl über den Boden, Tim schlappte geräuschvoll durch den Flur in sein Zimmer. Ohne die Klinke zu benutzen, drückte er die Tür zu. Das Klacken hallte wie ein Schlag gegen Anjas Kopf. Sie lenkte ihre Aufmerksamkeit wieder auf ihren Atem, doch statt von Ruhe wurde sie von Bildern erfüllt: Jo am Strand, Jos Arm mit dem Pin-up-Tattoo, während sie ein Schiffstau befestigte, Jo hinter dem Tresen des Hotels, Jo über ihr im Bett. Mit einem Seufzer öffnete Anja die Augen, entfaltete ihre Beine und stand auf. Entschlossenen Schrittes ging sie in ihr Zimmer, holte ihre Joggingklamotten aus dem Schrank und zog sie an. Auf dem Weg zur Wohnungstür klopfte sie bei Tim. Als sie ein zögerliches „Ja" vernahm, sagte sie ihm durch einen kleinen Spalt in der Tür, dass sie eine Runde laufen gehe und in einer halben Stunde zurück sei. Ein leises „Okay" kam zurück.

Anja lief schnell durch die Große Rainstraße, die, seit sie mit Phillipp zusammengezogen war, ihr Zuhause war. Dass sie nach der Trennung hatte bleiben können, war ein großes Glück für sie gewesen, denn die Gegend mit den vielen Kneipen und Restaurants war ihr ans Herz gewachsen. Anja lenkte ihre Schritte auf dem schmalen Bürgersteig der Bahrenfelder Straße in Richtung Süden. Geschickt wich sie einem Mann mit Kinderwagen aus, beeilte sich an den Kreuzungen und freute sich schon, wenn sie den Asphalt endlich hinter sich lassen würde.

Es war ein sonniger Spätsommertag, der schon eine Ahnung des nahenden Herbstes in sich trug. Mit ihrem Kurzarm-Shirt und den langen Hosen aus einem superleichten Stoff war Anja bestens ausgestattet. Sie begann leicht zu schwitzen, als sie an der Elbchaussee ankam. Endlich sah sie nun das Grün des Heine-Parks, und ihre Schritte fühlten sich leichter an. Dass sie jetzt weniger auf Verkehr und andere Menschen zu achten brauchte, entspannte sie. Dafür kehrten mitten im Donners Park die Bilder von Jo zurück.

Diesmal sah sie sie in der Bar des Maritimo und dann im Führerstand der Galeb 2, der erste Kuss, das irre Ziehen im Bauch. Alles war wieder da. Wie um die Erinnerung abzuschütteln, wandte Anja ihren Kopf abrupt nach links, in der Hoffnung, Wasser zu sehen, doch die Sicht war von Bäumen verdeckt. Hinter ihrer Wendemarke beschleunigte Anja. Die Bilder verschwanden, jetzt war sie nur noch ihr Atem, ihre Beine und Arme. Zurück auf der Straße schnaufte sie gewaltig, kämpfte den Gedanken ans Aufgeben mehrmals nieder und stand schließlich völlig ausgepumpt vor ihrem Haus.

Als sie nach dem Duschen in den Flur trat, war Paulina gerade dabei, ihre Schuhe auszuziehen und ihre Jacke aufzuhängen.

„Hey, wie war's in der Schule?", fragte Anja und ging in die Küche.

Ein unmotiviertes „Ganz okay" war die Antwort. Paulina folgte ihr und setzte sich an den Tisch.

„Hat dich jemand geärgert?", hakte Anja nach, während sie den Eintopf aufwärmte. Es überraschte sie nicht, dass Paulina nicht reagierte. Anja rührte eine Weile um und brachte den dampfenden Topf schließlich zum Tisch, füllte Paulinas Teller und schob ihr den Brotkorb hin.

Zögerlich nahm sie ein Stück und ergriff mit der anderen Hand den Löffel. Anja strich ihrer Tochter in einer beiläufigen Bewegung über den Kopf, um sich dann auf den Stuhl neben ihr zu setzen. Sie wartete, bis sie ein paar Bissen gegessen hatte, und fragte dann ein weiteres Mal, was los gewesen sei in der Schule.

Normalerweise hatte sie ein untrügliches Gespür dafür, wenn Paulina etwas bedrückte. Auch diesmal lag sie richtig. Mehr in ihren Teller hinein als zu ihr sagte Paulina: „Sarah ist nicht mehr meine Freundin. Sie ist total blöd. Das geht gar nicht mehr mit ihr."

„Oje, krass, warum das denn?", antwortete Anja, ernsthaft erschüttert, denn Sarah und Paulina waren seit Kindergartentagen beste Freundinnen, legten jeden Tag gemeinsam den Schulweg zurück und hatten seit jeher nebeneinandergesessen. Weil Sarah direkt um die Ecke wohnte, besuchten die beiden sich regelmäßig und übernachteten gelegentlich mal bei der anderen. Natürlich bekamen die Mädchen sich auch mal in die Haare, aber das war immer schnell wieder vorbei gewesen. Eine so harte Aussage hatte Paulina jedenfalls noch nie über Sarah gemacht.

Nun schaute sie Anja an und sagte: „Sie redet nur noch von Marlon aus der Parallelklasse, die ganze Zeit. Dabei habe ich ihr den überhaupt erst gezeigt. Der ist neu und total süß", brach es aus ihr heraus.

Anja nickte nur leicht und hörte weiter zu.

„Sie hat einfach angefangen, ihm Zettel zu schreiben. Gestern sind sie in der Pause zusammen gewesen, und heute nach der Schule wollte Sarah nicht mit mir nach Hause gehen, weil Marlon auf sie gewartet hat. Der muss eigentlich in die andere Richtung! Aber er hat sie begleitet – bis zur Tür!" Paulina knallte den Löffeln in den Teller. Ihr wütender Blick ging an Anja vorbei in Richtung Fenster – vage dorthin, wo Sarah und Marlon sich kurz zuvor voneinander verabschiedet hatten. Offenbar war Paulina ihnen in einigem Abstand gefolgt, um zu sehen, wie nahe sie sich kamen.

Schon häufiger hatte Anja versucht, sich auszumalen, wie es sein würde, wenn ihre Tochter zum ersten Mal Gefühle für jemanden entwickeln würde. Wahrscheinlich würde sie es gar nicht mitbekommen, hatte sie gedacht, und irgendwann käme Paulina dann mit einem Teenager nach Hause, den sie als ihren Freund vorstellte. Der Junge würde ihr freundlich die Hand geben, Paulina eine Saftflasche aus dem Kühlschrank nehmen, zwei Gläser aus der Anrichte, und schon wären die beiden in ihrem Zimmer verschwunden. Über Verhütung hätten Mutter und Tochter bis dahin längst gesprochen, ebenso über die Realitätsferne von Sex auf Pornoseiten im Internet und die Möglichkeit, sich in Menschen desselben Geschlechtes zu verlieben. Dass Paulina nun schon vor ihrer Pubertät romantische Probleme hatte, verblüffte Anja. Klar, hatte sie selbst als Kind auch mal für jemanden geschwärmt, aber das war ja alles nicht ernst zu nehmen gewesen. Marlon würde bei Paulina letztlich in diese Kategorie fallen. Doch das wusste ihre Tochter im Moment noch nicht, jetzt fühlte sie sich mies und konnte das Ganze nicht aus einer distanzierten Perspektive sehen.

Anja unterdrückte den Impuls zu sagen, dass das alles bald vorbeiginge und sich Paulina einfach einen anderen süßen Jungen suchen solle. Stattdessen sagte sie: „Wirklich eine schwierige Nummer. Ich verstehe, dass du enttäuscht bist. Das ist nicht cool von Sarah. Aber vielleicht ist sie ja wirklich verliebt in diesen Marlon. Du hast ja gesagt, dass er süß ist. Das kann passieren, dass man auf dieselben Leute steht."

„Aber ich habe ihn zuerst gesehen!"

„Klar, aber es kommt ja auch drauf an, was Marlon empfindet. Und er scheint Sarah ja zu mögen. Warum zwei Menschen einander anziehend finden und sich vielleicht sogar verlieben, ist meistens kaum zu erklären. Schon gar nicht von Außenstehenden. Das hat oft etwas Magisches. Man versteht es nicht richtig, aber es fühlt sich wunderschön an."

„War das bei dir und Papa auch so?"

Anja hatte ihren Kindern schon einmal erzählt, wie sie und Phillipp sich kennengelernt hatten, damals, als sie beide studiert hatten. Sie waren jeweils von Freunden von Freunden auf eine Party in einer großen Altbauwohnung mitgeschleppt worden. Weil Anja sich dort unwohl fühlte – alles war voller

Jura- und BWL-Studierender, die blöd daherredeten –, hatte sie viel zu viel Rotwein getrunken. Ein halbes Glas davon war auf Phillipps hellblauem Hemd gelandet, als sie etwas zu schwungvoll und ohne recht zu schauen von der Küche in den Flur eingebogen war, um auf den kleinen Dancefloor im Wohnzimmer zu gelangen.

Endlich lief dort mal Madonna, sie wollte tanzen. Ihre beiden Freundinnen waren wie festgetackert hinter dem mit leeren Gläsern und Flaschen zugestellten Holztisch, wo sie ein blondes Jüngelchen davon überzeugen wollten, dass Peaches eine Popgöttin sei, die auch er zu verehren hatte. Anja war zwar völlig ihrer Meinung, interessierte sich jedoch nicht für die Missionierung dieses Typen. Weshalb ihr die ersten Takte von „Groove to the Music" den Anstoß gaben, sich loszureißen. Doch sie kam nicht weit, weil sie mit Phillipp zusammenstieß.

Die Erinnerung an diesen Moment ließ sie selbst jetzt noch lächeln. „Ja, ich glaube schon, dass da ein gewisser Zauber im Spiel war." Den Alkohol erwähnte sie mal lieber nicht. „Wir hätten uns nicht kennengelernt, wenn ich nicht so ungeschickt gewesen wäre und Phillipp nicht so süß reagiert hätte, nachdem ich ihn mit Wein überschüttet habe. Als wir danach zusammen tanzten, ist irgendwas passiert zwischen uns, das ich nicht erklären kann. Er war eigentlich gar nicht so mein Typ, niemand, nach dem ich mich auf der Straße umgedreht hätte. Doch dort auf der Party fand ich ihn total toll. Ihm ging es mit mir ähnlich. Auch am nächsten Morgen noch, als wir uns bei Tageslicht und mit etwas klarerem Kopf betrachteten."

„Und dann wusstet ihr, dass ihr heiraten wollt?"

Anja lachte. „Nein, nein, da noch nicht. Aber uns war klar, dass wir uns sehr mögen und dass wir mal schauen wollen, wie es läuft mit uns. Erst als es dann eine Weile gut lief und du irgendwann unterwegs warst, kam die Heiratsidee."

„Meinst du, Sarah und Marlon schauen jetzt auch mal, wie es läuft?", fragte Paulina.

„Ja, das denke ich. Und dass sie heiraten werden, ist ziemlich unwahrscheinlich." Sie lachte ihre Tochter an, der das Argument einzuleuchten schien.

Jedenfalls grinste sie jetzt auch und sagte: „Stimmt, das wäre verrückt." Paulina aß weiter, während Anja den Salzstreuer auf dem Tisch hin- und herschob, als wäre er ein Tennisball im Match zwischen ihren Händen. Sie bemerkte es kaum, obwohl sie die ganze Zeit auf das kleine gläserne Gefäß schaute.

Es war ein gutes Gefühl, ihre Tochter etwas aufgeheitert, ihr vielleicht sogar etwas über die Liebe beigebracht zu haben. Trotzdem legte sich eine Schwere auf ihre Glieder, die nichts mit dem Joggen zu tun hatte. Sie nahm kaum wahr, wie Paulina ihren Stuhl zurückschob, den Teller und den Löffel in die Spülmaschine räumte und aus der Küche verschwand.

Anja schaute auf die gegenüberliegende Wand, an der Tims selbstgemachter Kalender hing. Er war im vergangenen Jahr sein Weihnachtsgeschenk an sie gewesen. Für den September hatte Tim drei riesige Sonnenblumen neben einem Traktor gemalt. Anja fokussierte das Gelb der Blütenblätter, bis sie blinzeln musste. Dann drehte sie sich zum Geschirrschrank, nahm ein Glas heraus, stellte es auf den Tisch und holte die hinter einer Reihe von Konserven im Vorratsschrank verborgene Whiskyflasche hervor. Es wurde ein doppelter. Und dann noch einer.

30

Lisa und Jovana hatten sich schon um sieben in der Möbel Olfe verabredet. Es war Dienstag und würde wie immer voll werden. Jo schloss gerade ihr Fahrrad an den Metallständer eines Spätis an, als Lisa von der Dresdener Straße auf das einstige Möbelgeschäft zusteuerte.

„Hey, hey, hey!", rief sie und umarmte Jovana kräftig. Dann trat sie einen Schritt zurück und sagte zu der ganz in Dunkelblau gekleideten Freundin: „Die Matrosin ist zurück im Heimathafen. Schön, Sie zu sehen!"

Jovana deutete lachend eine kleine Verbeugung an. „Ahoi, meine Beste, lassen Sie uns dieses glorreiche Ereignis gebührend feiern."

Für die letzten Schritte bis zum Eingang legte sie ihren Arm um Lisas Schultern. Es fühlte sich gut und vertraut an. Weil es noch früh war, saßen nur einige Frauen vorne an der Fensterfront. Jovanas und Lisas Lieblingsplatz war noch frei: das kurze Ende des Tresens, an dem manchmal ein DJ auflegte. Heute war kein Equipment aufgebaut, sie konnten also Platz nehmen – und hatten so nahezu den ganzen Laden im Blick.

Sie bestellten Bier, prosteten sich zu und stellten die großen Gläser auf den schmalen Tresen. Lisa begann sofort damit, Jo ihren Sommer zu erzählen, der sich in Berlin und Umgebung abgespielt hatte. Normalerweise fuhr sie gern mit ihrer jeweiligen Liebschaft nach Italien oder Spanien, doch diesmal war sie komplett ausgebucht gewesen. Lisa arbeitete als Beleuchterin beim Film. Eine aufwändige internationale Produktion hatte ihre Dienste in Anspruch genommen, was ihr nicht nur geschmeichelt, sondern auch einigen Spaß bereitet hatte.

„Die Regisseurin kam aus New York, hatte zwar wenig Ahnung, wie die Dinge in Berlin laufen, aber sie wusste ganz genau, was sie wollte, und hat es auch meistens bekommen." Der Chefkameramann habe sich manchmal wie eine Diva aufgeführt und immer mal wieder was an der Arbeit des

Lichtteams zu meckern gehabt, allerdings sei in seinem Assi-Team eine echt süße Lesbe gewesen. „Sheila aus Birmingham. Total hot, vor allem, wenn sie eins von ihren engen Shirts anhatte."

Jovana lachte laut auf. Es war doch immer dasselbe mit Lisa, sie fand überall tolle Frauen und hatte meistens auch keine Probleme, sie in ihr Bett zu bekommen. Irgendwie beruhigten Jovana die zuverlässig funktionierenden Verführungskünste ihrer Freundin. Eigentlich wäre es nicht nötig gewesen zu fragen, ob zwischen ihr und Sheila etwas gelaufen sei. Wahrscheinlich hätte Lisa sonst auch gar nicht angefangen, diese Geschichte zu erzählen, aber um der Dramaturgie willen wollte sie schon dazu aufgefordert werden, in die Details zu gehen.

Nach einem weiteren Schluck Bier tat Jo ihr den Gefallen und fragte: „Und hattet ihr was?"

Mit einer triumphierenden Miene lehnte sich Lisa zurück. „Klar! Ich hab sie erst mal ganz nett am Food Truck angeflirtet, später haben wir dann in den Drehpausen immer nach ungestörten Plätzen zum Ficken gesucht. Hat meistens geklappt. Ein paarmal durfte sie aber auch mit zu mir. War ein super Sommer."

„O Mann, das glaube ich", sagte Jovana und fragte, wo Sheila jetzt sei.

„Zurück in Birmingham. Schreibt mir manchmal 'ne Nachricht, und ein bisschen Telefonsex hatten wir auch mal, aber eigentlich hat die 'ne Freundin, und die sind normalerweise exklusiv. Ist also bald Geschichte, die Sache. Passt schon", sagte Lisa.

Etwas in ihrer Stimme wackelte jedoch, oder bildete Jovana sich das ein? Jedenfalls nahm sie Lisa ihre Coolness nicht ganz ab. Vielleicht hätte sie doch gern mehr aus der Sache gemacht, wollte das aber nicht zugeben. „Echt, das ist okay so für dich? Abgeschlossenes Kapitel?"

Lisa drehte ihr Glas auf der Stelle, schaute dann vom Bier zu Jo. „Ne, stimmt schon. Ich hätte gern noch ein bisschen mit ihr abgehangen. Wir hatten echt eine gute Zeit. Aber es hilft nichts: Sie ist wieder zu Hause bei ihrer Frau. Wusste ich ja vorher und fand das auch gerade gut, dass es als begrenzte Fun-Geschichte angelegt war. Na ja, manchmal verschätzt man sich halt. Apropos verschätzen: Wie sieht das mit dir und dieser Hamburger Lady aus jetzt? Irgendwas gehört?"

„Nope, kein Wort seitdem. Aber sie spukt mir schon noch im Kopf rum. Hab manchmal von ihr geträumt und so."

„Oh, heftig."

„Geht schon, mir hätte ja – genau wie dir – von Anfang an klar sein sollen, dass das höchstens eine Urlaubsaffäre sein würde. Ich hab auch gar nicht an mehr gedacht, aber irgendwie fühlte es sich dann doch an wie zu früh und zu blöd unterbrochen."

„Wahrscheinlich auch, weil es sonst immer du bist, die geht", stichelte Lisa.

Darüber hatte Jovana noch gar nicht nachgedacht, aber es stimmte. Die Rolle der Zurückgewiesenen war ihr weitgehend unbekannt. Sie musste schmunzeln. „Kann sein. Vermutlich habe ich aber auch zu viel in ihr gesehen – lag wohl daran, dass ich so lange raus war aus dem Spiel. Und es zum ersten Mal wieder richtig gekribbelt hat."

Lisa wollte wissen, ob sie ein Foto von Anja hatte, damit sie mal sehen konnte, wer ihrer Freundin so den Kopf verdreht hatte. Als sie das Touri-Bild aus Rovinj sah, zog sie eine Augenbraue hoch. „Uhhh, ja, schon ganz schön schick, die Dame."

Jo hatte das Foto seit der bizarren Abschiedsszene im Hafen nicht mehr betrachtet. Jetzt löste es wieder ein Sehnsuchtsziehen in ihrem Magen aus. Sie dachte an das Glück jenes Tages, an dem Anja ihr das Bild geschickt hatte, an ihren Kuss auf dem Konzert …

„Ich zeig dir mal Sheila", sagte Lisa und wischte an ihrem Telefon herum, bis sie ein Foto gefunden hatte. „Hier. Heiß, oder?"

Jo war froh, aus ihren Erinnerungen gerissen zu werden, und tatsächlich beeindruckt vom fast schon modelhaften Aussehen der Frau auf dem Bildschirm. „Woah, Hammer! Kann ich mir vorstellen, dass ihr einen tollen Sommer hattet. Erzähl mir mal, wo du zum ersten Mal mit ihr Sex hattest. Echt in 'ner Drehpause?"

Lisa berichtete nur zu gerne von dem heißen Tag in der Brandenburger Pampa, an dem erst eine Szene am See gedreht werden sollte und später noch eine im Wald. In der Mittagspause hatte Lisa die Kameraassistentin gefragt, ob sie ein bisschen mit ihr spazieren ginge. „Wollte sie natürlich. Als wir weit genug weg waren von den anderen, haben wir uns in so einer Kuhle hingesetzt. Sie war offenbar schon genauso geil wie ich, jedenfalls hatten wir gerade mal ein paar Schlucke aus unseren Wasserflaschen genommen, da hingen wir schon übereinander. Hast du schon mal auf Waldboden gefickt? Kann ich sehr empfehlen. Interessante Geruchsmischung. Wir sind dann am Abend gleich noch mal losgezogen und haben es im Stehen an 'nem Baum gemacht. Hat bisschen gepikst, war aber auch nice."

Jovana lachte und prostete Lisa zu. „Glaube ich dir sofort, dass das nice war." Sie stellte ihr leeres Glas auf den Bierdeckel und schaute zu den gerade hereinkommenden Frauen. Eine von ihnen war Stella – Arm in Arm mit einer jungen Blonden. Sie strahlte. Es war unübersehbar, dass sie verliebt war. Einst war Jovana der Grund für diesen Ausdruck auf Stellas Gesicht gewesen. Still und unbewegt starrte Jo sie weiter an.

Lisa bemerkte, dass etwas nicht stimmte, und schaute in die Blickrichtung ihrer Freundin. Ihr entfuhr ein leises „Oh, shit".

Offenbar fühlte Stella die beiden Augenpaare, die sie von der anderen Seite des Raumes aus fixierten. Als sie Jo erkannte, verschwand das Lächeln aus ihrem Gesicht. Jovana nickte ihr zu und formte ihre Lippen zu einem tonlosen „Hi", was Stella ihrerseits mit einem Nicken erwiderte.

Dann nahm sie ihre Geliebte fester in den Arm, um ihr einen Kuss auf die Wange zu drücken. Die Frau wand sich Stella zu und gab ihr einen kurzen leidenschaftlichen Kuss auf den Mund.

Eine Welle der Wehmut rauschte durch Jovanas Kopf. Wieso hatte sie die Liebe dieser Frau verloren? Warum hatten sie sich nach einigen wunderschönen harmonischen Jahren innerlich allmählich voneinander entfernt, bis Jo schließlich gegangen war? Dieses alte Fragen-Mantra hallte regelmäßig durch ihren Kopf und ließ sich weiterhin nicht beantworten. Jo wusste nur, dass der Schmerz über den Verlust immer bei ihr bleiben würde. Stella zu sehen holte ihr das hier am Tresen der Olfe schlagartig ins Bewusstsein zurück.

Durch eine unwahrscheinliche Gnade des Zufalls war dies das erste Mal, dass sie sich in der Szene begegneten, seit sie sich kurz nach der Trennung noch einmal getroffen hatten, um Schlüssel, diverse Bücher und Klamotten auszutauschen. Natürlich musste es früher oder später zu einer Situation wie heute Abend kommen, das war Jo klar gewesen. Doch Stellas Freundin hätte sie nicht unbedingt gebraucht bei dieser Wiederbegegnungspremiere.

„Noch ein Bier?"

Jo spürte Lisas Hand auf ihrem Arm und drehte langsam den Kopf zu ihr. „Auf jeden Fall. Und bestell auch zwei braune Tequila, ohne Orange, du weißt schon."

Ja, Lisa wusste schon, dass sie jetzt gefragt war, Jo davon abzuhalten, in ihre Frustspirale zu geraten. Darin hatte sie seit der Trennung der beiden Übung. Und Tequila war meistens ein guter Startpunkt gewesen. Zum Glück bekam sie sofort die Aufmerksamkeit einer der Tresenkräfte, wenig später standen die Getränke vor ihnen. Wieder legte Lisa die Hand auf Jos Unterarm.

„Ey, hier startet jetzt eine neue Geschichte, klar? Lass die alte endlich ziehen. Du hast sie schließlich selbst beendet, weißt du noch? Du fühltest dich vernachlässigt und warst gelangweilt, wenn ich mich recht erinnere", sagte Lisa, die nach ihrem Tequila-Glas griff. „Auf die Zukunft! Mit neuen Geschichten und neuen Lieben!"

Jovana nahm ihr Glas und sagte: „Okay, auf die Zukunft!" Sie war dankbar, dass Lisa bei ihr war, und die Freundin hatte ja auch recht damit, dass sie am Ende das Gefühl gehabt hatte, Stella interessiere sich überhaupt nicht mehr für ihr Leben. Zusammen abhängen war kein Problem gewesen, aber intensive Gespräche oder gar körperliche Leidenschaft waren eine Seltenheit geworden. Trotzdem: Stella mit einer anderen Frau zu sehen gefiel ihr nicht.

„Sag mal, kennst du die Tussi, mit der Stella reingekommen ist?", fragte sie Lisa, die in ihren Augen mindestens die Hälfte der Berliner Lesben auf dem Schirm hatte.

„Ne, ich kenne die nicht. Aber sie sieht ein bisschen aus wie diese Ami-Musikerin CaTeena. Über die stand kürzlich was in der *Siegessäule*. Auf dem Foto sah sie allerdings besser aus. Sie macht wohl so Electrozeugs."

„Echt jetzt? Das passt ja dann null."

Stella stand ausschließlich auf Singer-Songwriter und Folkbands, meistens aus den sechziger und siebziger Jahren. Ihre Hausgöttin war Joni Mitchell. Es war deshalb auch immer schwer gewesen, sie dazu zu bewegen, ins SchwuZ oder ins Roses mitzukommen. Tanzen war Jo schon früh ohne sie gegangen. Ob Stella jetzt plötzlich ihren Musikgeschmack geändert hatte? Oder hörte sie einfach nicht, was ihre neue Flamme spielte? Jo fing an, sich selbst zu nerven mit ihren Gedankenspielen. Sie nahm das frische Bier, klickte es gegen Lisas Glas und sagte: „Na ja, sie wird schon wissen." Zum Glück konnte sie die beiden inzwischen nicht mehr sehen, sie waren in der Ecke am anderen Tresenende verschwunden.

Um das Thema zu wechseln, begann Jovana von Ismail zu erzählen, den sie inzwischen bei einem Abendessen in der WG kennengelernt hatte. Er war sechsundzwanzig und hatte einen Master in arabischer Literatur. „Das bringt ihm hier natürlich nicht so viel, aber er ist hoch motiviert, bald einen

Job zu finden. Er lernt Deutsch mit einer App und trifft sich einmal die Woche mit Sigi aus der WG, um ein bisschen Praxis zu bekommen."

„Voll gut. Ich hoffe, er kommt klar in dem Hangar. Das stelle ich mir voll krass vor, so fast ohne Privatsphäre."

„Ja, ist es auch, Ismail versucht, möglichst nur nachts da zu sein. Schlafen kann er aber oft auch nicht so gut. Neben ihm streiten sich oft welche, außerdem hat er immer wieder Albträume, in denen er von Hunden gejagt wird. Ich glaube, er hat unterwegs einige heftige Sachen erlebt, aber davon erzählt er uns nichts."

Jo nahm noch einen Schluck Bier und sah beim Abstellen des Glases, wie Stellas neue Freundin durch den Raum ging. Für einen kurzen Moment trafen sich ihre Blicke. Hatte die Olle gerade höhnisch gegrinst? Machte sich diese CaTeena – was für ein behämmerter Name! – über sie lustig?

Als sie in der hinteren Toilette verschwunden war, fragte Jo: „Hast du das auch gesehen? Die hatte gerade das voll freche Grinsen in der Fresse. Ich glaube, es hackt!"

„Ey, komm mal runter", sagte Lisa und schaute ihrer Freundin fest in die Augen. „Da war gar nichts. Die hat einfach nur ein bisschen gelächelt. Wahrscheinlich, weil sie uns süß findet. Sind wir ja auch."

„Stella hat ihr bestimmt erzählt, wer ich bin."

„Hat sie nicht. Das würde ihren Abend doch nur unnötig kompliziert machen."

Wahrscheinlich hatte Lisa recht. Jovana beruhigte sich, doch sie hatte plötzlich das dringende Bedürfnis zu gehen.

„Lass uns mal abhauen, das nervt mich hier doch irgendwie. Bist eingeladen."

Lisa bedankte sich und stimmte zu, die Lokalität zu wechseln. Kurz nachdem CaTeena wieder an ihnen vorbeigegangen war, hatten sie bezahlt und sich durch die nun schon zahlreicher herumstehenden Gäste geschlängelt. Jo schaute nicht in die Ecke, in der Stella stand, und ging draußen zügig in Richtung des Wettbüros neben der Olfe, damit niemand sie von drinnen sehen konnte. Lisa beeilte sich hinterherzukommen.

„Südblock?", fragte Jo.

„Ja, gern. Ich hab auch ein bisschen Hunger."

„Prima, ich hole nur kurz mein Rad", sagte Jo und ging hinüber zu dem Ständer, wo sie ihr Fahrrad angeschlossen hatte.

31

Das Licht, das Meer, irgendwie erinnerten Anja die Szenen in ihrem Fernseher an Rovinj. Sie war beim Zappen zufällig auf arte hängen geblieben und klickte sich schnell zur Info des laufenden Programms. Es handelte sich um die Komödie *Love Island*, die tatsächlich in Kroatien spielte. Anja holte sich ein Glas Wasser aus der Küche und schaute weiter. Eine hochschwangere Französin und ihr bosnischer Mann machen in einem All-inclusive-Resort auf einer Insel Urlaub. Irgendwann stellt sich heraus, dass dort eine junge Frau arbeitet, die die Schwangere von früher kennt. Sogar mehr als das: Die beiden Frauen waren einst Geliebte, und auch jetzt noch scheint etwas zwischen ihnen zu sein. Ihren Mann, der die Hotel-Angestellte auch anziehend findet, liebt die Französin trotzdem weiter. Und so steuert das Ganze in einem sommerlich-leichten Schlingerkurs auf ein geradezu utopisches Finale zu, in dem die Liebe gleich doppelt siegt. Anja war entzückt von diesem ungewöhnlichen Ende. Könnte es im Leben doch so einfach sein, Grenzen aller Arten zu überwinden wie die Figuren in diesem feinen Film, den eine bosnische Regisseurin inszeniert hatte. Anja schaltete den Fernseher aus und ging ins Bad. Sie hatte am nächsten Tag viel zu tun.

Die Auftragslage war gerade hervorragend. Seit Anja den Webauftritt der Bio-Lebensmittel-Kette aufgemöbelt und den Online-Shop eingerichtet hatte, bekam sie stetig neue Anfragen. Offenbar hatte die Geschäftsführerin ihr Versprechen wahr gemacht und sie weiterempfohlen, denn die neuen Kundinnen und Kunden kamen größtenteils aus dem Bio- und Esoterikumfeld. Sie gaben Workshops oder hatten kleine Geschäfte, aber wenig Ahnung vom Internet. Manche verfügten noch nicht einmal über eine Facebook-Seite. Die Leute waren aber umgänglich, hatten meist einfach zu realisierende Ideen und eine gute Zahlungsmoral.

Am nächsten Morgen machte sich Anja auf den Weg zu einem Alpaka-Hof bei Buxtehude. Der Besitzer namens Horst Röder hatte sie eingeladen, sich selbst ein Bild von seinem Betrieb zu machen, um ihm dann einen Webauftritt zu kreieren. Mit einem Leihauto fuhr Anja morgens los und kam pünktlich zur vereinbarten Zeit auf dem Parkplatz neben einem Holzhaus mit orangefarbenem Satteldach an. Eine Wildblumenwiese lag zwischen dem Haus und einem stallartigen Gebäude, das an das Alpaka-Gelände angrenzte. Anja konnte etwa ein Dutzend weißer und brauner Tiere erkennen, die ihre Hälse kurz in ihre Richtung drehten, als sie die Tür des Kleinwagens zuwarf.

Schon kam ihr Horst Röder aus dem Haus entgegen. Er war hochgewachsen, trug eine grüne Latzhose aus festem Stoff, Gummischuhe und winkte kurz mit seiner schwarzweißen Baseballkappe. Könnte ein Cousin von George Clooney sein, dachte sie und schätzte den Alpaka-Farmer auf Anfang fünfzig.

„Moin, moin, herzlich willkommen!", rief der ihr zu und griff mit beiden Händen Anjas ausgestreckte Rechte. „Gut hergefunden?"

„Ja, kein Problem. Habe ein Navi."

„Na, dann zeige ich dir mal mein kleines Königreich."

Irritiert registrierte Anja, dass Röder sie duzte, per Mail hatten sie sich gesiezt. Doch sie kam nicht dazu, etwas dagegen einzuwenden, denn Röder ratterte schon Fakten zu seinen Tieren und dem seit zehn Jahren bestehenden Hof herunter. „Dann lass uns mal rübergehen zu den Stars des Ladens", sagte er und legte kurz seinen Arm um ihre Schultern, um sie vom Schotterweg vor dem Wohnhaus zum Gehege zu dirigieren. Der Geruch seines Aftershaves wehte zu ihr herüber, es war herb, aber gar nicht mal unangenehm. Genau wie die Berührung.

An der Weidefläche der Alpakas angekommen, bemerkte sie, dass sie Röder gar nicht richtig zugehört hatte, und nahm zur Ablenkung ihr Telefon aus der Handtasche. „Die sind ja echt supersüß", sagte sie und begann die Tiere zu fotografieren. Drei von ihnen waren an den Zaun gekommen. Irgendwie sahen sie aus, als würden sie grinsen.

„Alpakas sind Herdentiere, man darf sie nicht alleine halten", sagte Röder. „Und sie sind für ihr freundliches Wesen bekannt."

„Aber die spucken auch, oder?"

„Können sie, aber das kommt eigentlich eher untereinander vor oder wenn sie sich von Menschen bedroht fühlen." Röder stand jetzt nah neben ihr und streichelte eines der Tiere am Kopf. Der größere Teil der Herde stand grasend mitten auf der Wiese und ignorierte die Gäste. Wieder roch Anja das Aftershave des Farmers. „Meiner Frau hat mal eines der älteren Tiere auf die Hose geschlonzt, als sie es scheren wollte. Das ist Magensaft und schon ein wenig eklig. Aber sie hat es überlebt – die Hose auch." Er lachte laut auf und erklärte Anja anschließend die beiden unterschiedlichen Alpaka-Sorten, die man am Fell erkannte.

Während sie das Gehege langsam umrundeten, erläuterte er seine Vorstellungen für die Website. Das würde alles kein großer Akt sein, Anja überschlug, dass sie dafür höchstens einen Arbeitstag brauchen würde und anschließend vielleicht noch einen Vormittag für die eventuell gewünschten Korrekturen.

„Das mache ich gerne, ist kein Problem. Vielleicht sollten wir auch eine kleine Bildergalerie einbauen. Dass die Alpakas so süß aussehen, ist die beste Werbung. Am besten schickst du mir eine Auswahl deiner liebsten Fotos, und ich stelle etwas zusammen."

Horst Röder war begeistert, versprach, gleich mit seiner Frau zu sprechen, die viele Bilder auf ihrem Rechner hatte. Röder zeigte ihr noch den offenen Stall, dann verabschiedeten sie sich am Auto voneinander.

Auf dem Rückweg drehte Anja das Radio auf. Gerade lief „I Wanna Dance with Somebody", und sie sang aus voller Kehle mit. Das letzte Mal, dass sie getanzt hatte, war in Rovinj gewesen. Mit Jovanas Blicken in ihrem Rücken und diesem aufgeregten Gefühl im Bauch. Wie es wohl wäre, mit Jo zu tanzen? Ihre Beine zwischen ihren eigenen zu spüren?

Anja wurde rot, lenkte ihre Gedanken zurück zur Alpaka-Farm. Dieser Horst Röder war doch eigentlich ganz sexy gewesen. Und der Stall hatte ein paar schön dunkle Ecken gehabt. Sie hatte schon lange keinen Sex mehr draußen gehabt. Etwas, das sie in der Anfangszeit mit Phillipp für sich entdeckt und dann irgendwann eingestellt hatten. „Sooner or later the fever ends / And I wind up feeling down", sang Whitney Houston gerade. Der Versuch, sich einen Fick mit Röder im Stall vorzustellen, scheiterte, weil sich immer wieder das Bild von Jo hinter der Bar dazwischenschob. Wie es gewesen wäre, wenn sie den Shaker auf den Tresen gestellt hätte, sich die Hände an ihrer weißen Schürze abgetrocknet hätte und zu ihr auf die Tanzfläche gekommen wäre. „Oh I wanna dance with somebody / With somebody who loves me". Anja sang so laut, dass sie das Radio fast übertönte.

Am Ende des Liedes – eine Nachrichtensendung begann, und Anja drehte leiser – rannen ihr die Tränen übers Gesicht. Was war sie bloß für ein unsäglicher Depp gewesen? Neben Jo hatte sie sich so gut gefühlt wie seit Ewigkeiten nicht mehr. Und was machte sie? Servierte sie ab, verleugnete sich und ihre Gefühle. Schluchzend fuhr Anja auf Hamburger Stadtgebiet. Erst bei der Parkplatzsuche beruhigte sie sich langsam. In der Bahrenfelder Straße zwängte sie das Leihauto in eine kleine Lücke, checkte aus und nahm ihre Handtasche vom Beifahrersitz. Es war halb eins, sie beschloss sich etwas vom Asia-Imbiss gegenüber der Sparkasse mitzunehmen. Paulina und Tim hatten sich beide heute nach der Schule verabredet und würden erst am späten Nachmittag nach Hause kommen. Gebratener Tofu mit Gemüse war wie immer ihre Wahl. Mit dem eingeschweißten Gericht in einer Plastiktüte ging Anja heimwärts und dachte sich, dass ihre neuen Bio,- Öko- und Esokunden so viel Müll sicher nicht gutheißen würden. Zum Glück kannte sie die wenigsten persönlich, also würde niemand sie auf der Straße zur Rede stellen können.

Beim Einbiegen in die Große Rainstraße fiel Anjas Blick auf eine Reihe von Plakaten, die wild an eine Häuserwand geklatscht worden waren. Neben drei Konzertankündigungen dominierte eine ganze Serie schwarz-weißer Plakate, die alle Werbung für eine Veranstaltung Ende Oktober machten. „Pain, Pleasure and Bikes – Tattoo Convention – Motorradtreffen", stand in großen zackigen Buchstaben über einem Foto, das zwei prachtvoll zutätowierte Männer zeigte. Einer der beiden saß lässig auf einer Harley Davidson und unterhielt sich mit dem neben ihm stehenden Typen. Anja hätte normalerweise nicht länger hingeschaut, doch als sie die Zeile „100 tattoo artists from all over Germany" las, fragte sie sich sofort, ob vielleicht auch Jovana dabei sein würde. Bei einer Zahl von hundert Teilnehmenden erschien ihr das recht unwahrscheinlich. Trotzdem googelte sie die Convention während des Essens und fand eine Liste der Studios, die bei der Veranstaltung vertreten sein würden. Sie verschluckte sich fast, denn dort stand tatsächlich „Ink & Needles, Berlin".

Schnell nahm Anja einen Schluck Wasser. Sie stand auf und ging zum Fenster. Eine Mischung aus Aufregung, Angst und einem leichten Glücksgefühl ergriff sie. Sie nahm die Autos und Menschen, die sich unten auf der Straße bewegten, nicht wahr; ihr Blick war vollkommen nach innen gerichtet. Wie wäre es, Jo auf der Messe zu überraschen? Würde Jo sich darüber freuen? Hatte sie sie vielleicht schon vergessen und unter missglückte Sommeraffäre verbucht?

Auf dem Küchentisch vibrierte das stumm geschaltete Telefon. Anja setzte sich wieder hin und sah, dass Horst Röder eine WhatsApp geschickt hatte. „Danke für den Besuch eben! Hoffe, es hat Dir gefallen. Hab Dir gerade per WeTransfer unsere besten Alpaka-Bilder geschickt. Bin gespannt auf Deinen Entwurf. LG Horst" Schnell schrieb Anja zurück und setzte ihr Mittagessen fort. Anschließend würde sie ins Arbeitszimmer gehen, um die Bilder herunterzuladen und mit der Website für die Farm loszulegen.

Paulina und Tim trafen kurz hintereinander pünklich zum Abendbrot zu Hause ein. Beide hatten gute Laune, halfen beim Tischdecken und kicherten über einen Versprecher in den Abendnachrichten, die im Radio liefen. Für Paulina war es seit Wochen der erste Nachmittag bei Sarah gewesen. Offenbar hatte alles prima geklappt, Paulina tat jedenfalls so, als wäe ihr Besuch nichts Besonderes gewesen. Die beiden hatten zusammen ihre Hausaufgaben gemacht und dann YouTube-Videos angeschaut. Eigentlich wie immer. Dass zwischen Marlon und Sarah schon nichts mehr lief, hatte die Sache sicher begünstigt. Auch Paulina hatte kein Interesse mehr an ihrem Mitschüler. Natürlich schwiegen die Freundinnen das Thema tot. Dafür waren sie jetzt Fans einer Influencerin namens Zoey.

„Bei der geht es nicht immer nur um Beauty, sondern auch um ernste Sachen", erzählte Paulina, während sie ihr Brot mit Butter bestrich. „Sie gibt zum Beispiel Tipps, wie man gute Geschenke findet oder was man bei Angst vorm Fliegen machen kann." Anja hatte noch nie von dieser Zoey gehört, und das Wort „Influencerin" kam ihr auch seltsam vor. Sie nahm sich vor, das später mal im Netz anzuschauen.

„Ah, interessant", sagte sie und versuchte, dabei glaubwürdig zu klingen.

Zum Glück wollte jetzt auch Tim von seinen Erlebnissen berichten. „Miguel kann voll gut Skateboard fahren. Er hat mir einen Trick gezeigt, Ollie heißt der. Damit kann man auf Sachen draufspringen oder drüber. Ist aber voll schwer", erzählte er. „Kriege ich auch ein Skateboard?"

„Mal sehen. Das ist ja nicht ganz ungefährlich", sagte Anja.

„Aber dann kann ich immer üben, und ich passe auch auf."

„Vielleicht probierst du es einfach noch ein paarmal bei Miguel aus, und dann sehen weiter, ja?"

Tim war einverstanden. Ganz sicher würde er dranbleiben und dann selbst ein Skate-Meister werden. Zufrieden biss er in sein Käsebrot.

Anja erwartete, dass nun auch Paulina versuchen würde, eine Anschaffung für sie anzuregen, doch zu ihrer Überraschung sagte die: „Ja, mach das mal, Skaten ist toll. Ich hab das auch schon mal ausprobiert. Bin aber ziemlich oft runtergeflogen. Man darf nicht aufgeben."

Tim nickte eifrig. „Ja, ja, hinfallen gehört dazu", sagte er und schob gleich noch hinterher, wie er bei einem Bremsversuch auf dem Hintern gelandet war. Es machte Anja glücklich, wenn ihre Kinder sich so einmütig unterhielten. Zuletzt war das selten der Fall gewesen, vor allem weil Paulina ihren Marlon-Sarah-Frust in Gemeinheiten gegen ihren Bruder kanalisiert hatte, wogegen der sich boxend und tretend gewehrt hatte. Anja musste jedes Mal dazwischengehen. So war es viel entspannter. Sie hoffte, dass diese Atmosphäre noch ein wenig andauern würde.

Als es an diesem Abend für die Kinder Zeit zum Schlafen war, hatte Anja wie immer zuerst Tim seinen Gute-Nacht-Kuss gegeben und ihm noch ein bisschen den Rücken gekrault, bevor sie das direkt nebenan liegende Zimmer von Paulina betrat. Schon bei den ersten Schritten auf dem dunkelblauen Teppich bemerkte sie eine Spannung im Raum. Ihre Tochter saß aufrecht an der Wand, das Kissen im Rücken, die Hände auf der grün-weiß gestreiften Decke. Anja wusste sofort, dass Paulina etwas auf dem Herzen hatte, und setzte sich auf die Bettkante.

Den Impuls unterdrückend, die Hand ihrer Tochter zu nehmen, fragte sie betont beiläufig: „Na, was gibt's?"

Paulina schaute sie nicht an, sondern starrte auf einen Punkt an der gegenüberliegenden Wand. „Ach, nichts eigentlich", sagte sie.

Anja lächelte Paulina an und hoffte, dass sie das aus dem Augenwinkel mitbekam oder zumindest spürte. Es dauerte noch eine halbe Minute, bis Paulina weitersprach. „Wie ist das bei dir und Jo? Gibt es da auch so etwas wie Magie?"

Das Lächeln verschwand schlagartig von Anjas Gesicht. Ein leichter Schwindel wehte durch ihren Kopf, und sie dachte, sie würde gleich von der Bettkante rutschen. Jetzt war es an ihr, den Kopf zu wenden und die Wand anzustarren. Dass sich Paulina das Mittagstisch-Gespräch von neulich so zu Herzen genommen hatte und Anjas Aussagen weitergedacht hatte, verblüffte und erfreute sie zu gleichen Teilen.

Zögernd sagte sie: „Ja, irgendwas in der Art war da. Ich kann es schwer beschreiben, aber ich habe mich sehr stark zu Jovana hingezogen gefühlt." Paulina hob langsam ihren Blick und wandte sich ihrer Mutter zu, die sagte: „Ich hätte sie einfach gern besser kennengelernt, um herauszufinden, was das ist mit uns."

Draußen fuhr ein Auto langsam durch die Straße. Dann wurde das nur von einer Nachttischlampe beleuchtete Zimmer zu einer Kapsel der Stille. Anja merkte, wie die Traurigkeit, die sie bei der Rückfahrt von der Alpaka-Farm überwältigt hatte, wieder in ihr hochkam. Sie senkte den Blick, begann mit ihrer rechten Hand die Linke zu kneten. Vielleicht würde sie so verhindern können, dass ihre Emotionen sichtbar würden. Sie schaute auf ihre Hände, hielt inne und schluckte. Auf keinen Fall wollte sie vor Paulina weinen.

Ihre Tochter war die Erste, die sich wieder bewegte, sie war ein Stück zu Anja gerutscht und schob langsam ihre Hand in die Richtung ihrer Mutter. Anja öffnete ihre Hände, nahm Paulinas Rechte zwischen sie. So saßen die beiden eine Weile schweigend da. Irgendwann war auf der Straße wieder ein Auto zu hören, was Anja aus ihrer Starre weckte. Sie nahm Paulinas Hand hoch, drückte einen Kuss darauf und legte sie auf die Bettdecke.

Während sie kurz über die Wange ihrer Tochter strich, sagte sie: „Dank dir für die Frage, mein Liebes. Schlaf gut und träum was Schönes."

Paulina lächelte. „Schlaf auch gut, Mama. Ich hab dich lieb."

„Ich dich auch." Anja wartete, bis Paulina sich eingekuschelt hatte, löschte die Lampe und ging langsam aus dem Zimmer.

32

Jovana lag auf ihrem Bett und scrollte gelangweilt durch ihren Facebook-Feed. Als sie gerade ein Selfie von Maja am Strand liken wollte, meldete sich die Tinder-App und verkündete eine Nachricht von Carlotta. Wer war das denn noch mal? Vor ein paar Tagen hatte Jo ein neues Profil auf dem Dating-Portal eingerichtet und bei ihrem ersten Besuch dort fast nur nach links gewischt. Von den paar Frauen, die ihr gefielen, hatte sie mit zweien ein Match gehabt, von denen aber niemand schrieb. Jo selbst hatte auch keine Lust dazu gehabt und Tinder dann erst mal wieder vergessen, denn Nora hatte sich gemeldet, die junge Touristin aus Israel, die sie an dem Abend im Südblock ziemlich offensiv angemacht hatte.

Von einem der Tische im hinteren Teil des Raumes hatte Jo sie bereits beobachtet, wie sie zu den Toiletten gegangen war. Die klein gewachsene Frau mit der bis auf den Rücken reichenden hellbraunen Lockenmähne hatte sie angeschaut und ein kleines Lächeln angedeutet. Wenig später – Jo war wieder ins Gespräch mit Lisa vertieft – stand sie plötzlich neben ihrem Tisch. Sie grinste Jo offen an und sagte: *„Hi, I'm Nora."*

„I'm Jovana. This is my friend Lisa." Nora schaute für eine Millisekunde zu Lisa und sagte *„Hi"*, um sie dann völlig zu ignorien und Jo zu fixieren, während sie über sich und ihren Urlaub in Berlin erzählte. Sie sei zu Besuch bei einer Cousine, die hier am Theater arbeite. Die Stadt gefalle ihr total gut. *„And I like the women. Maybe you wanna have some fun?"*

Jovana lachte laut auf. Die Courage dieser höchstens Dreiundzwanzigjährigen beeindruckte sie. Das war schon ein bisschen dreist, hier so anzukommen, aber irgendwie war es auch *sweet*. Vermisste Jo nicht immer eine etwas direktere Flirtkultur in der Lesbenszene? *„I'm always up for fun"*, sagte sie. *„But right now I'm talking to my friend, you know."* Sie deutete mit der Handfläche auf Lisa, was Nora nicht groß scherte.

„Ah, very good, you are up for fun. I knew it", sagte sie und legte beide Hände auf die Tischplatte, als gälte es, einen Deal

zu besiegeln. „*I would like to write to you. I'm here for a few more days. Do you want to give me your number?*" Sie zog ihr Mobiltelefon aus der Tasche, öffnete die Kontakte und hielt es Jo hin, die kurz überlegte, einfach eine falsche Nummer einzutippen, und sich dann doch dagegen entschied. Was gut war, denn Nora bedankte sich breit lächelnd und probierte die Nummer sofort aus. Es vibrierte in Jos Hosentasche. „*Now you have mine, too. Have a nice evening.*" Sie klopfte auf den Tisch und ging.

Lisa hatte sich anschließend kaputtgelacht und Jo aufgezogen. „Dich hat gerade ein Touri-Teenie angemacht. Ob sie das jeden Abend so abzieht? Vielleicht ist das normal in Tel Aviv."

„Also ich fand es mutig. Hier tun doch immer alle nur so cool, außer sie sind besoffen. Die meldet sich eh nicht."

Hatte sie dann zwei Tage später doch. Jovana hatte gerade ihren letzten Kunden des Tages verabschiedet, auf dessen rechter Wade jetzt eine riesige Orchidee prangte, da zeigte ihr Telefon eine SMS von Nora an. Die machte nahtlos weiter, wo sie im Südblock aufgehört hatte: „*Hi, how are you? I hope you had a good day. Are you up for some fun tonight?*"

Wieder musste Jovana lachen über diesen Kamikaze-Stil. Sie hatte sich auf ihren Hocker gesetzt und geantwortet, dass sie dabei sei.

Zwei Stunden später stand sie mit einem Sechserpack Bier vor dem Altbau in der Oderberger Straße, in dem Noras Cousine und ihr Mann lebten. Sie waren ausgegangen. Essen, Kino, Tanzen – das kann dauern, hatte Nora beteuert. Die Wohnung der beiden lag im vierten Stock, Nora stand barfuß in knappen Shorts und einem Muscleshirt in der Tür. Sie hatte sich die Locken aus dem Gesicht gestrichen, Jovana in den Flur gezogen und gleich weiter in das helle Wohnzimmer bugsiert. Abgezogene Dielen, Bücherregal bis zur Decke, Sofalandschaft. Jovana hatte kaum Zeit, das Bier auf einer Anrichte abzustellen, da hatte Nora schon ihr Shirt ausgezogen. Die Nippel ihrer kleinen wohlgeformten Brüste waren beide gepierct und reckten sich Jo entgegen.

„*Do you like them?*", fragte Nora, und als Jo bejahte, forderte sie gleich, auch ihre Brüste zu sehen. Wenig später fickten sie sich durch die Sofalandschaft. Jo hatte es gerade noch geschafft, ein Paar Latexhandschuhe aus ihrem Turnbeutel zu angeln. Es war eine Freude, Noras aufgeregte Klit und ihre triefende Pussy zu erkunden. Sie schmatzte beglückt, während die auf dem Rücken liegende Nora gestöhnte „*yeahs*" hervorbrachte. Irgendwann war sie zuckend gekommen, ein kleiner Schrei war auch dabei gewesen. Jo hatte ihr anschließend erlaubt, sie ebenfalls zu penetrieren, es war geil und entspannend. Danach hatten sie zwei Bier getrunken und noch einmal losgelegt, wobei auch ein Strap-on zum Einsatz gekommen war, den Nora aus einem anderen Zimmer geholt hatte.

Um kurz vor Mitternacht war Jovana zurück zur U-Bahn gegangen. Sie hatte ein leichtes Grinsen auf dem Gesicht und eine Bierflasche in der Hand gehabt, womit sie im Gewusel der Kastanienallee nicht weiter aufgefallen war. Allerdings bemerkte sie auch kaum, was um sie herum geschah. Nora und sie hatten sich mit einem langen, tiefen Kuss verabschiedet und sich versichert, das Ganze zu wiederholen, sobald eine der beiden in der Stadt der anderen war. Dass das tatsächlich geschehen würde, erschien Jo zwar mehr als unwahrscheinlich, aber jetzt gerade war ihr das total egal. Ihr Körper fühlte sich leicht und warm an, und ihr Ego schwebte ein paar Zentimeter über den Gehsteigplatten.

Das wohlige Entspanntheitsgefühl nach der Nacht mit Nora hatte noch zwei Tage angehalten. An Tinder hatte Jo nicht mehr gedacht. Und jetzt also Carlotta. Sie schrieb: „Hi, hallo, wie geht's? Nice Tattoos! Willst Du meine sehen?" Eigentlich nicht … Bevor Jo die App wieder schloss, schickte Carlotta gleich noch eine Nachricht hinterher. „Oder einfach mal quatschen? Ich hab heute Abend Zeit und noch eine Flasche kalten Rosé im Kühlschrank. Interesse?"

Was war los mit den Frauen in Berlin? War neuerdings was im Wasser, dass sie plötzlich offensiv unterwegs waren? Jovana hatte noch keine Pläne an diesem Abend. Einige aus der WG würden mit Ismail kochen, der gerade Deutsch mit Hannah machte, aber eigentlich hatte sie mehr Lust rauszugehen. Also warum nicht mal diese Carlotta treffen?

„Rosé klingt gut. Halb acht Tempelhofer Feld?"

„Cool, sehr gern!", kam sofort als Antwort.

Die beiden sprachen noch schnell die Location- und Erkennungsdetails ab und fertig war das Date. Jovana drehte sich auf den Bauch und prustete in ihr Kissen. So ein Quatsch! Aber egal … Nach ein paar Minuten nahm Jo ihr Telefon wieder in die Hand, um sich Carlottas Profil noch einmal anzuschauen. Sie war vierundzwanzig, hatte über sich geschrieben: „Offen für vieles". Auf dem einzigen Foto, das sie hochgeladen hatte, saß sie vorgebeugt auf einem Sofa und lächelte leicht. Ihre dunkelblonden Haare waren höchstens zwei Zentimeter lang, was sie fast wie einen Teenager aussehen ließ. Die hellblauen Augen strahlten über die Schüchternheit hinweg. Irgendwie süß, dachte Jo. Aber wer trinkt den bitte schön Rosé? Bald würde sie es herausfinden. Erst einmal duschen.

Der Weg ins Bad führte an der Küche vorbei, wo die Deutschstunde bereits in die Essensvorbereitungen übergegangen war. Jo steckte kurz den Kopf zur Tür hinein, um Ismail Hallo zu sagen. Er saß mit Hannah und Tibor am Tisch, alle waren mit Gemüseschneiden beschäftigt.

„Hallo, Jovana", antwortete ihr Ismail, der sich auf seinem Stuhl zu ihr umdrehte. „Wie geht es dir heute?"

„Danke, gut. Und dir?"

„Auch gut. Ich habe viel gelernt heute." Hannah und er lachten. Wahrscheinlich war es doch nicht so viel gewesen. „Kommst du auch? Es gibt viel Essen."

„Nein, danke, ich bin noch verabredet. Muss schnell duschen." Jo war sich nicht sicher, ob Ismail „verabredet" verstand, und wollte es gerade anders erklären.

Doch da sagte er schon: „Ein Date?"

Alle lachten, und Jo antwortete: „Ja, genau. Auf dem Tempelhofer Feld."

„Ah, ist er schön, der Mann?"

Hannah und Tibor schauten plötzlich sehr konzentriert auf ihre Schneidebrettchen. Es kam Jovana vor, als hielten sie die Luft an. Sie ignorierte das und sagte mit einem breiten Grinsen: „Kein Mann, ich treffe eine Frau. Und ich finde, sie sieht ganz gut aus, ja."

Jetzt war es an Ismail, breit zu grinsen, er legte sein Messer beiseite und stand auf. „*You are gay?* Du bist schwul? *Me too, you know?*" Wenn es schnell gehen musste, sprach er immer noch lieber English.

Jo machte zwei Schritte in die Küche. Wie cool, dass sich Ismail ihr anvertraute. Bisher hatte er das Thema Liebesleben komplett ausgespart. Er sprach immer mal wieder über seine Mutter und seine beiden Brüder, aber eine Beziehung oder Ähnliches erwähnte er nie. Wahrscheinlich Single, hatte Jo angenommen. Hannah hingegen spekulierte immer mal wieder, dass ihm vielleicht irgendetwas Schlimmes passiert war. Dass er seine Partnerin zurückgelassen habe oder sie sich unterwegs von ihm getrennt habe. Alle in der WG – inklusive Jo – hatten ihn für hetero gehalten.

„*Yes, I'm gay.* Auf Deutsch: lesbisch oder auch: queer", sagte Jo. „Queer ist Englisch."

„Ja, klar, du weiß schon."

Beide kicherten.

„Kennst du Gayhane?", fragte Ismail und riss erwartungsfroh die Augen auf.

Jo musste laut lachen. „Na, klar kenne ich Gayhane!"

„Gehen wir zusammen? Nächste Mal?"

Jo war schon eine Weile nicht mehr bei den legendären queeren Oriental-Partys im SO36 gewesen, aber das war eine tolle Idee. „Ja, sehr gern. Abgemacht", sagte sie.

„Ab-ge-macht!", wiederholte Ismail und hielt Jo die Hand zum Einschlagen hin.

Sie klatschte ihn ab und sagte: „Ich freu mich. Und jetzt muss ich echt mal duschen."

„Mach, mach!" Ismail ging zurück an den Küchentisch, Jo setzte ihren Weg ins Bad fort.

Das war ja mal eine schöne Überraschung, dachte sie. So konnte der Abend gerne weitergehen.

Während Jovana ihr Rad an den Ständer vor dem Luftgarten anschloss, schaute sie zu den Bierbänken. Dort stand tatsächlich schon eine zierliche Frau mit schwarzer Baseballkappe, weit nach hinten geschoben, sodass man ihre kurzen Haare erkennen konnte. Das musste Carlotta sein, die auch schon loswinkte – Jo hatte wie verabredet ein weißes Longsleeve angezogen. Nach einer flüchtigen Umarmung zur Begrüßung gingen sie über die Wiese, auf der sich einige kleinere Gruppen mit Decken und Getränken niedergelassen hatten.

„Da drüben vielleicht?", sagte Carlotta und deutete auf eine leere Fläche nicht weit von einer Baumreihe. Jo stimmte zu, und sie setzten sich auf ein dünnes Tuch, das Carlotta mitgebracht hatte. „Cool, dass du so spontan Zeit hattest. Meistens muss man ja immer erst mal fünf Tage lang schreiben, bis man einen Termin hat oder so." Die junge Frau strahlte unter ihrer Kappe hervor.

Etwas erinnerte an ein Katzenbaby, fand Jovana. Und obwohl sie Katzen mochte, interessierte sie dieses niedliche Exemplar von Sekunde zu Sekunde weniger. Vielleicht würde der Alkohol helfen. „Es passte gerade – und Rosé klang interessant", sagte sie.

Carlotta verstand den Hinweis, kramte die Flasche aus ihrem Turnbeutel, öffnete sie und schenkte reichlich in zwei Plastikbecher. „Bisschen stillos, sorry, aber mit Glas habe ich leider immer Pech", sagte sie, als sie Jo einen der Becher reichte.

„Macht doch nichts, solange der Inhalt gut ist", antwortete sie.

„Na dann, Proscht", sagte Carlotta, und die beiden ließen das Plastik aneinanderklacken.

Jo gefiel der kalte, leicht süßliche Wein, von dem sie gleich einen zweiten Schluck nahm. Carlotta war also Schwäbin, hatte sie bisher ganz gut kaschiert. Allerdings hatte Jo auch nicht allzu genau hingehört. Als hätte sie ihre Gedanken gehört, sagte Carlotta nach einem kurzen Kichern: „Sorry, manchmal rutscht mir noch so was raus. Nach einem Jahr hier habe ich es aber schon ganz gut im Griff, mit dem Schwäbisch. Kommt ja oft nicht so gut an hier."

„Mach dir keine Sorgen, ich hab kein Problem damit", sagte Jo und lächelte. Dabei hatte der Dialekt ihr als Kind durchaus Probleme gemacht. Sie und Lidija büffelten Deutsch, aber auf dem Schulhof klang das dann wieder ganz anders. Auch bei einigen Lehrerinnen und Lehrern hatten sie Mühe mit der seltsamen Aussprache gehabt. Als Milan ihnen die Sache mit dem „sch" erklärt hatte („Die sagen š statt s"), ging es etwas besser, und irgendwann beherrschte Lidija den Dialekt sogar selbst. Jo hielt sich fern davon, sie verstand ihn zwar, aber ihre deutschen Freundinnen sprachen zum Glück Hochdeutsch.

„Da bin ich aber froh", sagte Carlotta. „Ich komme aus Ulm, und meine Familie redet halt krass Schwäbisch. Aber ich bin jetzt hier, es hat was mit Erwachsenwerden zu tun. Ich will auch nicht mehr, dass die Leute Lotta zu mir sagen."

„Verstehe." Jo nickte ihr zu und nahm noch einen Schluck.

„Natürlich muss das jede selber wissen. Ich meine, Jo ist natürlich cool. Kommt von Johanna, oder? Jo hat auch was, weil es so genderlos klingt. Wenn die Leute Lotta hören, sagen sie oft noch: Ah, du kommst also aus der Krachmacherstraße."

Jo hatte keine Ahnung, wovon diese Frau neben ihr erzählte, ihr Redeschwall brandete von Ferne an ihr Ohr, sie schaute sich das Flamingo-Tattoo auf der Innenseite des linken Unterarms von Carlotta an. Es schien noch nicht sehr alt zu sein, die schwarzen Outlines waren noch sehr dunkel, das Pink hübsch schattiert – gute Arbeit. Der andere Arm war bis auf einen kleinen Stern völlig unberührt. Carlottas sehr helle, fast durchscheinende Haut erinnerte Jovana an Anja. Wie sie damals auf der Terrasse neben sie getreten war. Zwischen ihren Armen waren nur wenige Millimeter Platz gewesen – die Erinnerung machte ihr Gänsehaut. Gut, dass sie ein Langarm-Shirt trug.

Carlotta bemerkte ihren Blick. „Gefällt dir der Flamingo? Habe ich mir vor ein paar Wochen stechen lassen. Absolut cooler Vogel, der für mich eine Mischung aus Eleganz und Gruppenbezogenheit verkörpert. Die sind ja normalerweise immer zu mehreren unterwegs. Mir ist meine Peer-Group nämlich auch extrem wichtig, in meiner WG habe ich schon so viel gelernt. Zum Beispiel, dass es als weiße Person nicht geht, Dreadlocks zu tragen. Deshalb habe ich mir die nach meinem ersten Semester auch abrasiert. Ich studiere übrigens Soziologie an der HU. Wie sieht das mit dir aus, was machst du so?"

Jovana trank ihren Rosé aus und sagte: „Gerade gar nichts. Hab mal in einer Bar gearbeitet."

Carlotta schaute betreten in die Ferne, zum ersten Mal war sie länger als drei Sekunden ruhig. Ein bisschen tat sie Jovana leid, doch sie konnte sich einfach nicht dazu durchringen, diesem naiven Plappermädchen etwas von sich zu erzählen. Und länger hier sitzen wollte sie auch nicht.

„Sei mir nicht böse, aber ich glaube, ich mach mich mal auf den Weg. Vertrage diesen Rosé irgendwie nicht, und kalt ist mir auch." Sie reichte Carlotta den Becher.

„Ich hab noch 'ne Jacke, wenn du willst."

„Ne, lass mal, ich mach mich lieber auf den Weg. Danke trotzdem. Und ja, der Flamingo ist schön." Beim Aufstehen drückte sie leicht Carlottas Schulter.

Die Studentin brachte ein verwirrtes Lächeln zustande und sagte: „Danke, dir auch. Komm gut nach Hause. Hoffe, dir ist nicht zu schlecht. Dachte eigentlich, das ist ein guter Wein."

„Mach dir keine Sorgen, geht schon. Alles Gute für dich."

„Für dich auch. Ciao, ciao."

Jo entfernte sich mit schnellen Schritten, jetzt war ihr wirklich ein wenig kalt. Dieser lange, heiße Sommer schien nun doch langsam ein Ende zu nehmen. Sie zog die Schultern hoch. Gleich auf dem Rad würde es besser gehen.

Über ihrer WG lag eine friedliche Stille, niemand schien mehr da zu sein. Es war ja Freitag, wahrscheinlich amüsierten sich die anderen irgendwo. Jo war froh, dass sie nicht würde reden müssen. Sie ging in die Küche, wo sich neben der Spüle das abgewaschene Geschirr stapelte. Sie nahm einen der Teller und setzte sich an den Tisch.

Auf dem Rückweg hatte sie ein Falafelsandwich gekauft, das sie nun auswickelte. Schön viel Erdnusssoße, wie sie es liebte, nach zwei Bissen fühlte sie sich besser. Was für ein beknacktes Date! Wäre sie mal lieber hiergeblieben und hätte mit Hannah, Tibor und Ismail gegessen. Dass er sich geoutet hatte, fand sie toll. Wie er wohl die Berliner Szene erlebte? Spätestens wenn sie zu Gayhane gehen würden, wollte sie ihn das fragen.

Weil ihr Telefon in der Hosentasche vibrierte, legte Jovana das Sandwich auf den Teller, wischte ihre Hände an der Papierserviette ab und zog es hervor. Jannis hatte geschrieben.

„Hejjjj, wegen morgen: Magst Du zu mir kommen? Ich hab schon Chips und Bier gekauft :))"

„Hi, hi, klingt prima, komme gern rum. So was wie sieben?"

„Perfekt! Ich freu mich. Kisses!!"

„Freu mich auch, bis dann."

Jo aß zu Ende und ging in ihr Zimmer. Jannis zu treffen würde den miesen Start ins Wochenende vergessen machen. Sie ließ sich aufs Bett fallen, entsperrte ihr Telefon und löschte die Tinder-App. Besser für meine Nerven, dachte sie. Den Rest des Abends schaute sie *Sense8* auf Netflix und schlief ein, bevor die dritte Episode zu Ende war. Wie Hannah und Tibor zurückkehrten, hörte sie nicht.

Am nächsten Tag war Jovana mit WG-Putzen dran, was ihr ausnahmsweise nichts ausmachte. Anschließend ging sie einkaufen und machte ein Nickerchen, bevor sie zu Jannis fuhr. Die beiden umarmten sich lang, als er ihr die Tür geöffnet hatte. Sie sahen sich zum ersten Mal seit Rovinj.

„Komm, komm", winkte er sie herein. In der Küche saß eine laut diskutierende Gruppe, Jo erkannte einige Leute aus Jannis' WG neben vielen unbekannten Gesichtern. „Plenum", sagte Jannis nur kurz, holte ein Sixpack aus dem Kühlschrank und bugsierte Jo in sein kleines Zimmer mit dem Hochbett. Sie kuschelten sich in die Sitzecke, die er darunter mit Kissen, Decken und Tüchern eingerichtet hatte.

„Wie geht's?", wollte er wissen und reichte Jo eine geöffnete Bierflasche. Er nahm sich auch eine und stieß mit Jo an. *„Živeli"*, sagte er. Sie sprachen in Berlin meistens Deutsch miteinander, außer bei Sachen wie Prost.

„Es geht so, ich komme langsam wieder an hier, aber es holpert noch ein bisschen", sagte Jovana.

„Geht mir ganz genauso", antwortete Jannis. „Irgendwie vermisse ich die bosnischen Berge, die Adria-Luft und die Leute! Mit Meša aus Travnik schreibe ich immer noch. Er schickt immer Fotos von seinen Kindern und den Rosen. Mit Edita in Sarajevo skype ich manchmal. Ich habe mich so wohlgefühlt. Die Berliner nerven mich gerade voll."

Natürlich war es auch der Unterschied zwischen Urlaub und Alltag, wie Jannis zugab, der jetzt wieder Fulltime in zwei Bars arbeitete. Jovana nahm sich eine Handvoll Chips aus der Glasschüssel, die zwischen ihnen stand, als Jannis das Thema wechselte: „Ich wollte dir noch von einem Film erzählen, den ich in Sarajevo auf dem Festival gesehen habe. *Zvizdan* heißt der und erzählt von drei verschiedenen kroatisch-serbischen Liebespaaren, hetero natürlich, im Abstand von zehn Jahren. Die werden aber immer von denselben beiden Leuten gespielt. Das irritiert etwas, aber dann versteht man, dass es sozusagen universelle Schicksale sind und sich Geschichte wiederholt. Aber im dritten Teil blitzt etwas Hoffnung auf.

Fand ich sehr beeindruckend und musste auch an deine Eltern denken. Wie war's bei denen, wie geht es ihnen?"

„Hahaha, nicht filmreif, aber schon okay. Mein Vater hat gerade für ein paar Monate bei der Renovierung eines Restaurants geholfen, und meine Mutter arbeitet halbtags als Kassiererin in einer Drogerie. Sie schlagen sich so durch. Es war schön, sie zu sehen."

Jannis fragte nach Šibenik und dem Dorf ihrer Kindheit. Jo versuchte es ihm, so gut es ging, zu beschreiben, doch sie zögerte, als er wissen wollte, ob sie den Ort gern noch mal sehen wolle. „Irgendwie nicht. Ich glaube, ich bin da wie meinen Eltern – näher ran als Šibenik braucht es nicht."

Jannis nickte. Es war zwar etwas völlig anderes, aber er war auch schon seit Jahren nicht mehr in Marzahn gewesen. Manche Orte verschwinden aus dem Leben, andere kommen hinzu. Bei ihm waren es sogar mehrere Länder und ein ganzes kulturelles Universum.

Bald wurde das zweite Bier geöffnet, Jovana rauchte eine Zigarette am Fenster, und es wurde noch ein sehr schöner Abend, nach dem beide das Gefühl hatten, wieder ein kleines bisschen mehr in Berlin angekommen zu sein.

33

Anja hatte gerade erst einige Minuten in ihrer Meditationsecke gesessen, als sie den Schlüssel im Schloss der Wohnungstür hörte. Tim befreite sich hastig von Turnschuhen,
Jacke und Rucksack. Als er hereingerannt kam, vergaß er die
Verabredung, dass Anja beim Meditieren nicht gestört werden durfte.

„Mama, Mama, ich will Matrose werden!", rief er und
rutschte über das Parkett auf sie zu. Er ließ sich auf die Knie
fallen, streckte die Arme nach ihr aus. Anja faltete ihre Beine
auseinander und breitete ihrerseits die Arme aus, sodass ihr
Sohn sich hineinkuscheln konnte.

„Matrose, finde ich gut. Da siehst du die Welt."

An diesem Tag hatte Tim mit seiner Klasse den Museumshafen besucht, begeistert zählte er die alten Dampf- und Se-
gelschiffe auf, die sie sich angeschaut hatten. „Björn hat uns
alles erklärt. Die haben auch einen Elektrokran, der ganz
schwere Pakete von den Schiffen heben kann."

Es freute Anja, ihren Sohn so enthusiastisch zu erleben. Sie
signalisierte ihm, dass sie aufstehen wollte, und ging in die
Küche, um etwas zu trinken. Tim kam hinterher und berichtete ihr weiter von den Erlebnissen des Tages, wobei er zum
Glück nicht wieder von Jovana anfing.

Eine halbe Stunde später kam auch Paulina nach Hause.
Nach einem kurzen Hallo verschwand sie in ihrem Zimmer.
Es war Freitag, und Phillipp würde bald kommen, um die
Kinder abzuholen. Er wollte mit ihnen noch am Abend nach
Fehmarn aufbrechen, wo er eine Ferienwohnung gemietet
hatte. Die Taschen mussten gepackt und das Abendbrot gegessen werden – schließlich sollten die beiden auf der Fahrt
nicht hungrig sein. Die Vorbereitungen gingen Anja leicht
von der Hand. Als Phillipp klingelte, schnappten sich Paulina und Tim sofort ihre Sachen, ließen sich von ihrer Mutter
drücken und waren im Nu die Treppe hinuntergetrampelt.
Anja ging zurück in ihre Meditationsecke. Eine große Ruhe

umfing sie schon nach wenigen Atemzügen. Das würde ihr Wochenende werden; sie spürte es in jeder Faser ihres Körpers.

Nach einem langen Frühstück, bei dem sie *Die Zeit* gelesen und sich ausnahmsweise ein hart gekochtes Ei gegönnt hatte, machte sich Anja am Samstagmittag auf den Weg zu ihrer Friseurin Marlen. Schon seit zehn Jahren schnitt sie ihr die Haare – mittlerweile in ihrem eigenen Salon „Haarscharf" am Beselerplatz. Dessen Webauftritt hatte Anja im Tausch für drei Schnitte gestaltet, genau wie die Visitenkarten, die am Tresen mit dem Trinkgeld-Schweinchen auslagen.

Immer wenn Anja den sonnengelb gestrichenen Laden betrat, verbesserte sich schlagartig ihre Laune. Was sicher nicht nur an der Wandfarbe, sondern vor allem an der Kompliment-Königin Marlen lag, die sie auch diesmal wieder mit ihrer unglaublichen Freundlichkeit empfing: „Meine Liebe, wie geht es dir? Du strahlst ja richtig heute. Steht dir gut, der Rockerlook, hahaha."

Eine Antwort war gar nicht nötig, schon saß Anja bei einem Orangensaft auf dem Premium-Platz am Fenster und lauschte den Neuigkeiten aus Marlens Privatleben. Sie selbst sagte bis auf das „Ja, wie immer" in Sachen Frisur kaum etwas und genoss es, als Marlen mit der Kopfmassage beim Haarewaschen begann. Während sie anschließend die Spitzen schnitt, ging die Friseurin zum aktuellen Klatsch aus der Nachbarschaft über, was Anja ungemein entspannend fand. Wie eine erzählte Soap Opera, die sie alle paar Wochen einschaltete. Oft hatte sie eine Figur schon wieder völlig vergessen, aber das machte nichts, ein paar Minuten Parallelwelt taten ihr gut. Beim Föhnen lächelten sich die beiden Frauen ein paarmal über den Spiegel an. Marlen war sichtlich zufrieden mit ihrer Arbeit und wuschelte zum Abschluss noch einmal mit den Fingerspitzen durch Anjas Mähne.

„So, jetzt bist du bereit für eine heiße Samstagnacht! Die Herren werden dir nicht widerstehen können." Die Friseurin lachte laut auf, und Anja stimmte mit ein. Ja, sie fühlte sich klasse, leicht irgendwie. Das Trinkgeld-Schwein wurde wie immer mit einem Zehner gefüttert.

Beschwingt schwang sich Anja auf ihr Rad, um in der Schanze einen Kaffee zu trinken und sich zu sammeln. Bisher war sie überhaupt nicht nervös gewesen, doch jetzt fing es langsam an, in ihrem Kopf zu rumoren. Was, wenn Jovana sie ignorierte? Und würde sie überhaupt auf der Messe sein? Schließlich arbeiteten in ihrem Studio eine ganze Menge Leute, sicher rückten die nicht alle hier an.

Während Anja in der Kostbar einen Cappuccino trank und das Treiben auf der Straßenecke beobachtete, wurde ihr klar, dass es fast noch schlimmer wäre, wenn Jo gar nicht auf der Convention wäre. Mit einer Abfuhr könnte sie letztlich umgehen, denn dann hätte sie es zumindest versucht. Einfach mal eine Nachricht zu scheiben oder anzurufen erschien Anja völlig undenkbar. Sie war sich sicher, dass Jovana nicht reagieren würde – aber wenn sie auf einmal vor ihr stünde, so wie Jo damals vor ihr am Strand von Rovinj gestanden hatte, könnte vielleicht wieder etwas passieren. Ein Funke, ein Kribbeln, irgendwas. Und wenn sie nichts davon wahrnehmen würde, auch nicht bei sich selbst, dann könnte sie damit beginnen, die Sache für sich abschließen. Denn das hatte ja bisher nun nicht wirklich geklappt, was sich Anja nach der Heulerei auf der Rückfahrt von Röders Farm endgültig eingestanden hatte. Sie konnte noch so viel laufen, meditieren, verdrängen – Jo war in ihrem Kopf geblieben.

Hastig trank Anja den letzten Schluck aus und signalisierte der Kellnerin, dass sie zahlen wollte. Kurz darauf fuhr sie die kurze Strecke zur Messe und bemerkte, dass sie für diesen frühherbstlichen Tag etwas zu leicht bekleidet war. Aber Anjas innere Unruhe produzierte genügend Energie, um sich von der kühlen Luft nicht beeindrucken zu lassen. Sie trug die einzigen Klamotten aus ihrem riesigen Kleiderschrank, mit denen sie meinte, auf einem Tattoo- und Bikertreffen nicht allzu sehr aufzufallen: schwarze Jeans, uralte Doc-

Martens, schwarz-rotes Longsleeve und ihre kurze schwarze Kunstlederjacke. Laut Marlen war das ja ein „Rockerlook", was Anja als gutes Zeichen gewertet hatte.

Je näher sie dem Messeturm kam, desto mehr Motorräder und Menschen mit Kutten, Piercings und Tattoos begegneten ihr. Im Eingangsbereich hatte sich eine kleine Schlange gebildet, doch Anja kam schneller an die Reihe, als ihr lieb war. Das Blut hämmerte wie blöde gegen ihre Schläfen. Hätte hinter ihr nicht ein leise tuschelndes Pärchen gestanden, wäre sie vielleicht umgedreht. Mit Mühe kramte sie 15 Euro aus ihrem Portemonnaie und schob sie zu der Messemitarbeiterin. Dafür bekam sie eine Eintrittskarte und ein Faltblatt mit den wichtigsten Infos zu „Pleasure, Pain & Bikes". Dem Lageplan entnahm sie, dass sich die Tätowier-Sektionen in den Hallen B4 und B5 befanden, worauf aber auch diverse Aufsteller sowie ein steter Strom von Besucherinnen und Besuchern hinwies. Anja atmete tief durch und folgte ihnen ins obere Stockwerk.

Wie in einem Bienenstock wuselten die Interessierten zwischen den wabenförmigen Ständen umher. Das Summen der Tattoo-Maschinen verstärkte diesen Eindruck. Anja ging durch den Hauptgang von Halle B5, in deren linker Ecke sich laut Plan der Stand von Ink & Needles befand. Sie wollte nicht direkt dorthin marschieren, sondern sich erst einmal an die Atmosphäre gewöhnen. Flüchtig schaute sie über das Ringsortiment eines Schmuckstandes, sah einer jungen Tätowiererin zu, die mit einem langen Federkiel offenbar in einer traditionellen Technik eine riesige Lotusblüte auf den Rücken eines breitschultrigen Mannes stach. Schnell und präzise führte sie unzählige kleine Bewegungen entlang der vorgezeichneten Linien durch. Ob das wohl stärker schmerzte, als wenn die Farbe mit einer Maschine unter die Haut gebracht wurde?

Anja ging weiter, wendete am benachbarten Piercing-Stand aber sofort den Blick ab, um nicht Zeugin eines Augenbrauen-Durchstechens zu werden. Langsam kam sie ans

Ende des Hauptganges – und sah plötzlich Katrin in ultra-knappen Shorts auf der hochgeklappten Kundenliege von „Paules Tattoo-Bude" sitzen. Paule oder ein anderer Tattoo-Artist war an Katrins rechtem Oberschenkel zugange, auf dem offenbar gerade ein großflächiges Motiv entstand. Als sie Anja erkannte, winkte Katrin ihr mit einem weit ausgestreckten Arm in Zeitlupe zu, um nicht zu wackeln. Anja trat näher heran, und Katrin stellte sie dem Tätowierer vor – es war tatsächlich der Chef persönlich –, der freundlich nickte und seine Maschine für einen Moment sinken ließ.

„Heute geht es endlich weiter bei mir", sagte Katrin. Sie zeigte auf das Bild, das einen Leuchtturm darstellte. Es würde die Strandszene auf dem linken Oberschenkel ergänzen, wie Anja jetzt verstand. Ihr war nie aufgefallen, dass Katrin tätowiert war, bestimmt hatte sie noch weitere Motive auf der Haut, von denen Anja nichts wusste.

Sie musste an ihre Schwester denken, auf deren Schulterblatt sie bei einem gemeinsamen Sauna-Nachmittag in der Studienzeit plötzlich einen kleinen Schmetterling erblickt hatte. Wie sich herausstellte, hatte sie den schon zwei Jahre.

„Dein Ernst, ein Schmetterling?", hatte Anja gefragt, denn sie wusste, dass ihre Schwester mit einem Franzosen liiert gewesen war, der sie manchmal „petit papillon" genannt hatte. Hätte sie wegen der Hitze nicht ohnehin einen roten Kopf gehabt, wäre es nun spätestens der Fall gewesen.

„Ich war halt sehr, sehr verliebt", hatte sie gesagt, und Anja hatte erwidert: „Zum Glück ist es nicht sein Name." Dann hatten sie beide gelacht und waren ins Dampfbad gegangen.

„Das ist ja leider ein bisschen wie eine Sucht", sagte Katrin und lachte. „Lässt du dir auch was stechen?"

„Äh, nein, ich wollte nur mal schauen", stammelte Anja. „Bin ein bisschen überwältigt."

Katrin und Paule lächelten. Er sagte: „Ja, das ist ganz schön viel hier. Lass dir Zeit. Kannst auch eine Karte mitnehmen und irgendwann mal in meinem Studio auf St. Pauli vorbeikommen."

Anja war froh, dass sie sich rühren konnte. „Ah, danke, gute Idee." Sie ging zu dem kleinen Holztresen mit den Visitenkarten, steckte eine ein und wünschte den beiden noch viel Spaß.

Nach ein paar Metern hatte sie das Ende des Ganges erreicht, bog nach links ab und blieb direkt neben der Theke eines Anbieters für Spezialhautcreme stehen. Als sie in die Richtung spähte, in der sie Ink & Needles vermutete, kam sie sich vor wie eine Ladendetektivin auf Undercover-Mission. Dabei hatte sie sich selbst doch gerade noch gefühlt, als wäre sie auf frischer Tat ertappt worden. Wieder spürte sie das Pulsieren des Blutes in ihren Schläfen. Den Stand von Jovanas Tattoo-Laden konnte sie nicht entdecken. Sie musste näher ran, es war einfach zu viel Gewusel hier.

Langsam ging Anja durch den Gang, sie bemühte sich, mit niemandem zusammenzustoßen. Die mit Stellwänden abgeteilten Stände waren dicht an dicht nebeneinander aufgebaut, und es war oft nicht leicht zu erkennen, wie ein Studio oder eine Tattoo-Künstlerin hieß. Doch dann sah sie das senkrecht aufgehängte Banner mit dem schwarzweißen Ink-&-Needles-Schriftzug neben einem niedrigen Tisch. Dahinter bearbeitete eine Tätowiererin, die ihre wasserstoffblonden Haare zu einem Pferdeschwanz zusammengebunden hatte, den Oberarm einer Kundin. Konzentriert führte sie ihre Maschine, wischte mit ruhiger Hand immer wieder das Blut weg. Anja ging weiter auf den Stand zu, dessen Wände mit einem dünnen weiß-violett gemusterten Tuch verhängt waren, was ihm eine freundliche Ausstrahlung verlieh.

Auf einem Stuhl lehnte ein gerahmter Spiegel, daneben ein weiterer kleiner Tisch mit allerlei Utensilien sowie eine quer dazu aufgestellte Liege. Aber keine Spur von Jovana. Anja betrachtete die auf dem Tresen ausgelegten Motive. Weitere befanden sich in einem Hefter, in dem Anja zu blättern begann. Einige der Bilder kamen ihr von der Website des Studios bekannt vor, was sie als gutes Zeichen wertete. Es würde wohl kaum jemand anderes die Motive von Jo tätowieren. Ob sie gerade Pause machte?

In einem Anfall von Wagemut versuchte Anja die Aufmerksamkeit von Jovanas Kollegin zu erregen, indem sie sich in deren ungefähres Blickfeld stellte und eine verhuschte Winkbewegung ausführte.

„Hallo, eine Frage", rief sie. Mit einer kurzen Verzögerung reagierte die Tätowiererin, die ihr jetzt gerade ins Gesicht schaute.

„Ja?"

„Ist Jovana heute auch hier?"

„Ja, klar, ist sie. Hat aber keine Termine mehr frei."

„Ah, schade, dann nicht. Danke trotzdem", sagte Anja und drehte sich um.

34

Noch nie hatte Jovana ihren Chef so sehr neben der Spur erlebt. Am Abend vor der Fahrt nach Hamburg hatte Dietmar sie angerufen und dabei keinen geraden Satz auf die Reihe bekommen. Immerhin hatte Jo dem Gestammel entnommen, dass seine Frau ins Krankenhaus musste, er nicht mitkonnte und Jovana den Bus fahren sollte. Fina hatte ja keinen Führerschein.

„Klar, kann ich machen, beruhige dich. Wir kriegen das schon hin. Alles Gute für deine Frau", hatte sie zu ihm gesagt und sich sogar ein bisschen gefreut, weil sie dann länger ungestört mit Fina quatschen konnte – außerdem war mehr Platz im Bus. Natürlich würde es auf der Convention anstrengender werden, die Formalitäten und den Aufbau ohne Dietmar zu erledigen. Er war auch immer gut darin, mit den Leuten zu quatschen. Weil er selbst nicht mehr so viel tätowierte, konnten Fina und sie dann in Ruhe arbeiten. Letztlich sollte das aber alles kein Problem sein, schließlich war das nicht ihre erste Messe.

Morgens um sechs holte Jo Fina zu Hause ab, und sie bretterten los. Trotz Müdigkeit machte sich bald ein leicht euphorisches Klassenfahrt-ohne-Lehrer-Gefühl breit. Vor allem, weil sie endlich einmal allein über die Musikauswahl bestimmen konnten, Dietmar war da – genau wie im Studio – doch etwas eindimensional auf seiner Rock- und Metal-Schiene unterwegs. Fina legte ihre Riot-Grrls-Playlist auf.

Mit hundert Stundenkilometern tuckerten sie auf der rechten Spur über die A24 und grölten: „Rebel Girl, rebel girl, you are the queen of my world". *Sleater-Kinney, L7, Tribe 8* – es war ein Traum. Nach einer halben Stunde sagte Fina plötzlich: „Ey, ich glaub, ich lass das jetzt auch mit den Typen. Die können mich alle mal."

Fast hätte Jovana laut aufgelacht, denn das hatte sie Fina schon etwa fünfmal sagen hören – bis sie die nächste Affä-

re mit einem ihrer Tinder-Dates gehabt hatte. Zuletzt hatte
es ernster ausgesehen, der Typ – Roman? Romano? Roland?
– hatte Fina öfter am Studio abgeholt, um sie auszuführen.
Sogar in einen Kurzurlaub waren sie zusammen gefahren.

„Was ist denn passiert?"

„Roberto hat plötzlich angefangen, vom Heiraten zu quatschen! Dabei habe ich ihm von vornherein gesagt, dass ich
davon nichts halte. Aber er hat nicht aufgehört und meinte,
so könnte er mich nie seiner Familie vorstellen. Dabei war
die mir eh egal."

„Aber ihm halt nicht."

„Ja, eben. Ich hab das irgendwie nicht ernst genommen,
weil es sonst so toll mit ihm lief. Vorgestern dann hat er mir
nach dem Abendessen beim Italiener einen offiziellen An-
trag gemacht – mit Hinknien, Ring und allem. Mitten im
Restaurant!"

„Oh, das ist aber bisschen krass."

„Allerdings! Ich war so mega-überrumpelt, dass ich gelacht und Nein gesagt habe. Er ist aufgestanden mit Tränen
in den Augen, hat den Kopf geschüttelt und immer wieder
gesagt: ‚Das war's, das war's.' Ich bin dann aufgesprungen,
hab gerufen: ‚Nein, Quatsch, komm, beruhig dich.' Aber er
hat mich einfach abgeschüttelt, seine Jacke genommen und
ist rausgegangen. Die Leute um uns rum haben so getan, als
würden sie nix mitkriegen. Ich hab dann schnell gezahlt und
versucht, ihn einzuholen, aber er war schon weg – wahrscheinlich ist er gerannt. Seitdem kein Wort. Es ist so übertrieben ätzend."

Jovana nickte und legte ihre Hand auf Finas Oberschenkel.
„Glaubst du, er besinnt sich?", fragte sie.

„Keine Ahnung, echt keinen Schimmer. Ich weiß nur, dass
ich ihn liebe und mit ihm zusammen sein will. Aber wenn er
so drauf ist, wäre es vielleicht besser, ich schlage mir das aus
dem Kopf."

„Puh, schwierig", sagte Jo, während Courtney Love aus
voller Kehle darum bat, dass jemand alles von ihr nähme.

Fina boxte zweimal kurz gegen die Scheibe. „Typen sind doch die größten Drama Queens. Ich habe da keinen Bock mehr drauf."

„Ey, denk bloß nicht, dass Frauen besser sind", warf Jo ein. Sie hatte nach einer anderen Trennung schon einmal versucht, Fina klarzumachen, dass Dramatalent und Arschigkeit auf alle Geschlechter gleichmäßig verteilt waren.

„Kann ich mir irgendwie nicht vorstellen", meinte Fina.

„O doch, ich erzähl dir mal eine kleine Story, die mir diesen Sommer passiert ist."

Bis zum Ende der Playlist schilderte Jovana ihrer Kollegin, was sie mit Anja in Rovinj erlebt hatte. Nachdem sie die Abschiedsszene auf der Straße beschrieben hatte, griff sie Finas Worte wieder auf: „Seitdem nichts, kein Pieps. Auch ziemlich ätzend."

„Aber voll, ey, so eine Kack-Tussi! Okay, ist zwar noch mal ein bisschen anders als bei mir, aber ich verstehe schon – komplett beknacktes Verhalten haben die Damen auch drauf."

„Eben."

Fina tippe auf ihrem Telefon herum, um neue Musik auszuwählen. „Hier mal meine Herz-Schmerz-Playlist. Hilft immer."

Jo lachte, als die malmenden Synthis von Robyns „Dancing on My Own" erklangen, wirklich einer der besten Songs zum Thema, die je geschrieben wurden.

„Und glaubst du, da geht irgendwie noch was?", wollte Fina wissen.

Jo schaute in den Rückspiegel und über ihre Schulter, weil sie einen vor ihnen herumkriechenden Kleinwagen überholen wollte. Beim Setzen des Blinkers schüttelte sie langsam den Kopf und verzog etwas den Mund. „Ne, eher nicht. Ich glaube, sie hat einfach zu viel Schiss."

„Du stehst aber schon noch auf sie, oder?"

„Irgendwie schon, aber vielleicht habe ich auch nur was in ihr gesehen, was ich mir eingebildet habe. Verknallt in eine

Möglichkeit … Ist schwer zu erklären. Ich habe mich halt sofort so gut bei ihr gefühlt, vertraut und so. Das passiert mir nur selten."

Sie hörten ein bisschen zu, wie Robyn in der Ecke des Clubs steht und beobachtet, dass ihr Lover mit einer anderen Frau rumknutscht.

Fina nickte. „Ja, shit, verstehe. Und der Sex war gut."

Die beiden lachten laut los. „Genau, das auch noch!", sagte Jo.

„Ey, aber meintest du nicht, dass sie in Hamburg wohnt?"

„Ja, tut sie."

„Na, dann frag sie doch einfach, ob sie heute Abend Lust auf einen Drink hat. Was haste denn schon zu verlieren?"

„Ach, nee, lass mal." Jo trat aufs Gaspedal, schüttelte wieder den Kopf. Natürlich hatte sie genau diesen Gedanken gehabt, als Dietmar sie gefragt hatte, ob sie mitkommen würde auf die Convention. Sie war sogar auf Anjas Website gegangen, um im Impressum auszuchecken, wie weit sie von der Messe entfernt wohnte. Doch dann hatte sie die Idee, sich zu melden oder bei ihr aufzutauchen, doch immer wieder verworfen.

„Zu stolz, wa?", fragte Fina.

Jo sagte nichts, aber *Fleetwood Mac* kamen ihr jetzt gerade recht mit „Go Your Own Way". Sie drehte die Anlage lauter und presste das Lenkrad so fest, als gälte es, ein gefährliches Tier zu erwürgen.

Mit der Anmeldung auf der Messe lief alles problemlos. Die beiden fanden schnell ihren Eckplatz in der Halle und schleppten ihr Equipment herein. Fina warf das weiß-violett gemusterte Tuch über die Stellwände und fixierte es am Boden und den Seiten mit Gaffer-Tape. Stolz über den Effekt, trat sie ein paar Meter zurück und fotografierte den Stand mit der grinsenden Jovana hinter dem Tresen. Das Bild schickte sie an Dietmar, der Sekunden später antwortete: „Woah, das sieht richtig klasse aus! Gut gemacht :))) Und danke für die Grüße an Martina – es ist der Blinddarm! Wird schon … Haut rein! LG D."

Fina zeigte Jovana die Nachricht. „Ein Glück", sagte sie und schlug vor, noch hinauszugehen und eine zu rauchen. Um einen Aschenbecher vor der Halle hatten sich schon einige Kolleginnen und Kollegen versammelt.

„Ey, da sind ja Kay und Chrissie!", rief Fina und stürmte auf zwei dünne, große Männer zu, die beide bis zum Kinn zutätowiert waren und unzählige Piercings in ihren Gesichtern trugen. Nachdem Fina ihnen Jo vorgestellt hatte, vertieften sich die drei gleich in ein Gespräch über irgendeine durchzechte Nacht nach einem Konzert. Jo wusste nicht, was sie da erzählten, und ging einen Schritt beiseite.

An ihrer Zigarette ziehend, holte sie ihr Mobiltelefon aus der Hosentasche, um ihr Mailpostfach und Instagram zu checken. Noch ein paar Leute hatten geschrieben, dass sie auf der Messe vorbeikommen wollten, manche hatten ihre Wunschmotive mitgeschickt. Es würden zwei vollgepackte Tage werden. Bevor sie das Display dunkel schaltete, kam noch eine Nachricht von Jannis, der ihr viel Glück wünschte auf der Convention und drei Oberarm-Emojis mitschickte. Danach kam noch ein Selfie, das ihn mit drei Freund*innen auf dem Hermannplatz vor einer hellblau-rosa-weißen Fahne zeigte. „Liebe Grüße vom Trans*March!!!", stand darunter. Sie schickte ihm Herzchen und Küsse zurück: „Happy Pride, mein Lieber!"

Kurz darauf war Einlass, und die erste Kundin kam auf Jovana zu. Sie hieß Nina, war Ende zwanzig und wollte sich von Jo einen Dreimaster unter vollen Segeln auf das linke Schulterblatt stechen lassen. Die beiden hatten vorab per Mail Kontakt gehabt, weshalb Jo bereits eine Matrize angefertigt hatte, die auch genau passte. Im Spiegel überprüfte Nina den Abdruck und nickte zufrieden.

„Odlično! Znala sam da si majstorica", lobte sie Jovana, die ihr lachend antwortete: „Warte mal ab, bis es gestochen ist, dann kannst du mich Meisterin nennen."

Nina stimmte zu und legte sich bäuchlings auf die Liege. Jovana zog ihre Handschuhe über, stellte die kleinen Tintenbehälter bereit und schloss ihre Maschine an. Während sie die Umrisse des Schiffsrumpfes stach, sagte keine der beiden etwas. Es war ohnehin laut genug um sie herum. Fina war gerade mit einem derben Hamburger zugange, der sich ein großes Kreuz auf dem Unterarm wünschte, was aus irgendeinem Grund zu viel Heiterkeit zwischen den beiden sorgte. Flirtete Fina mit dem? Wie auch immer – Jo war froh, dass ihre Kollegin gut drauf war und abgelenkt von ihrem Drama.

Mitten in Jos Versuch, sich genauer an Roberto zu erinnern, hörte sie, dass Nina etwas auf Kroatisch sagte. Jovana hatte sie nicht verstanden, weil ihre Kundin in Richtung Fußboden gesprochen hatte.

„*Šta?*", fragte Jo, woraufhin Nina wiederholte, dass sie sich freue, „dass ein Jugo mein erstes Tattoo sticht".

Es sei seltsam, aber oft fühle sie gegenüber fremden Leuten, die eine Verbindung zu Ex-Jugoslawien hatten, auf Anhieb ein gewisses Vertrauen. Und das, obwohl sie selbst nie dort gelebt habe. „Aber ich bin eigentlich jeden Sommer unten, entweder in Split oder auf Hvar, wo meine Großtante wohnt. Ich liebe es, mir im Hafen die großen Schiffe anzuschauen."

„Und ab jetzt hast du immer eins bei dir", sagte Jo.

„Genau!" Nina lachte, und Jo gab es ein gutes Gefühl, dass sie ihr ein bisschen helfen konnte, mit dieser Sehnsucht umzugehen, die sie auch selbst ganz gut kannte.

Schweigend stach sie das Motiv in der nächsten Stunde zu Ende, wischte schließlich mit einem frischen Tuch das restliche Tinte-Blut-Gemisch weg und zeigte Nina im Spiegel, wie das Schiff aussah.

„Super, *hvala ti puno!*", sagte sie und nannte Jo noch einmal Meisterin.

Lächelnd bedankte sie sich für das Kompliment, während sie das Tattoo mit einer Frischhaltefolie abklebte. Sie gab Nina, nachdem diese sich wieder angezogen hatte, noch einige Pflegehinweise für die nächsten Tage, dann lotste sie sie zum Tresen, um dort die Bezahlung abzuwickeln. Nina gab ihr zehn Euro mehr als vereinbart und verabschiedete sich mit einem herzlichen Gruß – wäre der Tresen nicht gewesen, hätte sie Jo wahrscheinlich umarmt.

„Ciao, ciao", sagte sie und blickte ihrer Kundin hinterher, die bald im Gewusel des Ganges verschwand. „Ich mach mal kurz Pause", rief Jo Fina zu, die den Kreuz-Typen bereits abgefertigt hatte und mit der nächsten Kundin im Gespräch war.

„Alles klar, bis gleich", sagte Fina.

Jovana schaute auf ihr Handy und sah, dass Lidija angerufen hatte. Sie schnappte sich ihre Jacke und drückte auf die Nummer ihrer Schwester, die ein bisschen brauchte, bis sie abnahm, dann aber hörte Jo ein enthusiastisches *„Eh, kako si? Šta ima novo?".*

Jo erzählte ihr von der Messe. „Ich hatte gerade so ein Gastarbeiter-Kid da. War total süß irgendwie, sie hat sich einen Dreimaster stechen lassen, weil sie die Adria vermisst."

Beide lachten, Lidija schlug ihrer Schwester vor, eine Werbekampagne speziell für Menschen mit ex-jugoslawischer Geschichte zu starten. „Das ist bestimmt ein riesiger Markt", sagte sie.

Jovana meldete Zweifel an, während sie den Ausgang von B4 erreichte. Sie stellte sich an einen Fensterplatz, der etwas abseits des Trubels lag, und hörte Lidija zu. Sie erzählte ihr, dass die Zwillinge gerade eine gute Phase in der Schule hatten und Vera ihren grünen Gurt im Judo gemacht hatte. Über sich selbst gab sie wie immer nur ein paar dürre Sätze preis, um dann sofort nach den Neuigkeiten aus Jovanas Leben zu fragen.

„Ach, weißt du, eigentlich gibt's nicht wirklich was Neues, aber lass uns mal länger quatschen, wenn ich von der Convention zurück bin, okay?"

„Alles klar, Kleine. Küsse dich!"

„Ich dich auch." Jovana steckte das Telefon ein und beeilte sich, aus dem Gebäude zu kommen, denn sie wollte endlich eine rauchen.

Auch diesmal war am Aschenbecher einiges los, doch sie stellte sich ein wenig abseits, genoss die ersten Züge und versuchte, den Kopf freizubekommen, was ganz gut klappte.

Als sie anschließend zurück in Richtung Halle ging, fühlte sie sich energiegeladen und hatte Lust auf den nächsten Job. An einem Automaten zog sie sich eine Wasserflasche und ein Snickers, das sie auf dem Rückweg zum Stand aß. Dort sprach gerade eine Frau mit halblangen brauen Haaren und einer schwarzen Kunstlederjacke mit Fina. Weil sie noch ein paar Meter entfernt war, konnte Jovana nicht hören, worum es ging. Sie schluckte gerade das letzte Stück des Schokoriegels runter, da drehte die Frau sich um.

Zwischen ihnen lagen höchstens zwei Meter. Der Zucker kickte in Jos Blut. Für einige Sekunden rührte sich keine der Frauen. Dann hatte sich Jo gefangen, und sie fragte: „Was machst du denn hier?"

Anja drehte vage ihre rechte Hand in der Luft. „Ich wollte mich mal über Tattoos informieren."

„Da bist du hier richtig."

„Ja, aber ich hab gehört, du bist schon ausgebucht."

„Sieht so aus."

„Kann man wohl nichts machen."

„Nein, leider nicht."

Die beiden verstummten, schauten sich aber weiter direkt in die Augen. Jo war sich nicht sicher, ob sie vielleicht einer Sinnestäuschung aufsaß. War das wirklich Anja? Irgendwie sah sie verkleidet aus. Allerdings kannte sie sie ja nur in Sommerklamotten. Vielleicht war ihr Herbst- und Winter-Stil ja etwas tougher.

Als Anja wieder zu sprechen begann, war sich Jo sicher, dass es wirklich sie war. Den Klang von Anjas Stimme hatte sie im Ohr behalten, auch gegen ihren Willen. Doch was sagte sie da?

„Na ja, dann noch viel Erfolg. Ich mach mich mal auf den Weg. Tschüs."

„Ähm, ja, für dich auch viel Erfolg. Mach's gut."

Zügig ging Anja an ihr vorbei. Jo betrat den Stand, legte ihre Jacke ab und schaute zu Fina, die ihre Maschine sinken ließ.

„Alles okay bei dir? Du bist ganz blass."

Jo nahm einen Schluck aus der Wasserflasche. „Das war Anja", sagte sie tonlos.

„Was? Echt jetzt?" Fina drehte sich zu ihrer Kundin und signalisierte ihr, dass es eine kurze Unterbrechung gebe. Mit drei schnellen Schritten war sie bei Jo. „Ey, warum lässt du sie gehen?"

Jo sagte nichts, Fina legte einen Arm um ihre Schulter. „Dass sie hier aufschlägt, ist doch kein Zufall. Sie wollte dich sehen. Komm, mach nicht so einen auf hart hier, das bereust du sonst."

Die Sätze fühlten sich wie Ohrfeigen an, obwohl Fina ganz ruhig und leise sprach. Jo fühlte, dass Fina recht hatte, doch sie konnte sich nicht rühren.

„Los jetzt!" Fina packte sie an den Schultern und schüttelte sie.

„Okay! Lass mich." Jo schob die Arme ihrer Kollegin beiseite, um Anja zu folgen.

„Yeah, viel Glück!"

Die ersten Meter legte Jovana im schnellen Slalomlauf zurück, sie scannte die Menge – viele schwarze Jacken, keine Anja. Sie konnte doch noch nicht weit sein. Jo schlängelte sich weiter zwischen den Leuten hindurch, hatte keine Augen für die Tattoo- und Schmuckstände. Da vorne, kurz vor dem Ausgang, war sie das nicht? Die Größe kam hin, Jo schob sich an einem Arm in Arm gehenden Pärchen und zwei stämmigen Biker-Typen vorbei. Während sie der Frau näher kam, stieg ihre Zuversicht: Ja, das war Anja, noch ein paar Meter, und sie berührte sie am Arm. „Hey, hey, warte mal."

Es kam wohl ein bisschen zu laut heraus, denn Anja wich reflexhaft einen Schritt zur Seite. Dann erkannte sie Jo, blieb stehen und drehte sich zu ihr. „An was hattest du denn gedacht? Als Tattoo-Motiv, meine ich."

Anja zog lächelnd die Brauen zusammen. „Eine Möwe vielleicht."

„Ah, okay. Im Flug oder an Land?"

„Auf jeden Fall im Flug."

Die beiden unterhielten sich direkt vor einem Piercingstand, dessen Inhaberin ihnen mit einer freundlichen Handbewegung beschied, doch bitte weiterzugehen. Anja und Jovana lachten und machten zwei Besucherinnen Platz, die sich für die unter Glas ausgestellten Ringe und Stecker interessierten. Langsam gingen Jo und Anja in Richtung Foyer. Dort fragte Jo, was die Möwe zu bedeuten habe.

„Na ja, ich war letztens am Meer, wo ich mich seit langer Zeit mal wieder frei gefühlt habe, bin ein bisschen abgehoben sozusagen. Dabei spielte ein Schiff, das Möwe hieß, eine gewisse Rolle."

„Verstehe, das ist ja richtig vielschichtig. Weißt du auch schon, wo die Möwe hinsoll?"

„Ja, ich kann dir die Stelle gern zeigen." Anja zog ihre linke Augenbraue nach oben, was bei Jo ein fettes Grinsen auslöste.

„Okay, sehr gerne."

„Aber nicht hier. Wie wäre es heute Abend, wenn du fertig bist? Hast du schon was vor?"

„Bisschen Reeperbahn mit meiner Kollegin, dachte ich. Aber ich bin offen für Alternativen."

„Sehr gut, dann komm doch bei mir vorbei, und wir besprechen alles. Ich kann was kochen."

„Klingt toll. Wo soll ich hinkommen?"

„Ich schicke dir 'ne WhatsApp." Anja gab ihr einen flüchtigen Kuss auf den Mund, drehte sich um und winkte. „Bis später, ich freu mich."

„Ciao!" Was war in diese Frau gefahren? Hatte sie ein Ge-
hirn-Reset gemacht seit ihrer letzten Begegnung? Jo schaute
Anja hinterher, komplett verzaubert, zurück im Rovinj-Ge-
fühl.

Es war schon dunkel, als Jovana mehrere Tattoos, Zigaretten und Stunden später an Anjas Tür klingelte. Bei einer
Tankstelle hatte sie einen halbwegs passablen Blumenstrauß
gekauft, dessen transparentes Knisterpapier sie im Treppenhaus noch schnell entfernt und in ihre Jackentasche gestopft
hatte. Dass das zu einer seltsamen Beule an ihrer Seite führte, war ihr egal. Anja offenbar auch, denn sobald Jo ihr den
Strauß überreicht hatte und die Tür geschlossen war, drückte
sie ihren Gast mit der freien Hand sanft dagegen. Anschließend machte sie sich am Kragen der offenen Bomberjacke
zu schaffen, die sie offenbar abstreifen wollte. Jo übernahm
die Aufgabe, während Anja leicht in die Knie ging, um ihr
Schambein gegen Jos zu pressen. Kurz bevor sich ihre Mün-
der fanden, nahm Jo noch wahr, dass es nach Ingwer-Karot-
ten-Suppe roch. Nice, dachte sie und zog Anja näher zu sich
heran. Ihre Zungen hatten sich viel zu erzählen.

EPILOG

Die Luft im kleinen Garderobenraum des SO36 war stickig. Doch sie waren froh, nach dem langen Anstehen endlich im Warmen zu sein und die dicken Mäntel abzugeben.

Jovana war als Erste fertig und schaute über ihre Schulter, als sie Ismail kreischen hörte. „Oh, das ist so schön!" Er beugte sich vor, um Anjas Schlüsselbein besser betrachten zu können. Sie trug ein trägerloses türkisfarbenes Top und eine lange Hippie-Kette, die Ismail nun vorsichtig beiseiteschob. Anja grinste stolz – ja, die Möwe war toll geworden. Heute Abend sollte sie zum ersten Mal durch die Berliner Nacht fliegen.

Ismail klatschte in die Hände und rief Jo über die Köpfe der nachdrängenden Gäste zu: „Hast du richtig gut gemacht."

„Danke, mein Lieber! Und nun kommt, lasst uns tanzen."

DANK

Für ihr Vertrauen und ihre liebevolle Betreuung möchte ich mich ganz herzlich bei Ilona Bubeck und Jim Baker vom Querverlag bedanken.

Alida Bremer danke ich für ihre Kritik, ihre Korrekturen und ihre Ermutigung, ohne die dieses Buch nicht möglich gewesen wäre. *Hvala puno.*

Auch Sasha, Tine, Jule und Christine danke ich fürs Lesen des Manuskripts und ihre wertvollen Anmerkungen dazu. Überdies gilt mein Dank Tanja, Rebecca, Niels, Sivan, Ebru, Nilgün, Steffen, Tilmann, Doris und Rosalie.